SIGI SOMMER

DER JÜNGSTE TAG

BLASIUS
DER SPAZIERGÄNGER

Der jüngste Tag

und weitere 63 G'schichterl

von

SIGI SOMMER

Mit einem Vorwort
von
Sibylle
(Anneliese Friedmann)

VERLAG R. S. SCHULZ

Inh.: Dr. jur. h. c. Rolf S. Schulz
8136 Percha am Starnberger See, Berger Straße 8 bis 10
8136 Kempfenhausen am Starnberger See, Seehang 4
Telefon 0 81 51 / 1 49-0, Telex 05 26 427 buch

Karikaturen: Ernst Hürlimann

Gesamtherstellung: Ebner Ulm

ISBN 3-7962-0148-2

Sie erreichen uns auch über

Bildschirmtext
★ 30717 *

Inhaltsverzeichnis

Vorwort

Sibylle (Anneliese Friedmann) Nachdenken über Sommer Sigi, genannt Blasius der Spaziergänger

Der alte Mann, der sich neuerdings gern als solchen sieht, lauerte im Treppenhaus. »Sie«, sagte er, »dös sog I Eahna. Aus is. I mog nimma und dös san die letztn G'schichterl. Der Blasius hat sich ausspaziert.«

Die also Angeredete erschrak pflichtschuldig, aber so arg auch wieder nicht. Sie kannte den alten Mann gut genug um zu wissen, daß seine ganz großen Worte immer ein ganz kleines Hintertürchen offenlassen, vor allem aber die Abstinenz vom Schreiben niemand härter treffen würde als ihn selber. Schließlich hatten er als Reporter und sie als Volontärin es lang genug für dieselbe Zeitung geübt.

Damals, als der alte Mann noch Boxerschultern hatte und 99 Bräute und einen alten Audi. Und den Ehrgeiz, die Annamirl, wie er sie nannte, im Tennis zu schlagen. Beim Schreiben sowieso, was ihm auch beides jederzeit gelang, weil er einen ganz eigenen Stil hatte, der in keinem Tennislehrbuch vorkam und in keiner Grammatik.

Seine Bälle wie seine Gedanken stiegen in so absurden Windungen auf, daß ein durchschnittlicher Mensch nur atemlos staunen konnte: wunderbar. »Do müassn S' halt laffa!« sagte der Mann. Ohne Mitleid, aber voll Schadenfreude. »Denn wenn die Goldfische sterben, ist es immer sehr still.«

Die Tennisschuhe zog er überhaupt nicht mehr aus, sie wurden sein Markenzeichen, in denen er als Großstadtindianer die Auer Dult und den Auer Mühlbach erforschte, auf halbfeine Parties schlich und die Touristen vor dem Münchner Glockenspiel umstrich, Spitaler auf der Bank bespitzelte und den Tanztee wiederentdeckte. In Turnschuhen ging er auf Bälle und zum Staatsempfang, steigt er die Treppe zur Redaktion in der Sendlinger Straße hinauf und manchmal noch einer »trompetenblonden Nachmittagsschönen mit seidigglänzenden Zwillingslafetten« nach, und ganz selten in Flugzeuge, denen er nur einen begrenzten Gebrauchswert zutraut, »nämlich als Brotzeit für das Sternbild des Löwen«. Nur als der Papst nach München kam, stand der Sigi in richtigen Schuhen Spalier, wassergescheitelt und mit Krawatte. Denn wenn er es auch nie zugeben würde und sich selber einen gottlosen Gesellen nennt, liebäugelt er doch mit einem Polsterplatz drüben in der Ewigen Prärie. Besonders jetzt, wo er nach eigener Aussage »von dem teuflischen Gebiß des Höllenfürsten immer an ein und derselben Stelle benagt« wird, nämlich vom »Bruder Ischias«. Böswillige Kollegen behaupten sogar, er hätte schon seinen eigenen Nachruf geschrieben. Und exklusiv verkauft.

Aber soweit, alter Spezi und Kollege, ist es noch lang nicht. Noch schaut der »müde gewordene Pflastertreter« recht wach aus seinen wasserhellen Augen in die Münchner Föhnluft, denkt in immer feiner gewundenen Spiralen über die Armen und die Reichen und die Alten und die Jungen nach und schreibt es für uns auf mit einem Griffel, der immer genauer wird, aber nicht mehr grausam zeichnet. Sondern zärtlich, zart, nachsichtig. Voller Mitleiden und Mitfühlen mit dem Großstadtmenschen von heute, der noch beladener scheint als der von gestern. Die Gaslaternen werfen ihren kleinen Schein nur noch in den Erinnerungs-G'schichterln von Blasius, und die Mietshäuser seiner Kindheit sind zwar hygienischer geworden, aber noch viel trostloser, unerbittliche Betonburgen, in denen der Opa vom siebzehnten Stock sterben könnte, ohne daß der Hausmeister was merkt. Oder sonst irgendwer.

»Der sehr alte Mann steht am Auer Mühlbach und hat eine leise Wehmut im Bauch.« Und einen teuren Trenchcoat so lässig wie Humphrey Bogart über dem Kaschmirpullover gegurtet. Mager ist er, die Haut spannt sich im Gesicht wie bei den Häuptlingen, denen er als Bub gern gleichen wollte. Nur über der Stirn ist sie in viele ständige Querfalten gelegt als käme der Spaziergänger aus dem Staunen nicht mehr heraus. Den Rest versteckt er unter einer schwarzen Ledermütze, wie sie Bertolt Brecht gern trug.

Der und Karl Valentin sind immer noch seine Leitbilder. Er könnte heute ihr legitimer Sohn sein, wenn wirkliche Söhne großer Väter diese erreichen würden. Der Sommer Sigi braucht niemandem mehr zu beweisen, daß er ein Dichter ist, ein Asphalt-Poet, ein wortgewaltiger Querdenker in der wortarmen Gradauszeit, eine Münchner Figur in der konturlosen Großstadtgesellschaft.

Ein Mann mit Herz in der Weltstadt, der aufpaßt, daß sie das ihre nicht verliert.

Der jüngste Tag

Es war irgendwo in der Nähe einer steinernen Brücke von Regensburg. Man schrieb den 29. April 1945. Es war Nacht. Und irgendwo in dem gekräuselten Wasser mußten sie wohl einst das herzögliche Liebchen Agnes Bernauer brutal ersäuft haben. Daran dachte ich seltsamerweise, bevor ich selber in das kalte Donauwasser stieg. Neben mir stieg noch einer ein. Der Obergefreite Geltinger. Er war einmal Gebirgsjäger gewesen und trug einen Norweger Rucksack auf dem Rükken. Da drinnen hatte er einen Stumpf weißes Mehl, wie er mir erzählte, weil er doch wenigstens seiner Mama noch etwas mitbringen wollte aus der großen Niederlage. Wir wollten gemeinsam die milchigen Strudel überqueren. Aber wie? Da schwamm irgendeine Art Brett daher. Ein jeder griff eine Kante dieser »Arche Noah«. Da konnte ich dann erst die Inschrift lesen, die darauf stand: »Damentoilette«. Na ja, es war halt ein Treibgut aus den Trümmern der alten Bischofsstadt. Genau in der Mitte knirschte dann eine Sandbank neben uns und gleich nachher ging der alte Obergefreite unter wie ein Klavier. Das weiße Mehl hatte sich wohl vollgesogen. Ich konnte ihm aber nicht helfen, denn ich hatte ja selber die Knobelbecher voll bis zu den Knien und auch in den Taschen meines Krad-Mantels war noch die halbe Donau drin.

Am flachen Ufer ruhte ich ein wenig. Und plötzlich war ein altes Bäuerlein da, das mich mit einer Gabel herausangelte. Es war ein grauer Morgen, als mich der Graubart auffischte. Mit einer Mistgabel. Als ob ich vielleicht doch der letzte Dreck gewesen wäre. Der gebückte Mann führte mich wortlos zu einem verfallenen Stallgebäude und meinte brummelnd: »Da vielleicht?« Er deutete auf einen steinernen Futtertrog und verschwand. Ich legte mich flach und kaputt in den verwaisten Zement-Sarg und schlief sofort ein. Alle geschlagenen

Landser der deutschen Armee wären wohl unter diesen Umständen selbst auf der Bo Derek eingeschlafen. Ohne Zeit wachte ich auf und neben mir lag ein Ranken hartes Brot. Ich konnte den Alten sehr wohl verstehen. Denn entweder, wenn er klare Front bezogen hätte, wäre er ein Opfer der Feldjäger geworden. Denn der Hitler verfolgte jetzt statt der Russen die eigenen Leute. Oder die siegreichen Amerikaner wären ihm an den faltigen Kragen gegangen. Was hatte er also für eine Wahl? Für mich jedenfalls war der Stoßtrupp »Graue Dämmerung« das Signal, daß mein jüngster Tag angebrochen war. Und ich verlor mich geräuschlos im nahen Schilfgras in der Landschaft meiner geliebten Heimat.

Ich war nun vielleicht ein Deserteur. Aber mit einer kleinen Rückversicherung. Denn an meinem Halse hing noch immer ein Stück Papier mit einem roten Streifen, den man als Verwundeter bekam. Die Kranken kriegten nur einen grünen. Und der war so gut wie ein Freibrief nach Walhall, wenn die Feldjäger kamen. Im stacheligen Donauried ging ich dann in Ruhestellung. Jetzt hieß es »Flüchtling sei wachsam«. Ich hatte wohl nur die Wahl als »Lucki-Lucki« mein Glück zu versuchen. Das waren die allseits von den Fahrern der großen Laster hochwillkommenen Luftspäher. Die mußten mit Anlauf versuchen, neben den »grauen Elefanten« herrennend, die Kühlerhauben-Spalten neben dem Kotflügel zu entern, um sich dann blinzelnd auf den Rücken zu quälen, und so beim Angriff der »Jabos« den in seinem Führerhaus völlig verlorenen Diesel-Kuli zu warnen. Das heißt, bis der »Herr über die hundert scheppernden Pferdestärken« merkte, daß der »Lucki-Lucki« abgesprungen war, war er meistens schon zerrissen wie ein Flugblatt. Oder schnurstracks in den Endsieg-Himmel eingegangen.

Weil ich aber ziemlich weit abseits von der großen Rückzugsstraße war, wollte ich mich vorerst noch etwas stärken und säbelte eine der zwei Konservendosen auf, die zur

Notversorgung der deutschen Helden gehörten. Zwei hatte ich deshalb, weil ein Büchserl lediglich ein bißchen Sand von der kurischen Nehrung enthielt, von wo ich ja herkam, und nur die andere einen Brocken fettes Original Schweinefleisch. Das war wohl bei der ganzen Truppe der Fall, denn die Schweißsand-Dose, deren Inhalt man längst vor dem programmierten Heldentod vernascht hatte, war doch nur mehr da, um sie bei der Kontrolle vorzuzeigen. Mitten unter dieser fröhlichen Brotzeit fielen mir dann die Verse des Bertolt Brecht aus seinem Kanonensong ein, in dem es so treffend heißt:

»Der Schmidt vom Rheine
braucht die Ukraine
und Krause braucht Paris«

mit dem späteren Zwischentext:

»Schmidt dem wurde die Wüste zu heiß
und das Nordkap zu kalt. Dem Krause
aber, das Böse ist keiner mehr weiß
wie kommt man jetzt wieder nach Hause.«

Und wieder im Finale:

»Schmidt kam nicht mehr heim
und Deutschland war hin
hat nach Leichen und Ratten gerochen
Aber in dem zerstörten Berlin
wird vom Dritten Weltkrieg gesprochen.«

Als ich gegen Mittag die unwichtige Sandstraße zwischen dürren Föhren entlanglatschte, holte mich das Schicksal natürlicherweise auf sechs Rädern doch noch ein. »Come on, you son of a bitch«, rief ein Ami von der hinteren Klappe des schweren Zehntonners herab, der schon eine halbe Kompanie deutsche Helden geladen hatte. Die Kameraden halfen mir bereitwillig beim »Einsteigen« und freuten sich irgendwie über den Zuwachs. Wie konnten sie auch wissen, daß die ganze Fuhre in München den französischen Waffenbrüdern übergeben würde, die sie nach Aibling beförderten und von da aus ging es postwendend in den Untergrund. Nämlich für fünf Jahre in die Bergwerke der blau-weiß-roten Mitsieger.

Ich saß ganz hinten auf der Bordwand und in einer scharfen S-Kurve wählte ich dann entschlossen die Freiheit. Als ich abgesprungen war und zwischen die halbnackten Bäume rannte, da pfiff es ganz schön über mir. Es waren aber nicht die Vöglein im Wald, die so wunderschön sangen, wie es in dem prächtigen Soldatenlied hieß, sondern Eisenhowers ekelhafte Erbsen. Doch ich wurde weiter nicht verfolgt. Und die siegreichen Häscher hatten ja auch keinen Grund dazu, denn die bayerischen Straßen waren voll geschlagener Menschen, die leider nicht mehr an ihren Fahneneid dachten, sondern nur mehr an zu Hause.

Als der Abend über das Heideland nördlich meiner Heimatstadt herniedersank, wollte ich auch ein bißchen was Ähnliches tun. Und tatsächlich entdeckte ich eine kleine Kirche. Und diese Andachtsfestungen waren mir bei meinen ganzen Absetzbewegungen immer schon die liebsten Nachtasyle gewesen. Auch dieses Mal hatte ich Glück, denn irgendein verlotterter Meßner war wohl zu faul zum Absperren des kleinen Portals gewesen und so begab ich mich in den Schutz der heiligen Dreieinigkeit und bezog Quartier in einem geräumigen Beichtstuhl. Doch plötzlich erwachte ich durch einen Riesenkrach. Da mußte doch irgendein Irrer, ein Besoffener oder ein Kirchenräuber die »Ablaß-Kabine«, in der ich saß, einfach umgeschmissen haben und dabei fiel ich mitten aufs Gesicht. Nur nach langem, an diesem Orte bestimmt sehr verwerflichen Fluchen, gelang es mir, jenes Gitter, durch das sonst die Sünden in dieses Reue-Möbel tröpfelten, zu entfernen und mich so wieder in die körperliche Freiheit zu begeben.

Am dritten Marschtag südlich der Donau sah ich dann in der Nähe von Freimann einen seltsamen feldmarschmäßigen Auflauf tadellos ausgerüsteter und in Form befindlicher echter deutscher Soldaten. Erst später erfuhr ich, daß es sich dabei um die »Freiheitsaktion Bayern« handelte, die in viel zu später Stunde noch beschlossen hatte, den Aufstand gegen »IHN SELBER« zu wagen.

Beim Sendeturm stolperte ich schließlich in einen verlassenen Erdbunker und fand darin eine große Büchse mit »Soja-Mehl«. Das war jener Ersatzstoff, aus dem die germanischen Küchenbullen tadellose Schweinekoteletts zaubern konnten. Nun, ich schleckte dieses Mal diese Ferkelschnitten aus der hohlen Hand und weil gerade meine Gedanken bei den Säuen waren, fiel mir auch jener Spruch wieder ein, den ich im letzten Urlaub gehört hatte und der auf den Münchner Ratsherren Christian Weber, einen der »Muttersäue« der »braunen Horde« gemünzt war und der so böse lautete: »Hast du schon mal einen Christian-Weber-Speck gegessen?« »Nein.« »Ist ja auch nicht gut möglich, weil dieses Schwein immer noch rumläuft.«

Wieder wurde es dunkel. Aber bevor noch die »Österreicher Marie«, die Sonne, am Himmel ganz erlosch, wurde es für mich auch noch schwarz. Genau genommen kohlschwarz. Am Rande des Englischen Gartens, wo ich in tiefem Frieden immer so gerne die köstlichen Morcheln erntete, kam mir auf dem Kiesweg in der Entfernung von etwa »stehend freihändig«, wie es bei den Schießübungen immer so deutlich hieß, ein himmellanger Sunny Boy entgegen. Ein richtiger Schwarzer wie aus einer Operette im vollen Ornat der US-Kämpfer. Es war mir klar, daß das irgendwie die Wende in meinem Leben bedeuten konnte. Also griff ich mir noch schnell einen gut faustgroßen Stein und hielt ihn auf meinem Rücken für alle, wenn auch noch so aussichtslose Fälle bereit. Immer näher kam das »schwarze Ungeheuer« und genau auf meiner Höhe sagte »Onkel Toms prächtiger Sohn« mit breitem Zahnpasta-Lächeln dann ganz schlicht: »Guten Tag«. Das traf mich wie ein herrlicher Faustschlag mitten in die verblüffte Schnauze. Und ich ging weiter schwankend wie auf einem Drahtseil. Nach fünfzig Metern schaute ich schüchtern um und das tat im selben Moment auch der menschenfreundliche Mohr. Das große dunkle Kind aus Louisiana hatte mich vielleicht gleich gar für einen reißenden Werwolf gehalten, schoß es mir durch mein einfältiges Hirn.

Die zweite Berührung mit dem Feind aus dem goldenen Westen erlebte ich dann in der Nähe des Siegestores, das wir ja nach dem Ausspruch Karl Valentins »in letzter Zeit sowieso nicht mehr viel gebraucht hatten«. Wieder stand einer der ersten Besetzer vor mir, sagte irgendeinen geflügelten Spruch von »fucking« auf und nahm mir nicht allzu sanft einfach mein Wehrmachtskoppel mit dem verfluchten Kreuz ab. Er lachte dazu laut aus dem Hals und als ich mich umdrehte, warf er mir noch eine Schachtel »Lucky Strike« ins Kreuz. Und der Edelgermane, der durch die Gunst des Oberbefehlhabers und auch durch ein paar Verwundungen einst vier Sterne auf den Achselklappen getragen hatte, war so charakterlos, die Zigarettenpackung auch noch aufzuheben. Freilich dachte er dabei etwas zweischneidig: »Wenn das der Führer wüßte.« Seine Hose aber band er sich nachher mit einem Stück Draht fest.

Es war ganz still in der Stadt, als ich ganz in der Nähe meines geliebten Alten Peters, das von mir einst arg strapazierte möblierte Zimmer aufsuchte. »Ja, da varregst«, sagte ich leise und dann laut lachend vor mich hin. Da war ja alles wie es war. Nur die Vorderseite des alten Hauses in der Dultstraße fehlte. In der Ecke des kahlen Raumes aber saß »ois ob's gestern g'wesn wär« die skelettdürre, heißgeliebte Zimmervermieterin Rosa Zeigerlein und lachte mit ihrem einzigen Zahn lautlos und lange. Und in der Ecke baumelte doch tatsächlich auf einem Kleiderbügel mein einziger blauer Tango-Anzug. Wie die gelynchte Vergangenheit. Und wie aus den schönen Tagen von Aranjuez. Und für mich und manchen anderen war also jetzt ein Jahrtausend zu Ende.

Und weil man sich doch auf die neue Zeit immer etwas vorbereiten mußte, marschierten die Heimgekehrten täglich am Morgen schon an die Aushängetafeln der einst so bekannten Zeitung. Denn da stand dann auf den täglichen Anschlägen genau, was man zu Essen bekommen würde, wo man sich als Nazi zu melden hatte, wie die neuen Herren hießen und wann man sich abends in die »sirenenlose« Heia zum überflüssigen Matratzenhorchdienst zu begeben hatte.

Nun, eines Tages traf ich dort auch einen mageren jüngeren Mann. Und irgendwie glaubte ich, ihn schon einmal gesehen zu haben. Und zwar auf einem Bild in der Süddeutschen Sonntagspost als Reporter mit einem Rupfensack auf dem Rücken und darunter meinte ich gelesen zu haben: »Der Berichterstatter als Lumpensammler.«

Ich redete den Mann auf Verdacht an und er sagte schmunzelnd: »Ja, ja, das war ich schon.« Da erzählte ich ihm, daß ich selber in meiner Jugend schon ein paar kleine Verserl in der gleichen Zeitung veröffentlicht hatte. Daraufhin meinte er: »Dann sind wir ja Kollegen. Da werde ich jetzt mal sehen, ob's da drin in diesem Zeitungsbunker vielleicht wieder was zu tun gibt.« Und er erklärte mir, wenn er einen Job bekommen habe, könne ich es dann ja auch irgendwie erfahren. Und er stellte sich auch vor und meinte noch: »Vergessen Sie aber meinen Namen nicht.« Ich habe ihn nicht vergessen. Den Namen von dem dünnen Blonden mit den schwarzen Schuhen. Ich weiß ihn sogar heute noch. Denn er hat mein Leben verändert.

Er hieß Friedmann.

Mit Vornamen Werner.

In irgendeiner frühen Zeit

Wenn in diesen Tagen der eigelbfarbige »Planet« die ersten Blasen auf der alten Teerstraße nach Hinterbrühl und auf dem jungen Rücken der krank geschriebenen Friseuse »Gin-Gin-Bums« zieht, dann wandert der betagte Spaziergänger immer wieder noch einmal zurück in die total abservierte Welt seiner einstigen Barfußläufer-Seligkeit.

Nun also latscht der Wandersmann dem Kieselstein-Dorado bei der Schinderbrücke zu, im Karl-May-Dialekt auch »Copakoagwando« genannt. Und da hört er den »Sommersprossen-Tscho« mit arbeitsscheuen Trichterhänden auch schon über den weißblauen Amazonas zur »Sauerampfer-Wally« hinüberschreien: »Wos is, warst scho drin?« Wobei er damit natürlich nicht die Alte Pinakothek meint, sondern die smaragdgrünen Isargumpen.

Die Standl-Witwe Schlaginweit, die an der Flaucherbrücke ihren Kopf durch das Schiebefenster hält, als sollte sie schon am hellichten Vormittag enthauptet werden, grüßt der Spaziergänger durch die sieben Vorhänge seiner Erinnerung noch einmal mit dreckigem Schusserfinger, den er an seine krumme Lausallee hält. Früher, wenn er beim Radlaufpassen vor dem Arbeitsamt vielleicht ein Fünferl verdient hatte, erstand er bei der guten, alten Haut sogar ein echtes Kracherl, in welchem noch eine Glaskugel als Verschluß drin war.

Dann ging's langsam, auf dem Balkengeländer balancierend, den Kanal hinauf. Und unter balancierenden Schwankungen kontrollierten alle Buben die verfilzten Brombeersträucher, ob sie bereits brav die ersten knolligen Fruchtwarzen angesetzt hatten. Beim Wasserturm, der grau und düster in die Räuberheftl-Vorstellung der Barfußläufer ragte, blieb gar mancher Kniehosen-Abenteurer mit gesträubtem Scheitel stehen und ließ sich eine zarte Gänsehaut wachsen. Ganz klar lag in diesem grindigen Verlies der seit Jahrhunderten gesuchte Nibelungenhort versteckt.

Gegen Mittag strebte die ganze Hunnenhorde schließlich dem stillen Sanatorium unter den hundertjährigen Kastanien zu, denn dort wurde Schlag zwölf Uhr auch für die halbnakkerten Robinson-Jünger immer schon eine menschenfreundliche Wassersuppe serviert. Und Blasius, der damals überall als »Grischperl der Nation« galt, bekam sogar manches liebe Mal ein komplettes Menü gereicht von einer niederbayerischen Schönheit, bei der er einen schweren »Biß« hatte. Dieses Gedeck stammte, was alle wußten, von einem jener Patienten, die am gleichen Tage noch kurz vor der Abfütterung ihren »Löffel« für immer weggeworfen hatten.

Doch gleichzeitig mit der barmherzigen Roten-Kreuz-Maid nahte dann auch ein böser, verbitterter Schutzmann, der den schlecht riechenden Namen »Kaserl« trug. Denn zum Nachtisch stellten sich die braun gebrannten Kostgänger jedesmal auf die Thalkirchner Brücke, falteten die Hände und zischten dann mit einem herrlichen »Hechterer« in den »Canal Grande«. Von all den Sportlern, die der Herr Kaserl dabei hartnäckig verfolgte, war ihm der »Gossner Karle« der begehrteste, wenn auch der unerreichbare.

Selbst wenn der Herr Wachtmeister im Schatten des Brükkengeländers mit seinem Kerzenleuchterhelm und dem schwarzen Büßerumhang wie ein völlig vertrottelter Sheriff die »Blase« beschlich, stand er nachher immer mit drohend geballten, aber völlig leeren Händen da.

Doch eines Tages hatten sich die Randstein-Desperados auch noch was ganz besonders ausgedacht: Als nämlich der Ordnungshüter trotz eines gewagten Rheumatismus-Sprunges wieder nur »Fehlanzeige« melden konnte und der Karle mit ausgebreiteten Armen wie der Schneider von Ulm in die nasse Einbahnstraße hinuntersegelte, geschah es, daß er einfach nicht mehr auftauchte. Da sagte der Wolf Gaggi, der zweitfrechste unter den bronzebraunen Freibeutern, mit kühner Stirne zum Schutzmann Kaserl: »So, jetz ham S'es! Jetzt können S' Eahnan damischen Schutzmannshelm gleich hint nachwerfa. Und Eahnan blödsinnigen Säbel dazua. Weil Sie nämlich schuld san, daß unsa Freind den Seemannstod g'schtorb'n is.«

Daraufhin wurde der Kaserl so bleich wie sein Name. Und er ging zwei Schritte abseits und erbrach sich sogar. Ein winziges Häuferl gelbe Rüben setzte er auf das Kanalufer. Da tat er uns direkt wieder ein bisserl leid auch. Noch dazu, wo wir alle doch wußten, daß der Karle gar niemals nicht ersaufen konnte. Denn er war lediglich unter Wasser eine kurze Strecke geschwommen, bis zu dem langen viereckigen Balken, der kurz vor dem Elektrizitätswerk das Wasser auf die Turbinen zulenkte.

Und dieser Balken war gar kein solcher, sondern aus drei breiten Brettern zusammengefügt, unter die man ohne weiteres tauchen konnte, um in dem ausgesparten Hohlraum den Kopf nachher wieder aus dem Wasser zu halten. Und deshalb genügend Luft für drei Wochen Ferien zur Verfügung hatte.

Viele wirre Jahre später traf Blasius dann den grau gewordenen »Hans Hass« wieder, und die zwei lachten so ausgiebig über den damaligen Schwank, daß sie nur durch viele gegenseitige dumpfe Schläge in den Rücken überhaupt am Leben blieben. Dann erzählte der Herr Rentner Gossner auch noch, daß sie den Wachtmeister Kaserl nach dieser Affäre, und weil er in einer politischen Fehldisposition auf einmal einen andersfarbigen Wams angezogen hatte, nach dem großen »Wischi-Waschi« ohne Säbel und Rang versetzten. Nämlich zum städtischen Bestattungsamt. Wo er doch eigentlich auch viel besser hinpaßte.

Und das wäre auch rechtens so gewesen, meinte der Karli. Denn soweit kommt es eben, wenn ein Polizist auch noch dümmer ist, als es die Polizei erlaubt.

Eine Milchzahn-Geschichte

Die erste Seite des alten Albums zeigt einen kleinen Wicht auf dem Arm der Pflegemutter. Der runde Muskopf blickt weit in die Ferne und fragt erstaunt: »Wieso zum Beispiel?« Und die Augen sind zwei Wacholderbeeren, die sich in eine Hefennudel verirrt haben. Ein paar Seiten später kommt auch schon das Kommunionbild mit trutzig vorgehaltener Kerze. Nur ist es etwas verwackelt. Das war, weil die schwarzen langen Wollstrümpfe so bissen. Das dritte Dokument aus dem Vorgestern aber ist eine Totalansicht von Winnetous Erben.

»Sechzehn junge Krieger, Flaucher 1927« steht quer darunter. Und der dritte von rechts, ja, der mit dem Tafelmesser zwischen den Milchzähnen und dem Sperrholzkriegsbeil in zerschundener Schusserhand, war der stille Betrachter selber.

Ein Jugendbild tut immer weh. Man schaut es an wie ein Vertriebener. Auch die 16 jungen Krieger hat das Leben hinausgestoßen aus ihren befransten Rupfenhosen. Und hinein in den Arbeitsdrillich, in die Uniform oder auch schon in den hölzernen Wigwam des ewigen Friedens. Howgh. Aber will die »Kritzelnde Lanze« nicht lieber erzählen von den Taten und Abenteuern seiner Kriegsgefährten auf ihrem Weg ins Leben, anstatt sich das Auge trüben zu lassen von dem salzigen Wasser der Erinnerung. Ja, doch, natürlich, uff, uff, das will er.

Also, der in der Mitte, dessen Viertklaßlerstirne mit den Schwänzen zahlreicher Kirchweihhasen garniert ist, das war unser Häuptling »Eisenkopf«. Als er die Führung des Stammes übernahm, mußte er eine Eignungsprüfung über sich ergehen lassen. Jeder Krieger durfte mit der Faust eine Walnuß auf seinem Kopf aufschlagen. Wir hatten sie in der Stadtgärtnerei erbeutet. Sie waren noch ganz frisch. Na ja, ein paarmal zuckte der Häuptling schon. Vielleicht hatte er auch bloß Angst, daß einer danebenhaut. Nachher sah die edle Rothaut aus, als hätte ihn ein Schwarm Hornissen frisiert. Aber ein Indianer kennt keinen Schmerz. Glaubten wir. Aber er war nur am Kopf so hart. Denn wenn ihn in der Schule der Lehrer rückwärts »ausstaubte«, war sein Wehgeschrei bis mindestens zum Rio Grande zu hören. Aber heut ist er Beamter und hält hinten auch was aus. Er sitzt acht Stunden am Tag. Allerdings nicht auf Walnüssen. Aber immerhin.

»Siehst, Vater, du den Hut dort auf der Stange?« Keine Stange, mein roter Bruder, das war der lange Vogelmeier. Und auch kein Hut. Die zwei Fittiche an seinen Schläfen stammen von einer Weihnachtsgans, weil sie einen Mietgarten hatten. Und der Franzosenhelm, auf den sie montiert war, hing vorher lange Zeit auf dem Balkon an einer Kette, als Blumentopf. Der Schüler Vogelmeier durfte alle Schwätzer der Klasse auf die Tafel schreiben, weil er doch so groß war. Stand aber nie einer drauf. »Die Kreide ist mir abgebrochen, Herr Lehrer«, meldete Kundschafter »Zittergras«. Später wurde er Vertreter. »Gestatten, Vogelmeier, Sterbegeldversicherungen.« Er verbeugte sich immer sehr, wegen seiner Länge. Und dann kam er nochmals auf den Kriegspfad. Ich sah ihn fallen. Bevor er hinfiel, machte er schnell noch seinen Diener. Als wollte er sagen: »Danke für den Auftrag.«

Eins, drei, vier, nein, sechs Kreuze schweben unsichtbar über den letzten Mohikanern. Dazu noch der Watzmann Lullu. Immer hatte er den linken Fuß vorne wie ein Fechter beim Ausfall. Wenn er ein Gedicht aufsagte: linker Fuß vorne. In der Turnhalle beim Abzählen, ja, sogar wie der Schulrat kam, und auch auf seinem Hochzeitsbild. Im Krieg wurde er Bombenwitwer. Später stand er dann einmal im Polizeibericht als Trittbrettfahrer. Jetzt sitzt er manchmal am Eingang der eleganten Passage und hat den rechten Fuß vorne, der andere fehlt. Feuersteine verkauft der Lullu,

Schuhbänder und Rasierklingen. Mich kennt er längst nicht mehr. Man sagt, er sei meistens betrunken.

Ja, und dort der winzige Blank Poldi mit der kahlen Lauskugel. Ein Schürzerl trug er noch und eine Botanisierbüchse. Wir brauchten ihn immer dringend für den Marterpfahl. Nein, der schöne Schild vom Guggenmoos Willi ist nicht gekauft. Das war nur ein umgedrehter Aschentonnendeckel. Und wie der Gang Lorenz mit seinem Pfeil drohend in die Zukunft zielt. Getroffen hat der auch noch. Erst kurz einen Zehner im Toto. Jetzt brät er Schaschlik im Hausgang. Zahme Büffellende überm Siemens-Schuckert-Feuer. Und links mein Busenfreund Tom. Auch Tomate genannt. Immer wollte ich seine schöne Schwester heiraten. Doch die nahm dann einen wirklichen Cowboy und ist schon lange drüben in Arizona. Und die Tomate ist ausgezeichnet gediehen. Als Verkehrsschutzmann. Alle Leute kennen seinen roten freundlichen Kopf. Manchmal, beim Haltesignal, schreit er zu mir herunter: »Howgh, alte Fischhaut.« Und dann rase ich schnell die dreißig Jahre zurück. Bis Grün kommt. Da schimpft aber die Tomate: »Komm, komm, weiter geht's. Halt mir die Leut' nicht auf mit deiner Träumerei.«

Zeit der Kirschen

Wenn Blasius das so sieht: Wie's die jungen Leute heutzutage treiben. Wenn die kleinen Strohhalmbabys so selbstverständlich wie ein Ausrufezeichen an den Bars stehen. Und mit ihren kühnen Wikingern kühl bis ans Herz hinan von der Liebe sprechen. Und wenn sie dann tanzen. Die Schönen der Nacht. Barfuß manchmal und mit einem Kettchen um die Knöchel, als wären sie bei der Garmischer Vogelwarte registriert. Und zwischenhinein rauchen sie dann wohl auch noch eine Zigarre. So eine dicke, schwarze, wie sie der Churchill in seiner Glanzzeit schmauchte. Oder sie werfen einen nagelneuen Kupferpfennig ins Sektglas, quirlen und trinken den Grünspancocktail. Mit den Mienen von sterbenden Philosophen. Einsam, lauernd, alt.

Da möchte der Spaziergänger zu den alten Philistern gerne sagen, die da den Kopf schütteln: Was versucht ihr immer bloß, sie zu verstehen. Ihr seht doch, sie verstehen sich ja selber kaum. Die sind sich alle selbst ein Kreuzworträtsel. Ihr Geheimnis ist nämlich nicht, daß sie eins haben, sondern keines. Die Zeiten ändern sich eben. In grauer Vorzeit lasen die jungen Leute Gedichte. Jetzt lesen sie Getränkekarten. Und früher ließen sich die Backfische vielleicht vom Klavierlehrer verführen. Heute dagegen lieber vom Klavier selber.

Wenn Blasius das so sieht: So muß er manchmal dran denken, wie das damals war in seiner eigenen Jugend. In jenen Tagen. Auch da gab es natürlich Twens und Playboys. Nur hießen sie halt Stenze oder Gigerl. Und die Zähne nannte man Hasen oder Tangofrauen. »Eva, werde bitte meine Tangofrau«, hieß seinerzeit ein bekannter Schlager. Da nahm so ein Treppenhaus-Casanova also am Samstagnachmittag seine gute »Schale« aus dem Kasten, legte die »Sonntagsstaude«, das Hemd übers Bett, und dann wurde erst einmal eingeheizt.

Das Kohlenbügeleisen der Frau Mutter nämlich. Und das wurde auf dem Stiegenhaus geschwungen wie die Feierabendglocke vom nahen Vorstadtkirchlein.

War dann die Hose – im Schnitt so weit wie jene vom Kremlchef selig – scharf wie Siegfrieds Balmung, so ging's ans Binden des Schlipses. Höchstens drei Karat groß durfte der Knopf des Selbstbinders sein, und ganze Familien zogen mit angestemmten Vorderfüßen am »Renommierplatz« des Sohnes. Die Schuhe, auch Schleich oder Zischpen genannt, glichen den heutigen fast aufs Kapperl. Sie waren jedoch ganserlgelb und salzstangenspitz. Denn man tanzte gerade den Shimmy und den Charleston.

Auf den Kopf aber kam der »Obermann«, der Hut. Ein Hut mit einem lächerlichen Chaplin-Rand und einer Stieglitzfeder im Band. Ein Einstecktuch, groß wie eine Kirchweihfahne, ein Schirm, florettdünn gerollt und ohne jeden Gebrauchswert und eine Uhrkette, die aus dem rechten Hosensack baumelte, aber am anderen Ende höchstens den Hausschlüssel sicherte, machten den »Gent« der zwanziger Jahre komplett. Dazu noch zwei rote Tupfen in die Augenwinkel, mit Bleistift nachgezogene Räuberkoteletts und eine blecherne Senoussi-Schachtel, die aber nur ein halbes Dutzend »Wutzelberger Privat« enthielt.

So holte man also seine Fanny zum »Feifuhrglock« ab. Diese durfte sich ihrerseits noch nicht mit elterlicher Genehmigung anstreichen, so daß sie ihr Make-up im Hausgang an- und beim Heimkommen auch wieder ablegte. Die Brauen wurden säuberlich mit einem abgebrannten Zündholz nachgezogen. Auf die Wangen kam Kornfrank-Papierrot, und die Lippen erhielten eine A.-W.-Faber-Tönung aus dem Malkasten des Bruders. Nun ging's hinein ins Café Nahkampf, belächelt, beneidet und natürlich zu Fuß. Beim Tanzen trug die Dame damals ihre Handtasche in der Ellenbeuge, denn die Not war groß und das Vertrauen klein.

Engagiert wurde im Sitzen, mittels einer international anerkannten Zeichensprache diskutiert, und wenn die Boys kamen, räumte der Ober die Zuckerdose weg, weil doch manche Quick-Step-Jünglinge nachmittags um fünf Uhr noch nicht gefrühstückt hatten. Auch drehte der Herr Wirt ab sechs Uhr eigenhändig die Wasserhähne auf den Toiletten ab. Denn er wollte ja keinen »Gänsewein« loswerden, sondern seine saure Hausmarke. Zwischen Fünfuhrglock und Abendschwof gingen »Braut und Bräutigam« getrennt nach Hause zum Mahl. Nie im Leben wäre es nämlich einem Gigolo eingefallen, seinen Wiegentango-Schatz zum Abendessen einzuladen. Denn da hätte jene mit Sicherheit angenommen, ihr Galan hätte irgendwo eingebrochen.

Nachher erzählte sich das Liebespärchen, was es gegenseitig daheim für »Menage« gab, und dann ging's in die zweite Runde. Selbstverständlich wieder auf den eigenen Foxtrottleisten. Nun gab's einen Liter Bier und für den Ober fünfzig

Pfennig im vorhinein. Zahlte nämlich irgendein Boy diese »Privatsteuer« nicht, stand er beim Zurückkommen von der Walzerprärie vor dem nackten leeren Marmortisch. Es war Sitte, daß ein Sonntagsliebchen vorher fragte, wenn es am Maßkrug nippen wollte, und nachher danke sagte.

Zwischen zehn und zwölf Uhr wurde auf dem Vorplatz gerauft. Stumm verbissen und ohne Sakko, das die Auserwählte hielt. Dann wurde noch das »Gelände« erkundet, denn auf Verdacht ging mit dem Heimbegleiten gar nichts. Das Sprichwort »Außer Spesen nichts gewesen« war damals nicht »drin«. Allerdings auch kein Taxi oder gar ein eigener Schlitten. »Wozu ist die Straße da«, hieß da die Parole. Und dann ging's ab nach Laim.

Löste da die Erkorene aber den Verspruch vielleicht nicht ein, kam sie bald in schlechten Ruf und ward Mauerblümchen. Nicht aber beim Gegenteil. »Ja, ja, so warns, de oidn Rittersleit«, möchte Blasius in memoriam sagen. Aber er glaubt, es hat sich trotzdem nicht allzuviel geändert seit jenen Tagen. Denn auch in unseren »modernen Zeiten« kann man beim ersten Liebeshandgemenge in einem kupplerisch dunklen Hausgang gar manche hart bedrängte Schöne noch leise und ohne jede Überzeugung die berühmten Worte flüstern hören: »Machen Sie nur so weiter mein Herr, Mutti wird schön schimpfen.«

Schnauferl-Schicksal

Zu den absoluten Hits einer Vorstadtjugend in den zwanziger Jahren gehörten mindestens drei Super-Begriffe. Nämlich der »Kara Ben Nemsi«, der »Waffelbruch« und das »Schnauferl«. Letztere waren die unehelichen Kinder von Gottfried Daimler und die wilden Vorfahren der heutigen Feuerstühle. »Schnauferl« hießen diese stinkigen Bastarde und Partisanen der Landstraße deshalb, weil der Besitzer diese Vehikel, um sie zu einem rachitischen Husten zu bewegen, so lange anschieben mußte, bis ihm schließlich der »Schnauferer« ausging und er so atemlos war wie der legendäre Nurmi, der ebenfalls zu den unerreichten Idolen der Barfußläufer gehörte.

Der absolute Experte auf dem »Töff-töff«-Gebiet im Viertel des Spaziergängers war anerkanntermaßen der Buckel Fritz. Obwohl er natürlich selber auch nicht das winzigste Schnauferl besaß. Aber er war wohl schon als Säugling statt mit Muttermilch mit einem Zweitaktergemisch gesäugt worden. Und statt eines zarten Verdauungskanals besaß er wahrscheinlich einen schnalzenden Auspuff. Jedenfalls konnte er absolut treffsicher von jedem entfernten Motorradl unfehlbar die Fabrikmarke erhorchen. Auch wenn es sich um ein solch seltenes Phänomen wie beispielsweise eine »Megola« handelte, eine »Harley Davidson«, die schwere »Indian«, die »Viktoria« mit den zwei waagrecht liegenden Zylindern, welche die Verkehrspolizei fuhr, die im Volksmund ganz schlicht die »Schwarze Schmach« genannt wurde, oder bloß um eine bellende »Zündapp«. Waren andere Fachleute bei seinen Erklärungen anwesend, so gab er als Zuwaage gratis auch noch den Zylinderinhalt der Benzinfresser bekannt. Und er wettete dabei mit jedem Gassenbuben ohne Federlesens »tausend Pfund« Kokosnußschokolade oder »drei Maßkrüge voll Zehnerl«, daß er immer recht hatte. Natürlich verlor er nie.

Und das war wohl auch gut so, denn die Mutter vom Fritzl war doch nur eine besonders magere Zeitungsfrau. Aber der Buckel-Balg hatte auch noch ein zweites Talent. Seine Wertschätzung oder Kritik eines Kraftfahrzeuges drückte er nämlich in später recht populär gewordenen Reimen aus. Da hieß es zum Beispiel: »Dekawe – steig ab und geh.« Oder: »Ein bisserl Blech, ein bisserl Lack – fertig ist der Hanomag.« Die seltenen »Cockerell«-Erzeugnisse aber versah er mit dem hervorragenden Prädikat: »Cockerell – steigt alle Berge schnell.«

Als er dreizehn Jahre alt war, erhielt er von der braven Mama wenigstens eine richtige Motorradbrille, die er ständig trug und in der Schule weit aus der Stirn schob, wie es der Herr Lehrer mit seinem teuren Augenglas auch tat. Doch der Traum von den eigenen zweihundert Kubikzentimetern schien ihm für alle Zeiten unerfüllbar. Aber obwohl der böse Pensionist Seidenschwanz, der immer die bedeutendsten Aussprüche vom ganzen Häuserblock tat, wie: »Setz i mi a bisserl aufs Kanapee – steh i auf – is 's Leben vorbei.« Oder: »Nix g'wiß weiß ma net.« Und der als Prachtstück seiner Aphorismen den derben Satz prägte: »Das Schicksal is a oide Sau.« Doch schlug schließlich dasselbe gerade beim Buckel-Buben unverhofft und kräftig zu. Die Mama des Fritzl spielte nämlich schon jahrelang in der Pferdelotterie und gewann aus heiterem Himmel plötzlich den dritten Preis. Und das waren zwei herrliche Fuchsstuten. Damit war das gesamte Glücksproblem für den Fritzi-Buben gelöst. Er schlug nämlich seiner guten Mamatschi ganz einfach vor, weil sie doch nicht mit den zwei Gäulen die Zeitungen austragen konnte, beziehungsweise ausreiten, er würde sich einfach ein Motorrad kaufen und die Gazetten alle blitzschnell am Morgen ausfahren. Dann könnten sie sich vielleicht auch noch einen zweiten

Bezirk dazunehmen und wären bald reich. Und so stand eines grauen Vormittags auch eine ungemein geduckte, dem Namen nach aber fast unbekannte »Lord«-Maschine vor dem Haus und seinen staunenden Insassen. Ebenso rasch gesellte sich auch eine richtige Motorradbraut zu dem neuen Landstraßenschreck. Diese Mädchen wurden meistens zwischen dem Sattel und dem hinteren Schutzblech beim Fahren wie eine Wäscheklammer eingezwickt, ganz hautnah halt, wie es damals der Brauch war. Also mit bloßen Beinen und manchmal sogar mit einer ebensolchen »Mitgift«. Vor Fritzens Haus donnerte nun jeden Morgen die »Lord« wie ein gewaltiger Wecker los, und der Fahrer selbst trug auf dem Rücken, gefüllt mit den Zeitungen, den alten Soldatentornister seines Herrn Papa, der leider bei Verdun gefallen war. Weil aber seine »Lordschaft« einen ungeheuren Gasolin-Durst entwikkelte, meinte die Mama ein bißchen traurig: »Bub, schau doch einmal nach, der Tank von diesem Säufer muß ja ein Loch haben, so groß wie mein Daumen.«

Aber diese Kritik der Frau Mutter schob der Herr Sohn natürlich gelassen beiseite. Ja, er legte sich sogar noch eine lederne »Schnellfeuerhose« zu. Und natürlich auch ein zweites Girl, das auf den Namen Isolde hörte. Diese jedoch hatte sogar dem Blasius schon lange gefallen, und er versuchte, mit einem faulen Trick bei der Hinterrad-Schönheit zu landen. Er zeigte ihr nämlich ein Bildchen, auf dem er mit einem Freund eine schwere Maschine in windschlüpfriger Haltung mit verkehrt aufgesetzter Schlägermütze dirigierte. Die Isolde aber lachte schallend dazu und meinte, weit würde er wohl damit nicht gekommen sein. Denn das Motorrad stand ja auf einem Ständer, wie man ganz deutlich sah. Das stimmte leider, denn die Aufnahme war doch bloß auf dem Oktoberfest in einem Foto-Zelt getätigt worden. Der Abgewiesene aber war letzten Endes sogar erleichtert über diese Abfuhr, denn die Isolde wäre ihm sowieso zu »gescheit« gewesen. Sie erschien Jahre später sogar auf einem Plakat, das sie als Stadtrats-Kandidatin vorstellte. Und schaute wie viele dieser Plakate schräg und höhnisch auf das mindere Volk hinab.

Indessen war der Friederikus schon ein paarmal in arge Gewissensqual gekommen, denn nicht nur, daß er die fälligen Wechsel »prolongieren« ließ, wie ihm ein anderer Schnauferlritter empfahl, sondern er kassierte, um den Riesendurst der »Lord« zu stillen, auch heimlich ein paarmal die Abonnentengelder. Da war es auch nur ein schwacher Trost, daß die Buben vom Haus so einen schönen Vers über ihn gemacht hatten, den sie manchmal, wenn er startete, im Chor sangen. Und der hieß: »Der Buckel Fritz, der Buckel Fritz – is schneller wie ein Kugel-Blitz.« Aber langsam sprach es sich dann auch herum, daß wieder einmal ein älterer, streng blickender Herr mit einer kleinen amtlichen Tasche bei den Buckels war. Worauf die Frau Buckel mindestens einen Tag lang noch magerer wurde. Und dann kam alles ganz schnell.

Längst war Isolde auf eine fünfhunderter »Sunbeam« umgestiegen, und der strenge Herr mit dem Ledermapperl hätte sein Pfändungswapperl beinahe noch am Tank des gerade startenden »Ritters der Landstraße« anbringen können, da bewahrheitete sich der miserable Schicksalsausspruch vom Rentner Seidenschwanz doch noch auf das traurigste. Denn nachdem der Fritz Buckel zum letzten Mal das Rennen »um das blaue Band von Egelfing«, wie die Fußgänger die Rennstrecke von München nach Grünwald benannt hatten, absolvierte, bog er dann in der S-Kurve zum »Brückenwirt« nicht stark genug nach links ein, wie er es hätte tun sollen, sondern er segelte stur geradeaus und mindestens zwanzig Meter durch die Luft. Direkt in die Ewigkeit hinein. Aus dem schwarzen Gestänge der »Lord« aber schweißten ihm seine treuen Spezl ein einfaches schwarzes Kreuz zusammen. Das heute noch an dieser Stelle im nahen Gebüsch zu sehen ist.

Der Fuchsdeifiswind

Ja, da ist er ja endlich wieder. Der »Fuchsdeifiswind«. Wie manche der von ihm heimgesuchten Voralpenländler zu diesen Abgasen des schuftigen Beelzebubs auch sagen. In der gescheiten Nobelsprache heißt dieser »Windjammer« allerdings nur ganz schlicht und ergreifend »Föhn«. »Warmer trockener Fallwind« steht darüber im Großen Duden auf Seite 273. Allerdings weiß dadurch der Betroffene immer noch nicht, was sich hinter diesem Teufelstaifun wirklich verbirgt. Tatsache jedenfalls ist es, so schwören wenigstens die Münchner, daß es ihn rein und pur nur in der bayerischen Landeshauptstadt gibt. Oder vielleicht auch noch ein kleines bißerl in Oberbayern. Nur diese Gegenden sind tatsächlich föhnig. Das übrige Abendland dagegen, so sagen die eingefleischten »Seppl« ist höchstens »windig«.

Und deshalb spüren vielleicht nicht alle Menschen in unseren Breitengraden diesen hinterlistigen Ozon, der irgendwo vom Ettaler Mandl herkommt. Viele lachen zwar über das Gezeter der Anfälligen und sagen unverhohlen in schnippischem Hochdeutsch: »Geh, bei denen piept's wohl.« Aber wenn es einen solchen dann selber trifft, dann trifft es ihn schwer. Selbst wenn er aus jenem harten Lande stammt, das sich Niedersachsen nennt und wo die Leute nach einem berühmten Lied angeblich »sturm«-, »fels«- und »erd«-durchwachsen sind.

Selbst pfiffige Potsdamer, kecke Kölner oder wuchtige Westfalen gehen dabei in die Knie, rennen von der Apotheke zum Wahrsager und würgen alles, was sie vorher über die empfindlichen bayerischen Ureinwohner und den lächerlichen Südwind hämisch »veräppelten« in stillem Schmerz und ehrlicher Zerknirschung wieder zurück.

»Am liebsten morgen ich sterben mag«, stöhnt der echte

Föhnbruder mit dem Dichter. Schon beim Aufstehen tun ihm nämlich alle Haare einzeln weh. Dem Kahlköpfigen sogar jene, die ihm längst ausgefallen sind. Und er fühlt sich so elend, als hätte man ihn mit dem Reibeisen frisiert. Im Kopf aber trägt er einen uralten, grauen Kartoffelknödel herum, den kein Mediziner mehr als Hirnsubstanz bezeichnen möchte. Und die Luft ist überall wund, weh und gereizt. Man möchte sie am liebsten in kleine Fläschchen abfüllen und bösen Menschen auf Weihnachten schenken. In den Straßen scheppert und klirrt es unentwegt. Denn auch Gottfried Daimlers blecherne Erben sind vom Föhn befallen. Mit tückisch gesenkten Stoßstangen gehen sie aufeinander los und nehmen sich gegenseitig völlig grundlos auf die Hörner. Selbst der rauhe sonst fast unempfindliche Handwerker keucht unter der Föhn-Besatzung. Und plötzlich fuchtelt er zerfahren und völlig weggetreten mit dem Meterstab herum. Knickt ihn immer wieder ab und macht geometrische Figuren daraus. Und wenn er sie dann ganz genau betrachtet, ist es immer wieder ein Galgen geworden, was er da ganz unbewußt geformt hat. Der einsame alte Rentner wiederum in seinem Dachkämmerlein will sich auf dem Gas sein mageres Süpplein kochen. Doch da überfällt ihn auf einmal eine große Schwermut. Und er sagt zu sich: »Zu was denn noch lange so ein Armenhaussupperl zubereiten.« Und dann ißt er das Gas einfach roh.

»Wer bei so am Wedda net krank werd, der is überhaupt net gsund«, pflegte der Auer Vorstadt-Philosoph Karl Valentin in solchen Zeiten zu sagen. Denn auch er wußte kein Mittel gegen diesen entsetzlichen Schirokko. Manche älteren Eingeborenen behaupten zwar, man solle in diesen Tagen viel Jakobi-Äpfel essen, nach Möglichkeit immer auf den Boden schauen und danach trachten, daß man sich auf der Straße beim Spazierengehen zwischen zwei Rothaarigen postieren kann. Nervenärzte indes glauben, daß heiße Bäder helfen könnten. Und raten, ja in kein grelles Licht zu schauen. Nach Möglichkeit sollten ferner nur Romane von Rilke oder Herbert Rosendorfer gelesen werden. Trotz all dieser Ratschläge und Patentrezepte jedoch schleicht sich der tückische Kopfweherzeuger weiterhin unangefochten über die Alpenkämme ins schöne Bayernland. Und dieser Häusl-Schleicher bewirkt dann sogar, daß grundgütige Mütter ihre völlig unschuldigen Kinder übers Knie legen und so versohlen, daß sie pfeifen wie überhitzte Patentkochtöpfe. Gnädige Amtsgerichtsräte, die sonst immer bereit sind, Bertolt Brechts berühmtes Leitmotiv: »Verfolgt das kleine Unrecht nicht so sehr«, anzuwenden, teilen Gefängnisstrafen aus, die länger sind als die Via Appia. Während würdige, absolut korrekte Ärzte ihre leichtkranken Patienten in den Kliniken rücksichtslos aus den Stationsbetten werfen. Um sich stöhnend selbst hineinzulegen.

Zwoa Boor Schtiefe

»Die Münchner«, so behauptet mancher mittlere Globetrotter, der bereits zum zweiten Male in seinem Leben vor dem Hofbräuhaus steht, sind entweder grantig oder besoffen. Und ein besonders gelbzüngiger Bratkartoffel-Teutone fügt da vielleicht noch hinzu: »Oder beides.« Der also eingestufte Ureinwohner aber antwortet auf diese harte Kritik höchstens mit einem gelangweilten »Na und«.

Daran hat auch die Entwicklung des Millionendorfes zur Weltstadt mit Herz nichts geändert. Denn diese hat für den hartnäckigen Münchner überhaupt nicht stattgefunden. Der denkt und empfindet nämlich so, wie hierzulande die Maurer sagen: »Ein Kübel Wasser, ein Kübel Sand und ein Kübel Kalk geben zusammen immer erst einen Kübel Mörtel.« Drum hat diese Stadt den Schwedenkönig Gustav Adolf, die vielen tausend Flüchtlinge, die asiatische Grippe und auch die geliebten »zuagroasten Preiß'n« zwar mit grollendem Murren, aber fast ohne jeden Substanzverlust überstanden.

Nun ist es aber für einen zugereisten Flachlandtiroler gar nicht so leicht, einen echten Münchner zu finden. Denn so wie er glaubt, daß ein echter Münchner ausschaut, schaut er nämlich gar nicht aus. Zu beachten wäre außerdem noch, daß nur noch jeder fünfte Einwohner der Weißwurst-Metropole ein Urmünchner ist. Nämlich von Münchner Eltern in München geboren. Drum wendet sich der Durchreisende, der Fremde oder der pauschal antransportierte Omnibusgast vielleicht auch an einen jener »Rülpsbajuwaren«, die zur Fremdensaison gern an den Plätzen der touristischen Neugier bereitwillig herumstehen. Sie sind leicht an den großen Mengen von Klauen, Krallen oder Gebissen zu erkennen, die an einer dicken Uhrkette über ihrem »Brauereigeschwür« baumeln, wie ein Säuferbäuchlein hierzulande auch genannt wird. Außerdem fallen sie durch viel zu lange »Gemsenpinsel« auf, die auf ihren viel zu grünen Scheitelhülsen wippen, und an den leicht auswärts gestellten X-Beinen, die käsig und bleich aus der ledernen Kanalisation ihrer Kniehosen herauswuchern. Diese Kitschpostkarten-Figuren leben hauptsächlich vom Fotografiertwerden, von Bettelräuschen und der Verachtung der echten Eingeborenen. Denn sie haben mit den Münchnern so wenig gemeinsam wie ein Bismarckhering mit dem Eisernen Kanzler. Ihre Urheimat ist häufig das wunderschöne Sachsen: »Nu härn Se mol.« Um aber ihre Urwüchsigkeit zu beweisen, bestellen sie bei der Kellnerin, wenn sie endlich von gutmütigen Pirmasensern, Pinnebergern oder Pittsburgern eingeladen werden, weithin hörbar eine Maß Bier mit der ungemein witzigen Bemerkung: »Aber den Schaum bittescheen in der Mitt'n.« Oder: »Den Henkel links, goi.« Um dann nach dem dritten Töpfchen einen von niemandem verlangten Vortrag über bayerische Lebensart und die bodenständigen Biersorten zu halten. Sie selber trinken aber alles kreuz und quer durcheinander, getreu nach der Lebensregel aller Schnorrer: »Das helle Bier geht aufs Herz, das dunkle macht dick, nur das Freibier schadt gar nichts.« Zum Abschied singen sie dann ihren neuen Freunden womöglich auch noch die völlig idiotische Kannibalen-Hymne vor: »Heut auf d'Nacht, wer'n Preuß'n abg'schlacht, wer a Preuß'nfleisch mag, der soll kumma de Tag.« Dazu klappern sie noch einmal wichtigtuerisch mit dem schauerlichen Gehängsel an ihren Uhrketten, so als würden die daran befestigten Trophäen schäbige Trophäen längst aufgefressener Potsdamer sein. Nein, Amigo, Freund, Tramp und Besucher. Wenn Du wirklich einem echten Münchner begegnen willst, so laß grundsätzlich alle Vorstellungen von einem edamerköpfigen Säufer mit blau angelaufener Auberginennase und riesigen Nagelschuhen fallen und halte lieber Ausschau nach irgendeinem unscheinbaren Manderl mit einem vergilbten

Lodenmantel, einem Hut, wie ihn womöglich auch die alten Rentner in Neuseeland tragen, und nach einem einfachen Hackelstecken, den so ein gemütlicher Bummler als geliebte Feierabendlanze gern mit sich führt, und wenn Du vielleicht gerade auch noch hörst, daß dieser Randstein-Trippler von einer ähnlichen Type mit den Worten angesprochen wird: »Na, wie geht's denn?« und der Befragte dann mürrisch erwidert: »Des wer i scho selba wiss'n«, dann hast Du mit großer Wahrscheinlichkeit einen waschechten Münchner vor Dir und sogar einen von jener aussterbenden Sorte, den man einen »Grantler« oder »Grantlhauer« nennt. Dabei ist der Grantler keineswegs ein ewiger Meckerer. Genaugenommen verkörpert er nämlich den Übergang vom Nörgler zum Philosophen. Ein richtiger Grantlhauer ist im Grunde seines Herzens tatsächlich ein stillvergnügter Mensch, der nur mit seiner Seele schmunzelt. Der Grantler wird in den weißblauen Breitengraden überall mit äußerster Vorsicht genossen oder bedient. Denn der grantige Mensch erweckt überall den absoluten Eindruck: »Mit dem ist nicht gut Kirschen essen.« Er findet deshalb in seiner Obsttüte auch fast nie einen verfaulten Apfel, dafür aber in jeder überfüllten Straßenbahn einen Sitzplatz.

Wenn jedoch hinter dem Rücken eines Grantlers irgend jemand womöglich einmal leise wispert: »Dem armen Tropf kommt auch nie ein Lachen aus. Bestimmt ist der schwer leidend«, dann kichert der Grantlhauer nur ganz vorsichtig nach innen, damit's ja keiner sieht, und zitiert heimlich den berühmten Ausspruch des Münchner Volkssängers Weiss Ferdl vor sich hin: »D'Leit ham a rechte Freud, weil's bei mir so weit feit. Aber d'Leit wiss'n an recht'n Dreeg, so weit feit's bei mir net.«

Geliebte Gladiatoren

Nicht, daß der Spaziergänger wie seine uralte Großmutter die Zeitung meistens von hinten aufschlägt, um die Namen derjenigen zu kontrollieren, die von nun an nur mehr durch das viereckige schwarze Fenster der Ewigkeit auf ihn herunterblinzeln werden, sondern durch reinen Zufall las er neulich den Namen »Swoboda« in einer Gazette. Und dabei dachte er an seinen längst verblichenen Schulspezl, der sich genauso schrieb und dessen Vater zur damaligen Zeit einen völlig unmöglichen Beruf ausübte. Er war nämlich Berufsringer.

Der Swoboda-Biwi jedoch hatte selber nur ganz dünne grünliche Oberarme, weshalb er von seinen Klassenkameraden einfach das »Zwiferöhrl« genannt wurde. Bedrohte ihn jemand, so sagte er allerdings sofort seinen weithin bekannten Spruch auf: »Dua da ja net traun, sonst sog i's mei'n groß'n Bruder, der schpeibt dia dann in dein Hausgang nei.« Vom Herrn Papa gab er wiederum kund und zu wissen: »Wenn i des unsan Vaddan sog, na hoit er dein Vaddan an sein ausg'streckt'n Arm solang beim Fenster naus, bis er verhungert is.«

Und bei dieser Rückblende fiel dem Spaziergänger auch wieder einmal auf, daß es im Münchner Circus Krone schon seit Jahrzehnten keine Berufsringkämpfe mehr gibt. Und was war das doch jeden Abend für eine Mords-Gaudi, wenn die Mimen der gepolsterten Matte ihre Schau abzogen. Die manchmal direkt unter dem berühmten Filmtitel lief: »Sie küßten und sie schlugen sich.«

Denn neben den unbestreitbaren körperlichen Leistungen mußten bei den »Wammerl-Patschern« auch die mimischen Darbietungen entsprechend bewundert werden. Da kletterte beispielsweise ein Herr zwischen die Seile, der – mit Handtasche und Stöckelschuhen versehen – als »Schnalle vom

Dienst« vom Bahnhof Zoo galt. Und nicht nur, daß dieser Bizepsprotz gepudert und geschminkt war, nein er zwinkerte auch noch den dicken Herren im ersten Parkett verheißungsvoll mit dem linken Auge zu. Als Gegenstück stellte sich mit hoher Fistelstimme ein »Süßer von Hinterbärenbach« vor, der sich einhundertfünfundsiebzigmal vor dem vollen Haus verbeugte. Und einem Dritten gelang es gar, nach jeder Niederlage bittere, absolut echte Tränen der Scham und der Schande zu produzieren.

Wenn aber diese Giganten unter den abendlichen Tiefstrahlern manchmal auch auf der Straße der großen Stadt von den Buben verfolgt wurden, dann waren sie ganz brav und normal, wenn auch immer noch gewaltig wie das Ettaler Mandl. Niemals wird so ein Barfußläufer wohl den gewaltigen »Ali-Ben-Abdu«, den »Kannibalen vom Kongo« vergessen, der an allen zehn Fingern eidottergroße, grellfarbige Ringe trug und auf dem Kopf einen Viertel Meter hohen Fez.

Einer jedoch hatte es dem Asphalt-Trapper Blasius besonders angetan, wenn der Spaziergänger im Schlagschatten gutmütiger Erwachsener als blinder Passagier in die Galerie des Zirkusbaues »hinaufwuiselte«. Und vor dreißig Jahren hat ihn der Chronist auch für die Zeitung beschreiben dürfen. Und da hieß es wörtlich: »Allen turmhoch überlegen an darstellerischem Talent und Soloeinlagen ist wohl Felix Kerschitz, der große Mime vom Donaustrand – ihm gebührt allein der Oscar. Schon wenn er in seinem schwarzen Bademantel mit dem aufgestickten fauchenden Stier am Ring erscheint, kriegen die Galerieplatzinhaber einen dicken Hals und beißen krachend auf ihre Zahnplomben.«

Als launige Begrüßungsworte des Publikums notierte der Spaziergänger: »Feiga Schrammel«, »Trauriger Hendlbroda«, »Schofwascha windiga«, »Magant«, »Fiolebruada« und »Des is vielleicht a Truderinga, aba koa Berufsringer«. Der Gigant nimmt diesen Empfang zur Kenntnis, macht Front zu den Tribünen und schleudert unwirsche Blicke unters Volk. Und dann kommt sein Auftritt. Mit erhobenem Zeigefinger geht er auf seinen Gegner zu und hält dem Verdutzten zunächst einmal einen Vortrag, vermutlich über die Funktionen des Zwölffingerdarms. Dann wendet er sich ab und redet salbungsvoll auf das Publikum ein, was aber in wütenden Luckipfiffen untergeht.

Mittlerweile hat sich sein Partner von der gut gespielten Überraschung erholt und springt dem Felix ins Rückgrat, daß dieser donnernd auf seine römische Nase fällt. Und jetzt beginnt die Zerstörung am Boden. Blasius stellt fest, daß kein Tierstimmen- oder ähnlicher Imitator auch nur annähernd in der Lage ist, die nunmehr gebotenen Geräusche nachzuahmen. Da ist zu vernehmen: das Gurgeln eines Walfisches beim Zähneputzen, das stille Weinen eines verstoßenen Parteifunktionärs, das Aufstoßen eines Winterrettichs im Februar, Napoleons Flüche bei Leipzig und das Gebet einer Jungfrau am American Way.

Ächzend – mit bitteren Selbstvorwürfen im Gesicht – und verknüpft wie ein Plumeau mit dreckiger Wäsche liegt der Felix lange im Ringer-Ring. Bis ihn plötzlich der bekannte »Furor Austrianus« befällt, denn dann verschlingt er seinen Gegner zu einem gordischen Knoten, schleudert ihm noch rasch das feuchte Abgestreifte von seiner Nase in die Nierengegend und siegt trotz der hoch erhobenen Löwenbräu-Maßkrüge der Zuschauer durch einen schrecklichen Kreuzbrecher, den er auch noch mit einem Tiroler Jodler garniert.

Der eigentliche Clou aber kommt direkt anschließend. Denn dann nahen zwei Krankenträger und schaufeln die Reste des Vernichteten auf ihre Bahre. Als äußersten Beweis der todernsten Situation aber tragen sie keine Rotkreuz-Armbinden, sondern tiefschwarze Trauerflore an den Ärmeln.

Wirb Vogel oder stirb

Sinnend bleibt Blasius manchmal vor der Auslage eines vornehmen Geschäftes stehen. Ein Korb freudestrahlender Orangen steht im Schaufenster. Aha, denkt der Spaziergänger, natürlich ein Obstgeschäft. Aber nein, Irrtum! Die Apfelsinen »stehen« nämlich nur Reklame für duftige Spitzenblüschen aus Smyrna. Wahrscheinlich als »Steh-Obst«.

Im nächsten Laden liegen ein halber Gartenzaun und ein verwitterter Starenkasten im Fenster. Doch wird in diesem Geschäft beileibe kein Holz feilgeboten, sondern Rheumatismusfelle und aufgerauhte Kniewärmer.

Und wie kommt denn bloß der Vorschlaghammer in die elegante Handtaschen-Boutique. Oder dort ein Eispickel zwischen die hausgeräucherten Bauernseufzer? Ja, ja, mein lieber Schieber! Das ist eben die neueste Reklamemasche. Die indirekte Werbung. Über 14 versteckte Ecken. Sozusagen ein psychologischer Riesenslalom.

Augenblicklich werden auch mit großer Vorliebe Teile des versauten deutschen Waldes zu Dekorationszwecken verwendet. Baumwurzeln, die ausschauen wie die versteinerten Zahnprothesen des Riesen Gulliver. Ferner geisterbleiche Äste und gesplitterte Jungtannen, wie sie gewiß der Rübezahl als Zahnstocher benutzte. Dazu bizarre Gabelungen, blaßgekalkt oder braunlackiert. Und versalzene Sträucher, Knollen, Wipfel oder Alraunenwurzeln. Auch der berühmte Knüppel aus dem Sack vom »Hans im Glück« ist vielfach hinter Glas zu finden. Und das alles in Geschäften, die eigentlich vom Umsatz in Damastkissen, Bettumrandungen, hauchdünnen Mitternachtssünden oder linksgewebten »Wadennebeln« leben. Freilich ist dabei die Ideenverbindung, zwischen einer Räuberkeule und einem Bikini für den unverbildeten Beschauer nicht immer ganz leicht herzustellen.

Da ist auch ein reich durchbrochenes Teenagerkleid, das als Begleiter einen weißlackierten Wacholderstrauch untergehakt hat. Und Blasius sinniert: Soll das jetzt bedeuten, daß dies ein Kleid zum »Straucheln« ist oder soll es bloß ein Hinweis für »offene Stellen« sein. Und siehe da: in einer Passage für Dirndlmieder schweben gleich gar zwanzig abgehackte Gänseflügel an dünnen Fäden von der Decke. Das sind sicher die gelähmten Schwingen einer hausgeschlachteten bayerischen Kirchweih-Armada. Kinderleicht zu erklären ist dagegen das Vorhandensein eines Bienenkorbes in einem Hutsalon. Das soll doch wohl ganz naiv einfach heißen: »Mit dem Hute auf dem Schopf – kann der Weps nicht stechen Kopf.«

»Wer hat dich du schöner Wald abgeholzt und dann verchromt?«, möchte man zu dem realistischen Scheiterhaufen sagen, den ein werbetechnischer Picasso aus den Überresten eines Hurricans in seinem Etablissement aufgeschichtet hat. Lauter vernickelte Klafterhölzer sind das, vermischt mit vergoldetem Reisig zum Anheizen. Dabei führt der rätselhafte Köhler in seinem Geschäft nur spitze italienische Zehenpresser. Er wird aber doch mit seinem mittelalterlichen Heizwerk nicht symbolisieren wollen, wie nach erfolgtem Kauf seiner Kundschaft mit diesen Schuhen die Füße brennen.

Schwer zu ergründen ist auch das Vorhandensein eines großen Wagenrades im fortschrittlichen Baby-Basar. Doch möglicherweise soll damit gesagt werden: »Bei uns kommt kein einziger Kunde unter die Räder.« Vielleicht aber soll das Rad auch nur die Störche anlocken. Damit sie darauf ein Nest bauen und noch viele, viele weitere Kinderlein bringen. Die dann alle Kundschaft werden könnten.

Bliebe noch das niederbayerische Zuggeschirr für Rindviecher. Mitten in einem piekfeinen Wäscheladen unter Spinnenweben-Dessous und anderen pikanten Todsünden. Dieser Reklametrick erscheint dem Spaziergänger ziemlich klar. Denn die suchen hier sicherlich nur einen Ochsen, der sich dann einspannen läßt, um die kostbaren Kombinationen für seine dringend wartende Zweitfrau aus dem Laden zu ziehen.

Eins aber scheint der gesamten Geschäftswelt auf jeden Fall längst klar zu sein. Nämlich Werbung tut not. Denn der kluge Kaufmann von heute wird selbstverständlich den treffenden Werbeslogan: »Wirb Vogel – oder stirb« beherzigen. Und das möchte ihm der Spaziergänger auch dringendst geraten haben. Wenn ihm sein Laden lieb ist.

Denn der nächste Mieter kommt bestimmt.

Das große Rennen

»Hier!« ruft der Lenz jedes Jahr am gleichen Sonneneck im kleinen Park. »Bin scho do!« Und er hebt seine Agfacolor-Finger artig wie ein braver Schüler, den der Professor Jahreszeit soeben aufgerufen hat. Die gebauschten Büsche zeigen kokett ihre Spitzen. Aha, man trägt auch heuer wieder grün. Protzig prangt der vierzehnkarätige und mit der Zahl 585 abgestempelte Goldregen. Und der Himmel darüber ist blau. Manchmal.

In welligen Schleifen und Kurven hält ein Kieswegband dieses Frühlingsbukett zusammen. Schwarze Amseln mit gelben Rühreischnäbeln schauen schräg fragend auf die Passanten: »Ham Sie vielleicht g'seng, ob da irgendwo der Wurm drin is?« Und die gurrenden Masttäubchen schleifen ihr Weißbrotbäuchlein fast im Grase nach. Drüben über den Dächern der großen Stadt hängt ein Mädchen Wäsche auf. Große weiße Fahnen. Als wollte sie allen Rittersleuten weithin vermelden: »Achtung, hier wird kapituliert.«

Liebespaare, Jünglinge, stille Träumer und alte Hagestolze drehen ihre Runden auf dem Nürburgring der Sehnsucht. Ein verschüchterter Student ist hinter einer kühlen Blonden her. Aufrecht schwebt sie vorüber und appetitlich. Wie ein frisches Glas Helles. Und er wischt sich immer wieder seine baumelnden Marschier-Ruder an der samtenen Wellblech-Hose ab. Als wollte er den schmunzelnden Bankbesitzern zu verstehen geben: »Warts nur, jetz pack i's nacha glei.«

Da hat der magere Zimmerherr hinter ihm ganz andere Absichten. Lächelnd und ein wenig lächerlich hält er mit geschlossenen Augen sein Gesicht in die Sonne. Er will braun werden. »Obacht«, schreit jemand. Aber da rennt er schon an die Verbotstafel für freilaufende Hunde. Und wird kasweiß von der Wucht des Aufpralls.

Auf den Bänken sitzen Schwiegermütter und stricken schon für den Jahrgang Fünfundachtzig. Und der Faden geht ihnen nie aus. Weder der auf dem Schoß, noch jener ein Stockwerk höher. Sie stricken ganze Hammelherden kahl. Zwei tuschelnde Mädchen halten die Nase in einen Liebesbrief. Ein Windstoß bläst ihn aus ihren Händen. Und weg ist er. »Um Godswuin, wenn den jemand findt«, sagt die eine. Doch der Wind kann nicht lesen. Der Cordhosenbubi kommt schon wieder vorbei. Er hat auch in der dritten Runde noch keinerlei Boden gewonnen.

Und das Karussell geht immer, immer rundherum. Die Mädchen auf den grünen Latten-Couches haben ihre seidigglänzenden Zwillingslafetten tadellos ausgerichtet. Wie bei einer NATO-Parade. Ein weißhaariger Gamaschengeneral schreitet wohlgefällig die Front ab und nickt: »Lieb Vaterland, magst ruhig sein.«

Dann kommt ein alter Mann mit einem Kind gegangen, bleibt stehen und füttert die Vögel. Schließlich dreht er seine Sackeltasche ganz um, damit auch die Brösel herausfallen. Und alle sehen das große Loch im Futter. Da sagt der alte Mann beschämt und grollend: »Des glangt ma wieda von meiner Zugehfrau. Löcha im Gwand net seng. Aba mi heirat'n woin ...«

Schon lange unterhalten sich der rechtsgescheitelte Luis-Trenker-Typ und die trompetenblonde Nachmittags-Schönheit, die neben ihrem ahnungslosen Mütterlein sitzt, durch Zwinkern und Blinkern. Manchmal sieht das aus wie ein Filmduett, wenn der Tonstreifen abgerissen ist.

Nun tänzelt ein Märchenbuch-Mädchen im Ringelreihen-Schritt auf dem Kies und singt mit dünner Mundharmonika-Stimme: »Dreimal drei is neiheine, du weißt schon, was ich meiheine.« Da müssen Romeo und Julia laut lachen. Der freundliche Professor am äußersten Bankzipfel schaut auf, als der Tour-de-France-Liebhaber zum siebtenmal in die Zielgerade einbiegt. Dann schreibt er blinzelnd ein paar Zahlen an den Rand seiner Zeitung.

Zwei Lyzeums-Bolzerl schnabeln: »De Kinski Nasti muaß desmoi an Oscar kriagn, sonst is ois z'schpät.« Die andere aber erklärt: »Du schau amoi schnell her, Anschi, ob i da net a Wimmerl kriag.« Und sie hält der Freundin die knospende Stirn hin.

Melancholisch schaut ein fremder Hausschuh-Hund in den deutschen Frühling. Ein Afghane ist es. Weit und breit nichts zum Fraternisieren. Zwei Dicke kommen. Der eine sagt: »Do woaß i dia ganz wos anders für dei Wampn ois wia Tablettn. I woaß da an billign Schneida. Und von dem laßt da liaba an Zwickl eisetzn, bevors di von de Pilln zwicka laßt.«

Der Soldat einer fremden Armee stolpert über den Umfassungsdraht und schaut verwirrt. Er war gerade drüben in Connecticut. Da ist es jetzt wohl auch Frühling. Bei der kleinen Molli Marleen.

Der Student geht noch einmal vorüber. Der Professor beginnt, schnell zu rechnen. Zweiundzwanzig Zentimeter kam der junge Traber seinem blonden Ziel insgesamt näher beim Verfolgungsrennen »um den Großen Preis vom Speiseeis«. Bei gleichbleibendem Tempo könnte er sie also bis spätestens im September eingeholt haben. Nun ja, das reichte ja auch noch. Bis dahin würde die Kleine sowieso gerade sechzehn sein.

Die Via Misere

Man findet sie wohl noch überall auf der Welt. Die kleine miese Straße. Sonst würden auch die letzten Hinterhof-Carusos von ihr in einem abgewandelten Heinrich-Zille-Text längst nicht mehr singen: »Die gibt's in London, Wien und Essen/Mittersendling nicht vergessen/gibt's in Leipzig und Berlin/oh Isabella Fridolin.« Und ihre Namen haben diese Blinddärme im Unterleib der Städte teilweise aus dem amtlichen Straßenverzeichnis, aber zum guten Teil auch aus dem Phantasie-Schatz jener Leute, die in ihrer Nähe wohnen. Deshalb heißen sie womöglich verächtlich »Grattler-Gasse«, »Strizzi-Straßerl«, »Pfuideifi-Pfad«, und wenn früher einmal ein Tierverwerter darinnen hauste, höchst korrekt »Schinder Anger«.

So eine »Via Misere« ist immer schlecht beleuchtet, schlecht gelüftet und schlecht beleumundet. An ihrer Einmündung riecht sie meistens wie ein magenkranker Gefängnisaufseher. Und an ihrem Ende nach dem Gegenteil. Dennoch wird sie von den Bewohnern geliebt. Am meisten wohl von den vielen Gassenkindern ledigen Ursprungs. Dort findet man manchmal sogar noch das Märchenpaar »Joringel« und »Jorinde«. Vielleicht mit einem Windradl aus rotem Glanzpapier in den dunkelweißen Fingern. Die aber dem Schnauzl von der verkommenen Wirtschaft »Zum letzten Hieb« doch auch liebevoll einen Rest eingetrockneten Kartoffelsalat aus dem verfilzten Fell kämmen. Und beim Gebetläuten von dem schiefen Kampanile ihrer Firmungskirche ein tadelloses Kreuz machen.

Aha und gleich drei Friseurläden mit ondulierten fliegengesprenkelten Schaufensterpuppen sind ja auch noch da. Aus dem mit Abstand vornehmsten Salon kommt doch gerade der letzte Kunde heraus. Das Genick des Mannes leuchtet weiß und sauber. Doch sein Hut ist ihm jetzt viel zu groß. Mit fluoreszierendem Hinterkopf aber hoch zufrieden bricht er in die aufkeimende Dämmerung hinein. Er muß sich morgen wo vorstellen.

Oben in Augenhöhe des hinkenden Figaros ist im Rollo ein länglicher Schlitz im Eisernen Vorhang. Wie bei einem Panzerspähwagen. Abends wirft der Verschönerungskünstler immer noch schnell einen Blick da durch. Als ob er so sein verlorenes Bein noch einmal sehen wollte. Er war einmal Richtschütze gewesen.

Eine zweite Wirtschaft gibt es schon auch in der Via Misere. Eigentlich ist es nur noch ein Stehausschank. »Zum beliebten Gustav« nennt er sich. Unter dem blatternarbigen Verputz kann man aber auch die längst verblichene alte Inschrift noch entziffern. »Bismarcks Ruh« hieß der Grattlerladen also einmal stolz. Fremde Leute sagen, man muß bei diesem Etablissement, bevor man es betreten will, wahrscheinlich seinen Hut auf dem Griff eines Spazierstocks vorsichtshalber durch die Türe halten.

Im düsteren Hinterzimmer vom »Justav« haust seit manchen Jahren der Athleten-Verein »Ursus«. Denn wenn die Gäste vorne genug »Krüge« gestemmt haben, gehen sie dann ins Nebenzimmer und stemmen dort Hanteln. Der Herr Vorstand geht nach der letzten Halbe mit abgespreizten Armen stolz nach Hause und singt die ersten vier Zeilen der Vereinshymne: »Wia sind die Schtemmer / von Mittersendling / I schtemm an Wirsching / mit oana Hand.« Später erscheint dann pünktlich der Wasserspeierkopf der Frau Faust in der obersten schiefen Mansarde des Eckhauses. Und in dem kleinen Hinterhof schaukelt noch immer ihre Unterwäsche an einem mürben Strickerl. Mit dem man wohl nicht einmal die dünne Seele eines armen Sünders hängen könnte. Die Frau Faust hustet schon seit acht Tagen überhaupt nicht mehr. Bald wird sie wohl hinüber sein. Drum schaukeln ihre

Unaussprechlichen auch völlig unausgefüllt und verlassen noch immer auf der Leine. Es ist eine von jenen einbruchsicheren Wollgarnituren Marke »Kunigund mit Gummibund«. Zum »Treppenwischen dad'n ses no«, meint die fromme Betschwester Selenbinder hämisch. Die ist allerdings mit siebzig Jahren noch immer ein Fräulein.

Und sogar der Mond meidet die freudlose Gasse. Nur manchmal schaufelt er ein paar »Schippen« Schein in ein Parterrefenster ohne Vorhänge. Eine Frau sitzt drin am Tisch und tupft mit dem nassen Zeigefinger ein paar Kuchenbröserl zusammen. Vom Geburtstaggugelhupf des kleinen Enkerls Meisi, die ihn nachmittags gebracht hatte, sind die. Ein wenig spröde ist er halt geworden. Denn sie hat ihn in einem Puppen-Näpfchen gebacken. Und da hätte sie doch zuvor ein bißerl Butter hineinstreichen müssen. Aber es war wie immer keiner da. Nein.

Schnaufend tastet sich die Standlfrau Siebenschritt vom Südbahnhof auf dem Rauhputz nach Hausnummer Achtzehn vor. Sie hat Asthma. Und der Nebel würgt sie auch noch her. Das Knarzen ihrer hohen Witwenstiefel kommt immer näher. Und dann verschlingt sie die schmutzige Vorstadtwatte. Nachher ist es Nacht über der bösen Kopfsteinschlucht. Und aus dem Straßengulli steigt fetter dicker Rauch auf. Da sagen dann irgendwelche Leute, die genau gar nichts wissen: »Jetzt raucht in der Gesindelgasse der Teufel wieder einmal einen verkommenen Menschen aus der Pfeife.«

Ein bißchen Unterwelt

Und in den vielen billigen Kaffeehäusern und auch in verrufenen Vorstadtwirtschaften warteten der »schöne Edi« mit dem glänzenden Mittelscheitel, der lustige Hausierer Willy und das sonstige Schicksal mit zwei scharf gebügelten Hosenbeinen. Vor allem lauerten sie immer fleißig in der Bahnhofsgegend, dem Café »Ungerer«, der »Post« in der Bayerstraße, dem »Orient« in der Sonnenstraße sowie in den Kaschemmen im Tal oder im alten Café »Greif« neben dem ebenso verrufenen »Perzl« auf die braven Pummelchen mit ihrem prallen »Stehobst« unter den frisch gebleichten Blüschen und auf die paar Nutscherl im selbstgestrickten Brustbeutelchen.

Hatte aber so ein Fannerl besonders wenig Glück, so landete es wohl gleich gar beim »Soller« im Tal oder beim »Schwanenwirt« am Rosenheimer Berg. Jenem verkommenen Laden, in dem ein entlassener »Pensionär von St. Adelheim«, wie die hinreichend bekannte Strafvollzugsanstalt in Fachkreisen auch genannt wurde, gegen Vorzeigung des Entlassungsscheines eine frische Gratismaß kredenzt bekam. Freilich hätte jedes »Trutscherl« schon auch ein bißchen stutzig werden müssen, wenn es an der hinteren Wand des tristen Etablissements einen Text las, der mit dem Hinweis »Das Lied der Unterwelt« wie ein Menetekel geschrieben stand. Die letzten Zeilen davon lauteten doch schon so unromantisch: »Wer zur Großstadt-Unterwelt / sich offen bekennt und furchtlos zählt / der findet dort Freunde, zu allem bereit / die Brüder der Dunkelheit.«

Auch über dem rückwärtigen Ausgang beim »Soller« im Tal galt es schon seit eh und je, daß einem Neuankömmling der dort stehende Gefängnissong schnell geläufig war und dann von allen Gästen mitgegrölt wurde. Denn in dieser Parodie hieß es unter anderem vom Lebenslauf eines Ganoven so wahr und deutlich: »... und im Soller Hauptgymnasium / wo se trei'm de Bazi rum / do hab i mei G'schäft studiert / und glei praktiziert.« Bei der Schilderung der Polente verstieg sich der unbekannte Poet sogar zu der Häme: »Kriminaler des is fad / san da ständig auf da Naht / doch man kennts zum guad'n Glück / gleich auf den ersten Blick / A jeda hod an Haklstock / an greana Huat, an Havelock / und auf drei Schritt ja des is schee / do hörst an jed'n geh.«

Dieser Text sollte wahrscheinlich jene kleinen Schönheiten besonders beruhigen, denen von den bodenständigen »Sexualrentnern« da drunten im Tal beigebracht wurde, daß ein williges Mädchen dann besonders schnell vorwärtskomme, wenn es ausgesprochen langsam gehen würde. Der »Preis der Herrlichkeit« betrug in dieser großen Arbeitslosenära im übrigen einheitlich und auf »allen Plätzen«, vom Treppenzimmer bis zum Treppenhaus, einen »Heiermann«, wie ein Dreimarkstück im Ganovendeutsch hieß. Für den nötigen Respekt sorgte bei gegebenem Anlaß aber ein gewisses Schlaginstrument, im Bayerischen als Ochsenfiesel gut bekannt, das zwischen den Toilettentüren mit den Parfümautomaten neben der Gassenschänke baumelte. Mit jenem Apparat »legte« der Herr Schenkkellner dann persönlich jedem, der danach trachtete, eine prima frische »Kaltwelle« auf das verehrte Haupt.

Da hatten es jene Rosen vom Ammersee oder die »Geierwally von Garching« natürlich schon viel besser getroffen, wenn sie wenigstens, nachdem sie vielleicht einen Unterschlupf beim Kuttlermeister Hieb gefunden hatten, schließlich in einem der großen Tanzkeller auf der Theresienhöhe landeten. Dort saßen sie dann an riesigen sauberen Biertischen vor den vollen Glasmaßkrügen und streckten beim Trinken den kleinen Finger weg, als dürfe der noch nicht mittun. Nach dem Engagieren durch einen der Sonnabend-Galane zerquetschten sie dann ein schweißnasses Stecktüchelchen in ihrer Linken wie das tapfere Schneiderlein den Käse, während sie dem Herrn Walzerkönig mit der Rechten eine zarte Genickschere ansetzten. Allerdings in den Tanzpausen folgten sie ihnen dann auch, an dem leise lächelnden Ordnungsmann vorbei, in den großen Kastaniengarten. Denn sie hatten doch sicherlich noch nicht gelesen, daß schon der Hadschi Halef in Karl Mays Abenteuerbüchern ganz deutlich schrieb: »Du sollst nicht willens sein, eine Pforte zu durchschreiten, hinter der die Dunkelheit dich umgibt.« Doch nur die kleinen Wirtsgartenmäuschen konnten vielleicht das Gewisper einer schwäbischen Schönheit enträtseln, die ihren winzigen Protest mit dem bekannten Verslein ausdrückte: »I woiß scho, was ihr wöllet. So an Mädle das Röckle heben und Schimpf und Schande druntajaga.« Und auch der lächerliche Einwurf einer norddeutschen Walzerbraut: »Machen Sie nur so weiter, mein Herr, Mutter wird schön schimpfen«, half so gut wie gar nichts.

Und da half dann meistens später auch kein Rotwein mehr mit Nelken und das Herunterhüpfen vom Küchenhocker. Sondern vielleicht als letzte Rettung nur ein kleines preiswertes Inserat in einer Wochenendausgabe mit dem gläubig naiven Text:

»Braves Röslein aus dem Dachauer Moos
mit tadelloser Vergangenheit und
herzliebstem zweijährigem Büberl
sucht ein warmes Nest. Geschiedene
Herren oder ältere Witwer bevorzugt.«

Nix Kultura

»O je«, sagen die meisten von jenen Figuren, die hin und wieder in den dürftig möblierten »Turm« des Spaziergängers in der Innenstadt hinauflatschen. »O je, dieser Zeilenschinder Blasius haust ja fast noch schäbiger als ein versprengter Kümmeltürke.« Und andere behaupten gleich gar: »In dem seiner Rumpelkammer schaut's ja direkt aus wie in einem Holzwurm-Sanatorium. Nix Kultura.«

Zugegeben möchte Blasius zu dieser Kritik vielleicht sagen. Noch einfacher wäre es wohl gewesen, wenn er seine paar Sperrholzklamotten gleich direkt an die Wände gemalt hätte. Immerhin aber blinzeln dem Besitzer dieser Wegwerf-Einrichtung wenigstens ein paar gute Bilder verschwörerisch ins rot umränderte Auge. Wohl schon deshalb, weil sie sich nicht in irgendeinem Museum oder einer Galerie die teure Ölfarbe von der gefirnißten Leinwand glotzen lassen müssen.

Im übrigen hat der Spaziergänger seine »lange Reise durch die Damenwäsche« auch schon so ziemlich beendet. Und er läßt sich deshalb seinen Bratkartoffel-Frieden auch nicht gerne von irgendwelchen böse lächelnden Emanzen gefährden. Die sich vielleicht mit fadenscheinigen Argumenten in seinem Hoheitsgebiet niederlassen möchten. Wie seinerzeit die Holländer in Sumatra. »No Sir«. Denn bei solchen Invasionen denkt er immer wieder an jenes herrliche Zeitungsinserat von Karl Valentin: »Suche Zugehfrau – die auch wieder weggeht.«

Und was seinen sonstigen Hunger nach kleinen Sensationen anbelangt, da nimmt er noch am liebsten mit dem sogenannten »Augenschmaus« vorlieb. Und dazu braucht er sich bloß ein bißchen vor das Weltstadthotel stellen, das nur einen matten Steinwurf von ihm entfernt ist. Oder an die Prachtstraße, in welcher das sogenannte Leben immer wieder das »ganze Füllhorn seines lächerlichen Sinnes« ausschüttet.

Gerade jetzt beispielsweise in den Festwochen. Denn da findet schon am späten Nachmittag immer der »Aufmarsch der Walküren« statt. Oder wie Blasius diese bildungshungrige Karawane auch noch nennt. Die »Naphtalin-Polonaise«.

»Mit langsam abgemessenen Schritten...« wie es in den Kranichen des Ibikus heißt, kommen da die »Herrschaften« die Maximilianstraße hoch und streben mit ihren quälenden Klamotten der gräßlich in deutschem Feldgrau gestrichenen Komödien-Kaserne zu. Ihre Dividenden-Wiegen und Prostata-Schaukeln haben sie nämlich unter Aufsicht der Acht-Zylinder-Dompteure irgendwo am Isarufer stehen lassen müssen. Auch sonst säumen diesen Weg zum Münchner Mimen-Mausoleum noch zahlreiche unsichtbare Statisten. Nämlich halb totschikanierte Mieder-Verkäuferinnen, völlig lebensmüde Friseusinnen, seelisch zerstückelte Dienstmädchen und verzweifelte Visagistinnen. Denen es einfach nicht gelang, trotz der Verwendung von schlagfestem Bootslack den chronischen Mißmut der überreifen Ladies und den lebenslänglichen Verdruß um ihre harten Salami-Lippen zu bannen. Manche der viel zu kurz gekommenen Matronen ziehen dabei die in schwarze Trauerhäute eingewickelten Ehegatten auch noch so energisch hinter sich her, als hätten sie den angetrauten Öchselchen den »Ring der Nibelungen« vorher schon persönlich durch die Nase gezogen.

Dem Spaziergänger aber drängt sich bei der Beobachtung dieses nach höherem Streben lechzenden Lindwurms die Vermutung auf, daß alle jene, die von dem »Wagner Richardl« so leutselig reden, als hätten sie mit ihm schon einmal zusammen schwarze Mastschweine gehütet, sicher so unmusikalisch sind, daß sie selber nicht einmal auf einem Hausschlüssel pfeifen können. Und manchmal sogar den Karajan mühelos mit dem Vogeljakob verwechseln.

Kurz vor Erreichen der riesigen Eingangstüren muß die lächerliche Kulturprozession dann auch noch an jenen Türen vorbei, an der viele Stunden lang ein paar echte Träumer und Idealisten an der grindigen Klagemauer verharren. Nein, die warten natürlich nicht aus reiner Bosheit »auf Godot«. Und lehnen auch nicht an den Fundamenten der Oper, damit das Haus der Hindemich-Heuchelei nicht umfällt. Sondern sie stehen sich unverdrossen ihre Beine in die eigene Leber, damit sie vielleicht noch einen jener Plätze ergattern, wo sie zwar die anfallenden Töne mit dem Trommelfell filtern können. Aber von der Handlung auf der Bühne auch nicht mehr sehen als ein farbenblinder Neger bei Kurzschluß um Mitternacht im St.-Gotthard-Tunnel.

Und seltsamerweise entdeckt der Spaziergänger auch manche junge Schönheit unter diesen vergessenen Verdi-Verehrern. Aber denen ist halt womöglich ein einfacher Violinschlüssel immer noch lieber als vielleicht der flache »Sperrauf« für das verschwiegene Appartement eines verschwitzten bremsigen Brahms-Bockes. Deshalb muß Blasius auch daran denken, daß mancher alte Götterdämmerungs-Galan, wenn man ihn fragen würde, ob er jetzt tatsächlich vier Polstersesselstunden lang knapp vorbeiblinzelnd an dem leicht gesträubten Damenbart seines »Drachens« der Nibelungen Not und Leid erleben möchte. Oder lieber eine ganze Nacht lang bloß hinter der anstehenden Jung Norne deren Nackenflaum bewundern wollte. So würde ein solcher Kunstgenießer sicher mit Wonne die Kehrseite der kühlen blonden Steh Molle wählen.

Aus alt mach neu

Es gab eine Zeit, da führten die Schönen dieser Welt ihre kleinen Korrekturen und Reparaturen in verschwiegenen Boudoirs und Kämmerchen aus. Da wurde gezupft und gedrückt und geknetet. Wilder Honig wurde aufgelegt, auch Gurkenschalen, Ketchup kühlte die blassen Stirnen, Magerkäse sollte die kleinen Kummer-Runzelchen in den Augenwinkeln vertreiben helfen. Die großen Favoritinnen und Kurtisanen badeten wohl auch in Eselmilch und salbten ihre Anatomie mit Rosenöl und zerriebenen Nachtigallenherzen.

Diese Zeit und auch jene Ära, in der junge Backfische ihre Wangen mit dem Rot von Kornfrank-Kaffeepapier nachfärbten, die Augenbrauen mit abgebranntem Zündholzruß korrigierten und die Locken durch das Eintauchen in dunkles Bier strapazierfähiger machten, wird natürlich längst nur mehr belächelt. Denn heute ist das Schönsein zur Pflicht geworden. Und zahlreiche Institute, vom Schlankheitssalon bis zur Schönheitsfarm, nehmen Anteil am Aussehen der holden Weiblichkeit und auch ein bißchen was von ihrem Taschengeld.

Das Neueste aber sind die sogenannten Schönheitskränzchen, bei welchen die Ladies und besonders die der reiferen Semester gegenseitig ihre kleinen Tricks und Drehs ausplaudern und so, ähnlich wie die großen Wissenschaftler, zu immer besseren Resultaten gelangen.

Meistens finden diese »Ultima-Parties«, wie die Zusammenkünfte im gehobenen Society-Slang genannt werden, unter dem Motto »Aus alt mach neu« im Hinterzimmer irgendeiner vornehmen Parfümerie statt. Und ein paar Versuchskaninchen finden sich auch immer, die sich gerne wieder vom Taubenmutterl zum Schneewittchen renovieren lassen wollen.

In dem dezent tapezierten Salon sitzen etwa zwei Dutzend Damen um kleine silberne Schalen mit gerösteten Erdnüssen herum. Eine Baronin ist auch darunter, die hat einen Kopfschmuck auf wie der große Häuptling Cin-ga-gock, als er das Eiland Manhattan für fünfzig Pfund Glasperlen an die Engländer verschacherte. Dann ist auch noch eine amerikanische Miss anwesend. Die hat allerdings schon mehr Plissee im Gesicht wie der Faltenrock eines Dietl-Kostüms.

Der kritische Betrachter glaubt außerdem auch noch die Frau Holle zu erkennen, deren weit geöffnete Poren gierig auf das wundersame Schönheitsmalz zu warten scheinen. Aber wahrscheinlich wird ihre Haut die Verjüngungssalbe so schnell schlucken wie ein Stück altes Klosterbrot die Margarine.

Leider sucht man aber gerade in solchen Kreisen vergeblich nach einem zufriedenen Gesicht. Fast alle diese Damen schauen nämlich so verdrossen drein, als hätten ihnen die Hühner das sprichwörtliche Brot genommen. Oder ein nächtlicher Dieb das Eingemachte. Statt ihrer Unschuld.

Und dann wird das riesige Arsenal an Mix- und Tinktürchen sortiert. O du heiliger Sankt Runzelbert, was es da noch alles für Salben und Wässerchen gibt: »Mascaramatic Refill«, »Creme Embrio noire«, »Belladonna Smoot«, »Gosamer tint«, »Menen Skin«, »Lancoster Serum«, »Tiesulaire« und »Pinkesterze«. Alles von Rubinstein bis zum Bimsstein ist vorhanden, um sich auf das weibliche Antlitz zu stürzen. Mit dieser Alchimistenküche müßte man doch selbst noch aus einer uralten Erbswurst eine Schönheitskönigin fabrizieren können. Und bei wem diese Radikal-Essenzen nicht mehr helfen, dem hilft wahrscheinlich überhaupt nur noch eine Kopf-Prothese.

Mittlerweile hat sich die Obersalbentante ihr Gesicht selbst gespachtelt und sie sieht nun aus wie die unbekannte Tote aus der Salzach. Indes sind auch die Versuchskaninchen nagelneu gelackt worden und schauen nun drein wie jene frisch gestrichenen Schaukelpferde, die das Christkindl jedes Jahr aufs neue bringt. In den Haaren haben sie zudem noch kleine Metall-Röllchen und Kondensatoren, als sollten sie umgehend an das städtische Stromnetz angeschlossen werden. Selbstverständlich aber darf während einer solchen Behandlung die Fassade auch nicht ganz gering verzogen werden, sonst kommt nach dem Abnehmen der Maske nicht etwa eine Bo Derek zum Vorschein, sondern eher ein Bo-Bo.

Gereinigte Gerechtigkeit

Wenn der Spaziergänger auf einem seiner Bummelmärsche auf den riesigen Münchner »Vorstrafen-Vatikan«, den grimmigen Justizpalast, schaute, und möglicherweise gerade noch einen einzelnen dunkelweißen Fleck entdeckte, so konnte er verstehen, wenn manche Münchner sagten: »Zeit werd's schee langsam, daß man dieses Knastverteilungs-Institut, wenn man es schon nicht weißeln will, wenigstens einmal wieder frisch teert.«

Doch siehe da und staune: Fleißige Fassaden-Fetischisten haben in den letzten Monaten tatsächlich den jahrzehntealten »Baamhackl« an der Bösen-Buben-Burg teilweise abgekratzt. Und nicht nur Blasius wundert sich, was da jetzt alles für interessante und unbekannte Figuren zum Vorschein kommen. Denn ähnlich wie bei einer Ruhmeshalle oder einem Kriegsministerium, wo viele mürbe Marschälle und allerhand Marschierer zu Pferd postiert wurden, hat man auf der kühnen Zwingburg der bürgerlichen Notwehr durch die unermüdlichen Fummel-Fanatiker, Mauerwäscher und Steinmetze bereits so manchen Sandstein-Sünder wieder zum Dasein erweckt.

Auf der Söller-Ecke des Westflügels zum Beispiel thront schon wieder die stark ramponierte Justitia, die »Göttin des Zufalls«. Sie hält leider zwei poröse Marmorstummeln klaglos vor sich hin. Vielleicht hat sie eben in ihrer grenzenlosen Naivität und Einfalt im letzten Weltkrieg versucht, eine Fliegerbombe mit den nackten Armen aufzufangen. Und da sie auch sonst ganz übel zugerichtet ist, wie etwa eine Ingolstädter Landstraßen-Lady, muß Blasius bei ihrem Anblick an das traurige Wortspiel denken: »Arm sein ist schon recht hart – aber, ohne Arme sein, ist noch viel härter.«

O je! Und jener, ebenfalls vom Schicksal recht hart angefaßte Recke, ein Stockwerk tiefer, könnte der nicht dem ehemaligen Münchner Dreigroschenoper-Präsidenten Franz Pitzer nachempfunden sein? Jenen ebenso grundguten wie grunddummen »Tiger-Braun«, der in den ersten Nachkriegsjahren Münchens Obergendarm war. Der Commander jener Schutztruppe, die mit astfreien Holzknüppeln ausgerüstet wurde, um die Schwarzhändler ebenso wie die schwarzhaarigen »displaced persons« unter ihre schützenden Fittiche zu nehmen.

Da wollte es dann aber das Schicksal, daß der Menschenfreund und Nichtraucher Franziskus nicht nur mit den mit Sägemehl gefüllten Lucky-Strike-Packungen in Berührung kam, sondern später dann bei einem von ihm selbst inszenierten Millionengeschäft ebenso böse daneben langte. Weil es sich halt herausstellte, daß er infolge seiner dürftigen Sachkenntnisse eine Stange Limburger nicht einmal von einer Stange Gold unterscheiden konnte.

Auch eine andere gute alte Bekannte, in luftiger Höhe wie eine Seiltänzerin turnend, glaubt Blasius ausmachen zu können. Die Frau Völlenkle nämlich, über die er als blutjunger Gerichtsreporter schreiben durfte. Das hitzige Weib hatte nämlich der Geliebten ihres treulosen Mannes mit einem schweren Eisenhammer den »Mittelscheitel« nachgezogen. Das Urteil war ein fröhlicher Freispruch. Und die Zuschauer meinten dazu: »Ja, derf ma denn des jetzt auf oamoi doa, sein Herzibobberl mit'm Vorschlagschlegel einfach kammpen.«

Und nebenan im Hochparterre thront natürlich auch noch die vieldiskutierte Vera Brühne. Wo sie mitsamt ihrem unglücklichen Sex-Knechterl, der sich um ihre Beine verzweigt, verewigt wurde. Auch über dieses traurige Tragödienspiel konnte der Spaziergänger einmal einen Artikel verfassen. Weil nämlich ungezählte Neugierige ihre dürftige Phantasie mit der lüsternen Love-Story dringend füttern wollten, erschienen sie schon mit Klappbetten und Feldliegen in eisgrauer Nebelfrühe vor dem Büßer-Bunker an der Luisenstraße. Und der Schreiber Blasius konnte sich dabei gut vorstellen, daß die biederen Hauserinnen ihrem berufstätigen »Bollande« dann einfach einen Zettel an den heimischen Herd hingen, auf dem zu lesen war: »Essen steht im Rohr. Bin bei der Vera.«

Nun, wie dem auch sei. Blasius warnt Neugierige allein schon vor dem Betreten der ehrwürdigen Berufungs-Basilika am Stachus, wo es schon immer ein bißchen »gestreift« riecht. Ebenso stark wie nach »durchgesiebter« Luft. Und als er einmal ein verschwiegenes Örtchen drinnen aufsuchte, las er an den Wänden gar manchen harten oder beschaulichen Gedankensplitter. Zum Beispiel jene Mahnung: »Sei hart zu dir selbst und brutal zu den andern.« Oder die biblische Weisheit: »Selbst der Gerechteste sündigt am Tage siebenmal.« Das wären also in einem einzigen Jahr, wie der Spaziergänger schnell ausgerechnet hat, 2555 genehmigte Straucheleien jeder Größenordnung.

Doch wenn dann ein kleiner Eierdieb nach dieser Norm die Grenzen der »Artigkeit« überschritten hat und schlecht bestrahlt und schlecht rasiert vor seinem Richter steht, so hat es doch meistens schon genügt, wenn er auch nur ein einziges Mal erwischt wurde.

Da kann der Spaziergänger nur noch mit dem berühmten Karl May resigniert sagen: »Inschallah.« Und tatsächlich ist auch dieser Schöpfer des roten Prinzen Winnetou selbst einmal so unglücklich zu Fall gekommen, daß er im schönen Städtchen Bautzen jahrelang ein blaues Graupensüppchen löffeln mußte. Und kein Mensch weiß bis heute genau warum. Kismet.

Die Kellnerin Anna

Gerade als der Spaziergänger den Osthang des »Monte Nockher« in gemächlichem Alleingang traversiert hat, sind oben auf dem Gipfel der Bierseligkeit die Vereinigten Kassiererinnen zur letzten Kontrolle angetreten. Und Blasius nimmt nicht ohne größeres Wohlgefallen, aber ohne jeden Auftrag die Parade dieser Stammwürz- Stewardessen ab. Und weil noch ein bisserl Zeit ist bis zum »Prosit« mit dem weißblauen Bannerträger Franz Josef und dem jährlichen »Lippenbekenntnis« mit dem wonnigen Salvator, macht sich der Spaziergänger auch noch ein paar passende Gedanken über die weltweit beliebten Münchner Bierkellnerinnen.

Vor allem, daß so eine mannschaftsdienende Hopfen-Hosteß immer schon »Maria«, »Theres«, »Minna« oder »Kathi« hieß. Aber selten so einen ausgefallenen Namen wie »Apollonia« trägt. Denn wenn man so einer schreien würde, kriegte man gewiß ein Appolinaris serviert. Ganz unmöglich aber wäre auch noch der Name »Klothilde«. Schon wegen einer entsprechenden Abkürzung.

Meistens, so überlegt Blasius, hat so eine Kellnerin bereits im zarten Alter von 14 Jahren und einem Nettogewicht von gut hundert Pfund als wackeres »Biermöpserl« ihre Laufbahn begonnen. Eine Laufbahn, die sie dann in fünfzig Berufsjahren rund dreimal um die Erde führt, obwohl sie selber nur ganz selten, nämlich bei einem Volksfest oder einer Kirchweih, über München hinauskommt.

Eine echte Bedienung besaß nicht nur weiche Stiefel, wie sie der römische Held Ben Hur trug, sondern fast immer auch ein solches Herz. Vielleicht blieb sie deshalb auch vielfach immer ledig. Denn schon als blutjunge Handlangerin hatte sie einen »treuen« Freund, der sie ein bißchen »schüttelte«. Und dabei fielen ihr dann meistens auch mühelos die paar Trinkgeldmärker aus der traditionellen Geldtasche, die sowieso nur ganz leicht verschlossen war.

Später »betreute« sie mit Gewißheit irgendeinen scheuen Studiosus, der halt gar so arm dran war, daß sie sich das genossene Schweinsbratl einfach nicht bezahlen lassen konnte. Und so fütterte dann eine »Kathi« oder »Walli« gut und gern in ihrem »Zubringer«-Dasein drei bis vier Studenten bis zum »Herrn Doktor« durch. Um dann schnell mitsamt den etwas lauen Versprechungen eines späteren Lebensbundes vergessen zu werden: »Goi, des vaschtengas scho, Frau Therese.«

Im Alter aber ist dann fast immer ein Cousinchen oder Nichterl da, für welche die gute ehrliche »Fischhaut« ihren Kleingeldregen sammelt und auf die »Kasse« tut. Darum bleiben so einem »Maßkrugmutterschiff« am Ende ihrer Tage auch nur selten mehr als zwei Spreizfüße, ein paar falsche Geldstücke und die Erinnerungen.

Und daraus würde sie vielleicht folgendes berichten: Einst war ich das *Annerl,* dann das *Annamirl,* später die *Anuschka* und noch ein bißchen reifer und vornehmer die *Anita.* Bis ich dann ganz in das Charakterfach hinüberwechselte und einfach *die oide Anni* geheißen wurde. Freilich nannten mich auch manche Gäste *Frau Gasthof, Hesieda* oder *Fräulein Hebe.* Aber auf diesem Auge hörte ich schon immer sehr schlecht.

Von der Prominenz, die ich bedienen durfte, ist mir unter anderem ein schwarzer Bischof aus Uganda noch besonders in Erinnerung. Weil er mir als Benefiz eine Kaurie-Muschel verehrte. Und die Dingsda, die Lollobrigida, habe ich deshalb nicht vergessen, weil sie auf meinem Service in dem weltberühmten Münchner Bräuhaus gleich sieben Stück Weißwurst wegputzte und zwar mitsamt der Haut.

Ferner kamen öfters auch vornehme indische Damen. Mit solchen schwarzen Konfetti-Blattln auf der Stirn, die aussa-

hen wie ein Kleinkalibereinschuß. Und besonders freute mich die Bekanntschaft des grimmigen Weltmeisters im Freistilringen, Bene Trinkgeld, der ja bekanntlich ein Münchner war und mir schon wegen seines Namens ein saftiges Trinkgeld gab.

Unvergeßlich bleibt mir natürlich auch der Besuch von IHM SELBER in den braunen Jahren, der sich ausgerechnet an meinem Tisch niederließ. Doch ein schwarz gekachelter Parteikellner nahm mir dann das bestellte Kracherl aus der Hand und gab mir, indem er mich beiseite schob, mit abgewandtem Blick eine Mark Trinkgeld.

Am liebsten aber hatte ich meinen Stammtisch mit meinem Herzibobberl, dem *Eichel Ober.* Dies war ein lustiger Steuerinspektor, der beim Eisstockschießen auf dem Hinterbrühler See das bewußte Kartenblattl an seinen Hut steckte, um es dann das ganze Jahr über feierabends zu tragen. Durch zwanzig Jahre fragte er mich jeden Abend, wie denn heute das Tellerfleisch sei und die Krautwickerl. Um nachher unweigerlich zwei Regensburger mit Senf zu bestellen. Als ich dann einmal bereits mit den Würstln schon beim Auftrag, den er mir erteilte, hinter ihm stand, fragte der Eichel Ober höchst verdutzt: »Jetzt sog amoi Anna, wia konnst denn du schon vorher wiss'n, wos i heit abends essen will.«

Soweit die kleine unwichtige Lebenschronik der braven Anna. Doch der Spaziergänger erinnert sich dann auch noch, wie sie vor dem Heimgehen immer vor dem kleinen leberflekkigen Spiegel in der Personalgarderobe stand und dann ein kleines bisserl kokett den Kopf wie ein Kanarienvogel nach rechts und links drehte und ihre schneeweißen Wuggerl dressierte. Und dann sah die gute Haut mit ihrer Haubenfrisur direkt selber aus wie der Schaum auf einem Maßkrug, den der liebe Gott ganz besonders gut eingeschenkt hatte.

Gedanken eines Stadtgrantlers

Manchmal befallen den alten Münchner quälende Gedanken, wenn er so durch die Straßen schlendert und zuschaut, wie seine geliebte Stadt »vom Sackl Zement« erobert wird. Und er fragt sich dann, ob das wirklich richtig ist, was man da allüberall tut und ob sich nicht jeder Münchner daran mitschuldig macht, der sich nicht gegen diese Entwicklung stemmt. Da hört er dann schon die vielen Stadt-Weisen sagen: »Das muß leider so sein, damit München nicht zurückbleibt.« Als ob es nicht gerade das Zurückgebliebene wäre, meint der alte Träumer. Was man doch immer so sucht und sammelt. Vom alten Kastl bis zum alten Castell. Und von der Ruine bis zum Rubens. Und was ist denn schon besser geworden, seit man unsere City umpflügte. »Ja, der Verkehr ist doch flüssiger geworden«, sagen da die Ratsherren. Der grimmige Mann aber meint, genau genommen ist er doch eigentlich überflüssig. Und er denkt an einen Ausspruch, den ihm der einst so vielfach verkannte Graubart Thomas Wimmer einmal sagte: »Hoffentlich hod sich des boid rumgesprochen, daß in München ein Verkehrschaos herrscht. Nachat fahrn de narrischen Reisenden endlich amoi um unser Stadt herum. Denn sovui Touristen, wos mia zum Lebn braucha, kemma doch oiwei a no z'Fuass.«

Der unwirsche Kritiker beginnt auch noch weiter zu überlegen. Weshalb nämlich die Menschen gerade an ganz bestimmte Orte und Städte fahren und was sie dort erwarten und unbedingt finden und erleben wollen. In Paris gewiß den Eifelturm, in London vielleicht den Tower, in Köln den Dom, in Salzburg die Nockerl, in Wien den Prater und in München halt ganz schlicht die Gemütlichkeit. Sogar die Dichter haben das längst erkannt und lange Lobeshymnen auf all diese Dinge verfaßt. Deshalb würden beispielsweise die

Leute in Pisa bestimmt auch nicht daran denken, ihren schiefen Turm wieder gerade zu biegen und auch die Hamburger kämen sicher nicht auf die Idee, aus ihrer Reeperbahn eine Kegelbahn zu machen. Die Münchner aber, o Jammer, erschlagen ihre vielbelächelte Rückständigkeit auch noch mit schweren Eisenhämmern, zerfetzen die schönste Stadt des Planeten mit Riesenbaggern und bedecken die Narben schließlich schamhaft mit Erde und Asphalt. »Ja aber«, sagen dann die Städteplaner, »wo würde denn sonst der Fortschritt bleiben?« Der Grantler jedoch möchte ihnen antworten: »Zeigt mir doch einmal diesen Moloch, der die schönen alten Straßen, die Bäume, die noch unsere Könige pflanzten, und die vielen stillen Inseln des Friedens gefressen hat.« Vielleicht, wenn man diesen Unhold einmal sehen könnte, würde man ihn womöglich totschlagen, um die Gemütlichkeit leben zu lassen. Haben denn die »Vorschriften«, die schäbigen Handlanger dieses Unholds, nicht auch die Bierfuhrwerke aus den Straßen vertrieben, die verträumten Gaslaternen umgesägt, die kleinen Efeu-Garterl vor den Bierwirtschaften weggefegt, die Dienstmänner mit ihren roten Messingnummer-Kapperln verjagt, die schöne alte Au eingestampft, die Haidhauser Graum, die Kreppe, die »Letten« und den »Gries« ausradiert, den Englischen Garten angefressen und die Theresienwiese mit den harmlosen Schafherden zur Theresienwüste gemacht. Und statt der dicken schattigen Kastanien in unseren Prachtstraßen haben sie jetzt entsetzliche Parkverbots-Tafeln gepflanzt. Ja, heißt es denn nicht schon immer von den drei wichtigsten Dingen, die ein Mensch im Leben tun soll, gehört es, einen Baum zu pflanzen und nicht einen Baum abzuhacken. »Warum«, so fragt sich der sinnierende Zaungast manchmal, »stellt man in München die Gemütlichkeit nicht ebenso unter Denkmalschutz wie das Maximilianeum oder das Stadtschreiberhaus?« Und was hat man denn hierzuorts für die Gemütlichkeit schon getan in den letzten Jahrzehnten oder gebaut? Zwei Heizwerke, ein paar Kasernen, vierhundertfünfundachtzig Transformatorenhäuschen und ein Müllverbrennungswerk. Der nachdenkliche Münchner möchte aber den gern sehen, dem es sowo besonders gut gefällt. Und der vielzitierte Fremde? Der könnte genausogut in den Beton-Dschungel nach Birmingham, Boston oder Bombay fahren. Doch München hat halt zweifellos einen ganz besonderen Ruf in der ganzen Welt. Und eine Mentalität, die weder von Gustav Adolf, noch von der asiatischen Grippe oder den Punkern jemals zerstört werden könnte. Aber die Bagger-Bisse, der Humus-Fraß und das Wettlauf-Fieber werden sie mit Sicherheit noch umbringen. Und dann wird man unter dem Absingen wehleidiger Lieder wohl auch schnell noch das Schwabinger Kircherl abreißen, den Bogenhausener Friedhof schleifen und die gute alte Zeit wie einen schäbigen Hund durch die U-Bahn-Röhren endgültig hinausjagen aus den beschaulichsten Nebelgrübchen der Welt. Und der sanfte Spinner muß bei dieser traurigen Vorstellung immer an den treffenden Satz von einem seiner Stammtisch-Spezln denken. Denn besser hätte er es auch nicht selbst sagen können. Weil dieser so streng logisch meinte: »Zu was hat denn München zum Beispiel eine U-Bahn gebraucht? Venedig hat doch auch keine U-Boote.«

Tränen tropfen in die Mokkatassen

Wenn es in der berühmten bayerischen Metropole wie um die Zeit von 1936 überall natürlich auch ein Café »Nahkampf« oder ein Café »Hemdhoch« gab, so konnte sie auch immer noch mit wunderschönen märchenglänzenden Cafés, Tanzpalästen und verzauberten Lokalen aufwarten, in denen auch in der stürmischen Zeit zwischen den Kriegen nicht nur das Lied vom »Herrn Wessel« zu hören war, sondern auch die fröhlichen und harmlosen Weisen: »Was machst du mit dem Knie, lieber Hans?«, »Wo sind deine Haare, August?« oder auch »Was macht der Meier am Himalaja?«. Zu diesen Traum-Hangars gehörten vor allem auch die berühmten Konzert-Cafés wie der »Fürstenhof« in der jetzigen Fußgängerzone, der »Reichsadler«, das gemütliche »Stadt Wien« am Hauptbahnhof und das weltberühmte Melodien-Mekka an der Briennerstraße, das Café »Luitpold«.

Und noch heute nisten in den versteckten Winkeln des verschont gebliebenen Prachtbaues hinter der vornehmen Confiseria, wo einst auch der romantische Palmengarten war, die längst verklungenen Serenaden des blaublütigen Fiedlers Barnabas von Gézy. Und die wehmütigen Weisen eines George Boulanger, von dem man sich erzählte, daß sich sieben Damen der erlesensten Gesellschaft nach Anhörung seines Songs »Tristess« glatt das Leben genommen hätten. Auch der mitternachtsblonde Bernhard Etté taucht manchmal aus dem Vorgestern auf. Wie er stolz und herrlich im nachtschwarzen Cadillac mit einem ebenso farbigen Chauffeur am »Luitpold« vorfuhr. Und wenn er dann den Tango »Leila« auf der kostbaren Fiedel strich, sangen und summten ganz leise wohl auch gewiß Dutzende von glanzäugigen Ladies den sanftidiotischen Text mit: »... mit den Fieberwangen rot wie Blut / in dem Hospital von Algier / auf dem reinen weißen Linnen ruht / der kranke bleiche Legionär.« Dann tropften die Tränen in die Mokkatassen. Etté selber aber erlebte ein viel traurigeres Schicksal als sein vielbesungener Wunschheld. Denn er starb in einem öffentlichen Asyl in einer kleinen niederbayerischen Stadt. Verlassen und vergessen.

Der vornehmste und verschwiegenste Biskuit-Bazar aber war wohl der gegenüberliegende »Carlton«-Teeraum, der vor Jahren einem stinkvornehmen Juwelierladen weichen mußte. Jedesmal wenn dort ein Gast eintrat und den roten, schweren Plüschvorhang teilte, sah das aus wie ein Auftritt in der Mailänder Scala. Aber natürlich gab's im »Carlton« keinen Applaus dafür. Doch der Eintretende wirkte genauso, als hätte er gerade sagen wollen: »Hier stehe ich, ich kann nicht anders.« Deshalb blieb es so still in dem diskreten Salon, als hätte einfach jemand den Ton abgestellt. Auch die Servierdamen Claire, Juju und Valerie, die über die teuren Teppiche huschten, als würden sie durch ihre gestärkten Propellerschleifen am siebenten Rückenwirbel elektrisch angetrieben. Und sogar die Spieluhr auf dem Kaminsims ging auf Socken, und die Stunden liefen gleich gar barfuß.

Wehe dem, es hätte sich einer erlaubt, bei einer neuen Bestellung mit dem Silberlöffel einfach an die Kaffeetasse zu klopfen. Das wäre ja fast genauso brutal gewesen, wie der Juju vielleicht das ganze Geschirr nachzuwerfen. Und selbst wenn ein Gast leichtsinnigerweise zweimal hintereinander ein bißchen hüstelte, warf ihm die adelige Inhaberin durch ihr Lorgnon einen Blick zu, der deutlich ausdrückte, daß der ungebührliche Missetäter im Wiederholungsfalle auf Geschäftskosten nach Lugano zur Kur reisen müßte.

Und da gab es auch manchmal noch einen alten Rittmeister mit strengen Wickelgamaschen. Der trug das Monokel so gelassen, als wäre er schon mit diesem zur Welt gekommen wie andere Leute mit einem Muttermal. Durch dieses Einglas schaute er regungslos immer nur nach dem Osten. In jene Gegend, wo er seinen braven niederbayerischen Burschen und seine Schwadron im Nebel seiner masurischen Erinnerung für immer verloren hatte.

Einmal im Monat kam auch meistens ER SELBER ins »Carlton«. Begleitet von dem hünenhaften Adjutanten Brückner. Da erhob sich dann sogar die Frau von Siebert aus ihrem Gobelin-Sessel. Doch geschah es auch einmal, daß die freche Bedienung Juju leise wispernd an den Herrn Adjutanten herantrat und jene drei Portionen schwarzen Tee, welche der Herr mit dem strengen schwarzen Scheitel von seinen letzten Besuchen noch schuldig geblieben war, monierte. »Ja, wissen Sie denn nicht, wen Sie vor sich haben?« zürnte da der Bewachungshüne. »Ja schon«, meinte die fesche Wiener Katz darauf: »Aber ich hab dem Herrn Führer doch sowieso schon bloß den Personalpreis berechnet. Gelln S'.« Da zahlte dann der große Mann mit ganz kleinem Geld.

In dieser berühmten Luitpoldgegend befanden sich aber auch noch ein paar andere Heimstätten, in denen sich die braunen Nibelungen trafen. Eine davon war das Café »Annast«, das halt auch gerne mitleben wollte. Und das andere an der Galeriestraße hieß Café »Heck«. Dort verkehrten noch zwei von den Edelgermanen, die mit IHM SELBER per Du waren. Der bedeutendere davon hieß mit Vornamen Ernst und hatte einen zerhackten roten Gulaschkopf auf. Der andere schrieb sich Christian Weber und war ehemals Stallbursche in der Fuhrmannswirtschaft »Zum blauen Bock« neben dem grünen Markt gewesen. Bei der Machtergreifung legte er dann den Mistgabelstiel weg und griff nach der Haustüre der großen Burg der Wittelsbacher in der Residenzstraße. Worauf die Münchner den boshaften Slogan prägten: »Vom Stenz zur Residenz.«

Zwischen Sirius und Stachus

Blasius kann sich noch recht gut erinnern, wie er einst als winziger Hosenträlrä den armseligen Münchner Flugplatz besuchen durfte. Denn der war damals nur ein ganz kleines schäbiges Grasfleckerl, von dem nicht einmal die verhärmten Ziegen der angrenzenden Mietgartler satt werden konnten. Eine »Windradl-Wiese« und lächerliche »Propeller-Prärie« war das. Und nun dagegen ein heutiger Airport. So einer ist längst so gewaltig in seinen Ausmaßen wie ein Fußballplatz für die Mannschaft vom 1. F.C. King-Kong.

Und was von da aus doch alles in die nähere Ewigkeit katapultiert wird. Silberne Flügelkoffer so groß wie die Arche Noah und stählerne Futtersilos für die himmlischen Wolkenlämmer. Freilich muß der Spaziergänger dabei auch immer an den bekannten Lehrsatz denken: »Je größer sie sind, desto wuchtiger fallen sie runter.« Er selbst begreift natürlich nie und nimmer, was denn diese ungeheuren Wolkenwürste alle da droben sollen. Für ihn haben die höchstens einen ganz begrenzten Gebrauchswert, nämlich als Brotzeit für das Sternbild des Löwen.

Und weil gerade das Wort Brotzeit fällt, muß der Spaziergänger auch an einen kleinen Witz denken, wo der Kannibalenvater vom Kannibalensohn gefragt wird, ob man denn diese großen Vögel des weißen Mannes auch essen könnte. Worauf er die Antwort erhält: »Nein – leider nur die Innereien.«

Der eigentliche Besucherzweck von Blasius waren allerdings keine abgründigen Philosophien, sondern der Spaziergänger wurde lediglich von einem Spezl zu einem gemütlichen Rundflug eingeladen. So nebenbei kann er dabei auch noch die Ankunft eines Stratosphären-Kreuzers verfolgen, dem vorneweg ein dezent nach Petroleum duftender Ölprinz entsteigt. Unwillkürlich und als alter Karl-May-Leser befällt ihn dazu die Vorstellung, daß der Herr Papa dieses Harun Al Raschids Tausend-Dollar-Schecks zu seinen Lebzeiten wahrscheinlich nicht einmal von einem gedörrten Kamelfladen unterscheiden konnte.

Und dann kraxelt der angehende »Luftikus« in die aufgebrezelte Fledermaus seines Spezls, deren hölzerner Propeller sofort beginnt, ein bißchen in der diesigen Nachmittagsluft herumzurühren. Wobei er auch noch zu singen anfängt, wie die Regensburger Domspatzen. Und schon geht's hinauf in jenes Element, das weder Balken hat noch den allerkleinsten Strohhalm besitzt, an den man sich bei Eintritt der Lebensversicherungsfälligkeit anklammern könnte.

Über dem bibelfesten Ramersdorf riecht es heute stark nach Goldbarschfilet und Dampfnudeln, weil doch gerade Freitag ist. Und bei einer eleganten Schleife kann der Fluggast sogar beobachten, daß ein paar Hausleute zu dem altmodischen Privat-Ventilator heraufwinken. Vielleicht deshalb, weil dieser harmlose Ozonquirl ja nicht zu jenen Düsendämonen gehört, welche die ganze dörfliche Siedlung in den Grundmauern so zum Wackeln bringt, daß sogar den kleinen Kindern der Muslöffel brutal gegen ihre Milchzähne scheppert. Nachher klopft der lebenslustige Gastflieger ein bißchen an die Aluminiumhaut seines Ausflugs-Condors, und er schätzt, daß ihn nicht mehr als höchstens drei Millimeter von seiner Lebenserwartung trennen. Anschließend hatte er genügend Muße, die Heimatstadt aus der Perspektive von Gustl Waldau, Liesl Karlstadt oder Karl Valentin zu betrachten. Der Friedensengel kommt in Sicht, jener unverwüstliche Cherubin, der mit seinem bronzenem Palmenzweig noch immer den Weltrekord im »Dauermahnen« hält. Und über dem stark frequentierten Englischen Garten scheint die luftige Kutsche nur deshalb so tief zu trudeln, weil sie nachschauen will, ob die barfüßigen Schwabinger »Bomber zu Fuß«

tatsächlich alle zwei »Bugkanzeln« haben und nicht nur eine wie sie selber. Beim Umkreisen des Fernsehturmes hat Blasius die Vorstellung, daß sich womöglich einer der Plattformgäste an ihrem zufrieden surrenden Propeller die Spitze seiner Sonntagszigarre abschneiden lassen könnte. Ach, und die vielen käsigen Tupfen auf dem Marienplatz. Das sind dann doch wohl die Gesichter der Neugierigen, die zum gluckernden Glockenspiel hinaufblinzeln. Die Maßkrugdekkeln der Frauenkirche aber, so scheint es dem Betrachter, könnte man womöglich aufklappen, um endlich zu kontrollieren, ob die Türme nicht wirklich nach Brauch und Vorstellung auch mit den heftig diskutierten Gauweiler-Massen gefüllt sind.

Hochzufrieden verläßt die Besatzung nach dreißig Minuten den wackeren trojanischen Vogel. Und nachdem Blasius ein paar leise knackende Kauübungen mit seinen verspannten Kiefern absolviert hat, erinnert er sich noch rasch an jene kleine Anekdote, wonach eine große Luftfahrtgesellschaft ihren Passagieren durch den automatischen Informationsservice vor dem Start lautstark verkünden läßt: »Alle unsere Einrichtungen und technischen Errungenschaften sind garantiert idiotensicher. Es kann deshalb auch nicht die allerkleinste Panne passieren – passieren – passieren.«

Rudi und der Elefant

Der Rudi Panzer vom Rückgebäude war wohl das härteste Bürscherl, von Mittersendling angefangen bis hinüber nach Moosach. Ein Schriftsteller würde vielleicht sogar schreiben, er war der »Prügelknabe der Nation«. Denn wofür andere Leute meistens ihren Kopf hinhalten müssen, hielt der rosthaarige Bub gelassen sein Hinterteil hin. Und das ging so: Hatte irgendeiner im Kreise einen Apfel gestohlen, irgendwo angeläutet oder ein Fenster eingeschlagen und sagte es dem Rudi, so erwiderte der: »Das bin ich gewesen. Was gibst mir denn dafür?« Meistens bot dann der Täter ein Marmeladebrot an, ein paar Minzenkugeln oder ein Fünfpfennigstück. Denn der Rudolf war immer sehr hungrig. Also war der Handel perfekt, und der angebliche Missetäter ging zum Hausmeister, zum grimmigen Obstler Kerl oder halt zu dem Geschädigten, gestand die Tat und wurde »übergelegt«. Bei dieser Prozedur schaute er aber so uninteressiert drein und so gelangweilt, daß der Prügler oft in heiligen Zorn geriet und dem unglücklichen Sünder die dünne Hose derart ausstaubte, daß sogar die geflickten Stellen platzten. Aber trotzdem fiel natürlich bei dem Buben unten nix raus. Nahm ihn aber so ein erwachsener Rächer beim Ohr, so lächelte der Panzer-Sprößling so gleichgültig, als wollte er sagen: »Des Ohrwaschl könna S' meinetwegen genauso guad mit hoam nehma, wenn Ihnen dann wohler ist.«

Aber dabei mußte ganz im Innern vom Rudi auch noch ein zweites Wesen existieren. Denn eines Tages zielte er mit seiner Haarnadelschleuder und einer ganz harmlosen Büroklammer als Geschoß vom Stiegenhausfenster aus auf den Frührentner Helmut Heu. Der war nämlich, weil er lungenkrank war und eine Liegekur machte, meistens auf dem kleinen Geranienbalkon am Dahindösen. Der Rudi traf ihn ganz gut auf die linke bleiche Wange. Der Helmut zuckte, und der Panzer-Balg verschwand. Etwas später aber war dann plötzlich ein großes Geschrei im Treppenhaus. Vermischt mit Schluchzen und hysterischem Gekreisch. Und die Frau Heu schrie immer wieder grell dazu: »O mei Heli, mei Heli.« Sie nannte ihren Mann schon immer so. Nun kamen sie aus allen Türen, und der Rudi schaute dazwischen durch und sah den Helmut Heu auf dem Kanapee liegen, und sein weißes Hemd war bis zum Gürtel hinunter patschnaß von rotem Blut. Da wurde der blutjunge Panzer blaß wie eine Oblate, zwickte die Beine zusammen und begann auch zu schreien. »Des hob i doch net woin, Himmemamma, bittschön, des woit i doch net. Es war doch blos a ganz a kloans Hakal«, jammerte er mit überschnappender Stimme, bis die Mama kam und ihn streichelte. Der Rudi blieb auch den anderen Tag daheim, weil er ein Nervenfieber bekommen hatte, obwohl ihn seine Mutter immer wieder tröstete, die Haare wuschelte und sagte: »Schau, Bubi, Herr Heu hat doch nur plötzlich einen Blutsturz gekriegt und war auch ganz schnell tot.« Doch seltsam, ihr Bub ließ sich von diesem Tag an nie mehr für einen anderen Freund überlegen.

Da begab es sich aber, daß der Herr Hitler aus Braunau einige Wochen später die Macht ergreifen wollte. Und die Leute waren sehr aufgeregt, läuteten gegenseitig an ihren Wohnungsglocken, kriegten rote, entzündete Köpfe und schrien sich zu: »Da Hitler macht an Putsch, da Hitler macht an Putsch.« Und das war an einem Tag, an dem schulfrei war, und das ganze Rudel folgte dem Herrn Koch vom zweiten Stock, genannt die »Reichsbanane«, weil er doch beim Reichsbanner eingeschriebenes Mitglied war. Der Sozikoch ging mit großen Marschschritten mitten in die Stadt hinein auf die Feldherrnhalle zu. Und da kamen noch viele Leute zusammen und sahen die Braunen marschieren, den Sturmriemen unter dem Kinn und mit Gewehren, was doch streng verboten war. Vorne weg trug ein Mann eine blutrote Fahne. Und der Mann hieß Grimminger. Diesen Namen erfuhr der Erzähler aber erst viel später, und sogar erst später nach dem großen Krieg, den der Hitler dann angezettelt hatte. Da trug der Herr Grimminger aber keine Fahne mehr vor sich hin, sondern hinter sich in einem kleinen grünen Rucksack ein bißchen aufgesammeltes Brennholz. Und er wartete auf dem Stachus auf die Linie Zwanzig.

Als aber dann auf dem Odeonsplatz geschossen wurde, da ging es wild zu. Einer der Schützen sprang dabei vor die Front der Braunen und rief: »Schießt nicht auf Ludendorff.« Und in der Tat trat der große Heerführer, der Hunderttausende von Russen in die Masurischen Seen zum Ersaufen getrieben hatte, hervor und legte seine Heldenhand an den Helm. Die gegenüberliegenden Soldaten zielten sofort nicht mehr auf den Sieger von Tannenberg. Bei den Putschisten robbte indes der Herr Hitler über den Asphalt auf die nahe Apotheke zu, die es heute immer noch gibt.

Da geschah dann auf einmal etwas völlig Unerwartetes und Unvorhergesehenes. Nämlich, der Rudi Panzer, der zusammen mit seinen Spezeln unter den Hofgarten-Arkaden lauerte, erhob sich mit einem Mal und sprang auf die schießenden richtigen Soldaten zu. Unter diesen war auch ein Mann, der am Boden lag und ein schweres Maschinengewehr rattern ließ. Da legte sich der Rudi ganz nahe zu diesem Kämpfer hin und sagte: »Sie, bittschön, Herr Soldat, derf i de Huis'n do wegnehma?« Der Maschinengewehrmann gab natürlich überhaupt keine Antwort, und so sagte sich der Bub halt: »Das ist gemacht« und sackelte die leeren Patronenhülsen ein, und niemand sagte was dazu.

Doch was wurde aus dem jungen Panzer, als er später in den Zweiten Weltkrieg ziehen sollte? Nichts als ein Tierpfleger wurde aus ihm. Weil sie einen Ahnen unter seinen Vorfahren entdeckt hatten, der ein Zigeuner gewesen sein sollte. Und deshalb war er nicht würdig, für Großdeutschland zu fallen. Dafür durfte er im Münchner Tierpark die Elefanten pflegen und besonders einen, der den Namen »Zambo« trug. Den mußte er dann, als die englischen Unglückskoffer vom Himmel fielen, nachts besteigen und aus dem großen Elefantenhaus mit ihm in die nahen Büsche fliehen. Doch eines Tages war der Tierpfleger Panzer krank und lag fiebrig auf einem Strohsack neben dem betreuten Elefantenbullen. Und der herzensgute Tierparkdirektor Alfred Zoll wußte auch noch mehr von diesem ungleichen Paar. Als der Rudi nämlich fieberte und die Luftwarnung gar nicht mehr hörte, packte ihn der Zambo mit seinem langen Rüssel ganz vorsichtig und legte sich den Burschen wie einen Sack auf seinen grauen Rücken. Und ging ganz allein in den nahen kleinen Wald.

Und die Bombe, die herabfiel, mußte dann die beiden direkt mit ihrer Spitze getroffen haben. Und so was hält wohl überhaupt keiner aus. Auch wenn er Panzer heißt. Der Alfred Zoll berichtete auch noch, daß nachher von dem Elefantenbullen Zambo und dem Rudi nicht einmal mehr ein einziges Haar gefunden wurde. Deshalb gibt es auch für den Tierpfleger Rudi Panzer unter anderem kein Allerheiligenfest, denn er liegt ja nirgendwo begraben.

Kaum aufzuhalten

»Der Indianersommer ist mir die liebste Jahreszeit«, sagt der verbummelte Philosophiestudent am Brunnenrand vor der Universität. »Was wollt ihr denn mit dem hysterischen Frühling und dem wütenden gelben Sommer. Hingegen der Herbst. Die Jahreszeit des Friedens, des Veronals und der sicheren Niederlagen. Wozu sein bayerischer Kommilitone ergänzt: »Ja, ja, und kummt da Hirbst, dann schtirbst.«

Seine zwei Kommilitonen hören ihm aber gar nicht zu. Denn sie schauen zwei Mädchenbeinen nach, die im Uhrzeigerwinkel vorüberticken. In ihren Augen ist es immer noch März. In der Brunnenschale schaukeln gegrillte, einwärtsgeringelte Blätter wie frisch geröstete Kartoffelchips. Eine Blondine geht vorbei, die hat Reitstiefel an. »Übrigens«, sagt der eine und blinzelt müde, »der Klaus Peter muß jetzt doch Alimente bezahlen. Zweihundertfünfzig Mark im Monat. Da muaß a oide Frau lang schtrigga dafür.«

Drunten im Ungererbad kauert ein einsamer Badegast auf den Liegebrettern, die ihm einen heißen Sommer lang die Welt bedeuteten. Er hat ein kleines Reisenecessaire vor sich liegen und schneidet sich die Fingernägel. Das letzte Mal hat ihn eine schnelle Braut aus Sigmaringen manikürt. Sie hatten sich im Warmwasserbecken kennengelernt. Als sie ihm dann vier Tage später die Nägel feilte, und er so zum Spaß ein bißchen an ihr rumprobierte, schlug sie ihm die Schere lachend auf die Finger und sagte den völlig blödsinnigen Vers dazu: »Das Berühren der Figüren mit den Pfoten ist verboten.« Nach diesem Geistesblitz hat er leider nichts Näheres mehr mit ihr anfangen können. Es wäre ja wohl sowieso keine große »Aufreiße« gewesen. Wahrscheinlich hätten seine Gefühle nicht einmal den Transport in seine Bude überstanden.

Vor dem letzten kleinen Schwabinger Märchen-Häuschen

bleibt ein Mann mit einem Jägerhut, der nach Erika und verlassener Heidebraut ausschaut, stutzend am Parterrefenster stehen. Singt jetzt da nicht drinnen gerade eine freche Jungfer ein Lied von Hermann Löhns? Aber wie? »Auf der Heide blühn die letzten Rosen / gelbe Blätter fallen müd vom Baum / und die Edeltraud, die küßt den Arbeitslosen.« Jetzt das ist doch schon allerhand. Das heißt doch im Original: »Und der Abendwind, der küßt die Herbstzeitlosen.«

Hinter ihm kommen soeben zwei »Schelme« des Wegs und einer sagt gerade zum anderen: »Wos is jetz des? Es is schwarz und fliagt in da Luft?« »Ein Rabe«, meint der andere ohne Überzeugung. »Na«, sagt der erste. »Ein Kaplan, der auf eine Tellermine getreten ist. Ho, ho, ho.«

Drüben auf dem Monopteros-Bergerl, dem Hügel der Sehnsucht, sitzen jetzt statt der blutjungen Maienmädchen die Patina-Teenager Schwabylons. Ein paar alte Weiberl mitten im Altweibersommer. Sie erklären ihren brav gescheitelten Enkelkindern die Türme der Stadt. »Na, Micherl, des is koa Gefängnis, des is a Heizwerk.« »Wos is dann des do drüben füra runde Kuppel, die ausschaut wiran Onkel Max sei Plattn?« benzt der Quengler. »Ja, oiso woaßt, i glaab, wart amoi. Geh frog mi hoid net sovui, komm her zu mia, dann dua i di a bißerl kampeln, des is vui g'scheiter.«

Beim »Chinesen« im Englischen Garten sind die Kellnerinnen schon beim Maßkrugspülen. Die Rosa wäscht sie, die Susi schlenzt sie ein wenig aus und die Klara, das asphaltmüde Dreiquartelpferd, stellt sie in die Regale des dämmrigen Gartenraumes. Weil aber die Stubenfliege Maja gerade mit ihren Verdauungsträumen beschäftigt ist, stülpt ihr die Klara den Krug direkt über den vierzehnäugigen Kopf. Nun ist die Fliege gefangen. Sie summt und summt, doch viel zu spät. An was mag so ein eingesperrtes Insekt wohl denken, bevor es die vielen Beine streckt. An die siebenundzwanzig Eier vielleicht, die es gerade vorher auf ein vergessenes Rindsfilet noch legen konnte. Oder etwa an die haarige Wurstnase des Schenkkellners, die immer ein bißchen schwitzte, so daß sie als Landeplatz für eine Fliege sowieso kaum in Frage kam. Oder gar an die Hersteller von Fliegenfängern. Kaum, kaum. Denn die Menschen sagen, Fliegen können nur fliegen und nicht denken. Woher sie das bloß wissen? Doch was brummt die Maja eigentlich so? Wo sie doch jetzt einen so schönen, gläsernen Sarg bekommen hatte. So, wie ihn nur noch das Schneewittchen einst erhielt.

Über den knirschenden Kiesweg kommen zwei Türken daher. Und auf einmal fängt einer der beiden Invaliden am hundertjährigen Karussell laut zu lachen an und sagt zu seinem Spezl, wobei er sich ein paarmal vor lauter Heiterkeit verschluckt. »Kennst jetzt du den schon? Da komma zwei Urlauber von Ankara z'rück und der Zöllner an der deitsch'n Grenz fragt sie: Wos is'n mit eich zwoa. Kerts ihr zsamm? Da sagt der eine ganz entrüstet: No, no, ich Gabelstapler. Und dann deutet er auf seinen Landsmann und sagt ein bißl von oben herab: Aber dea kehrt zsamm.«

Der alte Mann und das Meer

»A bißal mehra Meer deafads eigentlich scho sei«, kichert der alte Mann, der natürlich längst auch das berühmte Buch des amerikanischen Rauhreif-Bartes gelesen hat. Und er schickt sich wieder einmal an, das lächerliche Verlegenheits-Laggerl zu umrunden, das die alten »Wahnmochinger« in ihrem sanften Wahn mit ruhigem Gewissen das »Schwabinger Meer« tauften. Ganze zweitausendsiebenhundertvierundachtzig Halbschuhschritte ist der Rundkurs lang. Aber wer Augen hat, die nicht nur auf die nächste Bindehautentzündung warten, der kann sich gerade in diesen Tagen, wo es im Gebälk der alten Ulmen und der Unterwäsche der jungen Menschen wieder heftig knistert, allerhand Schmunzel-Schmankerl zusammenschauen.

Gerade kommt ein blutjunges Pärchen gegangen. Ein rotes Gummischnürl, das beide um den kleinen Finger gewickelt haben, hält es symbolisch zusammen. Eigentlich müßte der Jüngling das mittelhochdeutsche Liedchen dazu trällern: »Süßes kleines Mädchen, hast mich schon am Fädchen, hast mich schon am Gängelband.« Aber hinter seiner reinen Stirn nisten wohl viel dunklere Gedanken. Denn das Gesicht seiner Schönen ist leider von vielen sprossenden Frühlingspickelchen übersät wie ein Mohnweckerl. Und das muß sich rasch ändern. Der junge »Naturheilkundige« weiß auch schon eine Medizin, die todsicher hilft. Nämlich: »Zweimal täglich beim Dunkelwerden.« Er wird ihr ein sanfter Samariter sein.

Dann naht eine alte Frau mit einer Harpune. Weggeworfene Papiertaschentücher, Prospekte über günstige Bankzinsen, zerknitterte Semmeltüten und gestempelte U-Bahn-Karten spießt sie blitzschnell auf. Niemals verfehlt ihre Stocklanze das Ziel. Nur ein einziges Mal sticht sie daneben.

Sie hat nämlich gerade noch erkannt, daß diesmal das kleine runde Ziel nur Spucke war.

Zu ihrer Rechten arbeitet eine ammenrunde Kollegin nach einem anderen System. Sie trägt lange chirurgische Handschuhe aus Gummi und hebt die Gegenstände mit einer vernickelten Entbindungszange vom Boden auf. Also eine Heb-Amme. Hinter den beiden Rasenkosmetikerinnen trabt ein Pferdchen her, das einen kleinen Müllwagen zieht. Das Rößlein hat einen wunderschönen Fidelbogenschweif, Schaumgummilippen und melancholische Würfelzuckeraugen. Ein Basset-Hund mit dem ganzen Schmerz dieser Welt im englischen Blick schaut lange zum Cavallo empor und der alte Mann muß denken, vielleicht schauen diese langgezogenen Bellmaschinchen nur deshalb alle so ungeheuer beleidigt drein, weil sie eigentlich auch ein Pferd werden wollten.

Und jetzt kommen zwei Buben geschlendert, die sicher noch von jener längst vergessenen Sorte sind, die man in grauer Vorzeit »uma Fünfal a Ibidumm« zum nahen Kramerladl schicken konnte. Sie bleiben stehen und treiben ein lächerliches, heute nicht mehr bekanntes Wortspielchen. Wobei der eine zu seinem Spezl sagen muß: »Du bist ja a Blähublä.« Und der andere muß darauf nach den strengen Regeln erwidern: »Des bist ja du, wos bin dann i.« Und das alles bis zur völligen Vernichtung des Gegners.

Unter den Sträuchern am Ufer liegt noch ein Armvoll Schnee, und an den schwarzen Zweigen hängen die roten Beeren vom vergangenen Jahr, wie die Blutstropfen von Schneewittchens Mutter. Das Eis im See ist schon sulzig, wässerig und geschmacklos wie die Nachspeise für Pauschalreisende.

Mensch, wie kommt aber da nur der hundertjährige Penner auf die kleine Insel hinüber? Nun spielt er gar noch auf einer Mundharmonika das Lied »Es wird in hundert Jahren wieder so ein Frühling sein«. Und er lacht mit zahnlosem Mund den

Passanten zu. Aber nur ein winziger, uralter Spaziergänger kennt die Melodie noch und schreit kichernd zurück: »Da seng mia zwoa de Radi aber scho lang von unten, Kamerad.« Gerade in dem Augenblick schnappt sich ein riesiger Schwan auf Landurlaub die Buttersemmel, die ein kleines Mädchen

achtlos in der Hand hält. Jetzt weint die »Marili« laut, aber nur vor Schreck. Dem weißen Räuber, der majestätisch abzieht, drohen zwei Rentner mit ihren Hackelstecken.

Ein frecher Lehrling ändert unterdessen die Aufschrift der Tafel »Fußweg« mit einem dicken Bleistift in »Kußweg«. Dann singt er laut und wahrscheinlich ohne Genehmigung seiner Gewerkschaft das Lied: »'s Deandl hod gsogt, jetzt kommt da Frühling, kimmst auf d'Nacht, dann mach ma Zwilling.«

Dampfend wie ein russischer Samowar und den Blick schnurgerade auf das mittlere Podest des nächsten olympischen Treppchens gerichtet, stampft ein Dauerläufer vorbei. Ein Kind fragt: »Mutti, warum bellen denn die Enten so laut?« – »Die bellen nicht, du Dumme, die schnattern.« – »Und was tust dann du?« – »Ich geb dir gleich eine!«

Hart ist das Leben an der Küste. Watschelnde Wildgänse dringen bis zu den Packtüten ihrer Wohltäter vor und taxieren mit schnellem Blick jede Manteltasche. Ein kleiner dummer Bub glaubt wohl, der riesige weiße Vogel, der völlig bewegungslos dahinsegelt, wäre aus dem alten Karussell am Chinesischen Turm herübergelaufen. Er würde gerne ein Zehnerl spendieren, wenn er auf ihm einmal durch den See pflügen dürfte. Und ein spitznasiger Spaßvogel murmelt beim Anblick der vielen rudernden Sonntagsbraten leise jenen rätselhaften Spruch vor sich hin, den ein gefräßiger Landpfarrer einmal von der Kanzel herab im gefälschten Latein seiner Köchin zugerufen hat: »Lenawendantum Brotshintarum!«

Drüben am Ostufer haben unbekannte Missetäter einer der vier Frauenfiguren auf dem Sockeldenkmal die Sandsteinlippen rot angemalt, einen Büstenhalter umgebunden und sie für den Frühling aufgebrezelt. Auf dem ehrwürdigen Sockel stehen die Worte eines großen Verse-Schmiedes: »Der Staub vergeht, der Geist besteht.« Darunter aber hat ein kleiner Liebes-Ingenieur hinzugekritzelt: »Wenn zwei sich lieben auf Erden – da können leicht drei draus werden.«

Kopfschüttelnd stellt der alte Mann fest, daß dieser Geistesblitz noch immer da steht. Also hat sich wohl nichts geändert an dieser Weisheit. Bei ihm allerdings schon, muß er mit schrägem Lächeln zugeben.

Und da fällt ihm auch jenes frivole Gedicht wieder ein, das er von dem unvergeßlichen Walter Hillbring vor vielen Jahrzehnten im Alten Simpl oft gehört hat. Es begann mit dem Dreizeiler: »Ach kehrten doch die Zeiten wieder / wo gelenkig warn die Glieder / alle bis auf eines.«

Petri Heil

»Petri Heil und reiche Beute«, sagten seine Stammtischfreunde zu Blasius, als dieser sich anschickte, mit einer fünfmal gespließten Wellenpeitsche, einem Schachterl von Heimgarten-Vipern und einem Dutzend winziger Kustermann-Ankern zur feuchten Pirsch zu gehen. Der Spaziergänger war von einem schadenfroh schmunzelnden Angelfreunde in dessen nasse Jagdgründe eingeladen worden, um die Forellen zu stellen und die Huchen zu suchen.

Als Blasius drunten in Niederbayern eintraf, unweit jenes Sprengels, wo einst der Wimmer Damerl eine handgeschnitzte Wiege mit sich selbst und noch kleinerem Übel füllte, begrüßte ihn der Gastgeber im Namen der gesamten Menschheit und zeigte ihm in einem Gartenfaßl sofort ein paar inhaftierte gezähmte Forellen-Bullen, so das Jagdfieber des Spaziergängers bis ins Unanständige steigernd.

Nachher mußte Blasius mit seiner Schnürlrute auf dem grünen Rasen vor dem Fischerhäusl Wurfübungen machen, wobei es ihm bereits gelang, in schnalzendem Rückwärtsschwung eine etwa 12jährige Buche zu fangen.

Dann bedeutete man dem Gast in klaren Worten, daß die lieben Fischlein erst am Spätnachmittag einen Wurm- und Mückenzahn bekämen und daß der Spaziergänger bis dahin am besten an den nahen Weiher zum Schwimmen ginge.

Nun, Blasius pilgerte also ans Gestade zum Bade, machte seinen Oberkörper frei, und im Nu entstand ein Brausen in den Lüften. Und vom Bremsenschlund zum Mückenmund ging die schwirrende Botschaft: »Eßbestecke blankziehen, der oide Sommer is do.« Und so senkte denn alles, was zur taktischen Luftwaffe gehörte, den Ehrendolch tief in die Weichteile des Spaziergängers, und ein Schmatzen hub an und ein Rülpsen unter den Binsen-Adlern wie etwa beim

Salvator-Umtrunk der Landtagsabgeordneten, wo's ja auch nichts kostet. Blasius zählte nachher einhundertdreiundzwanzig saftige Äste auf seiner Oberfläche und machte die nächsten Stunden genau dieselben Zuckungen wie der Elektro-John auf dem Oktoberfest, wenn er an die Hochspannung angeschlossen wird.

Doch endlich war es soweit. Die Ruten wurden gezückt und vorne mit einer künstlichen Mücke mit eingebauter Tücke garniert. Zuerst sagte Blasius noch schnell ein halbes dutzendmal den bekannten Zungenkrampf-Vers auf: »Fischers Fritz fischt frische Fische.« Dann begann er nach dem Beispiel seines Lehrmeisters pausenlos die klaren unschuldigen Fluten zu geißeln und richtete sein lüsternes Auge unverwandt auf die leckere Köderbiene. Und siehe da, schon nahte eine stattliche Wellen-Salami, öffnete den Mund und – gähnte Blasius gelangweilt am Ufer zu. »Na, wat soll's denn?« schien die schuppige Vesper fragen zu wollen. »Bitte unterlassen Sie doch solche Späße.«

Hinterher trudelte gleich eine ganze Flossenfamilie einher. Die schauten aber die Fliege mit dem gebogenen Stachel-After nur mit gerümpfter Nase an, als ob sie schlecht riechen würde. Schließlich nahte dann so ein halbstarker Barsch, kühl bis ans Herz hinan, und forderte mit einer kessen Drehung den dämlichen Schnürlbraten zu einer bekannt unanständigen Handlung auf.

Und zum lauernden Spaziergänger schien er mit frechgeblähten Kiemen sagen zu wollen: »Kimm doch rei, wennst a Schneid host.« Blasius drohte dem Burschen weit vorgebeugt mit knochiger Faust und verlor zuerst einmal seinen Füllfederhalter und gleich danach sein Gleichgewicht, so der Aufforderung des ambulanten »Kiem-Pauli« unwillkürlich Folge leistend.

Gerade erhaschte der unfreiwillige Täufling noch eine mitleidige Eschenwurzel, aber die Freude am Angelsport und sein rechter Haferlschuh gingen dabei verloren. Dieser ungetreue Frostbeulen-Kahn trieb dann hurtig der nahen Mühle zu und verschwand »klipp-klapp« durch die Wasserschnelle im erstaunten Körndlschleifwerk. Wenn also irgendein Eierweckerlverbraucher in nächster Zeit etwa einen Nagel in einer mehligen Frühstücksfrucht vorfindet, dann weiß er alles.

Was aber das Schnürlwaschen anbetrifft, so muß Blasius schon sagen, daß keine rechte Moral mehr unter den bayerischen Karfreitags-Haien anzutreffen ist. Zugegeben, es ist nicht besonders viel Genießbares dran an so einem Angelhaken, aber ist es denn wie in dem geschilderten Falle deshalb erlaubt, einen Sportsfreund einfach vom schmalen Uferpfad der Tugend abzubringen.

Blasius jedenfalls hat sich noch am selben Abend an der gesamten Flunderwelt bitter gerächt. Indem er eine komplette Dose Ölsardine samt Kopf und Kragen verzehrte. Und zwar ohne Brot – und mit dem Messer. »Petris Dank.«

Mutter Bellindi und ihre Kinder

Wie in dem unvergeßlichen Film »La Strada« schaukeln vier grün-weiß-rot gestrichene Wohnwagen über die Schlaglöcher der Vorstadt. Ein Bulldog, auf dem der mähnenhaarige Paganini persönlich sitzt, zieht die alten Landstraßen-Archen blubbernd auf den grünen Rastplatz zwischen den Siedlungshäusern. Dreiunddreißig Gassenkinder, drei Hunde und zwei versprengte Hühner begleiten die kleine Karawane, auf der in grellem Neon-Rot zu lesen ist: »Circus Bellindi«.

Es sind gewiß die allerletzten Abkömmlinge des bereits sagenhaft gewordenen fahrenden Volkes. Unter der Achse des letzten Wagens, gleich neben den schaukelnden Schmierkübeln, zottelt ein Hund mit, der gleichermaßen als Fußschemel, zum Handabtrocknen und zur Nachtwache Verwendung findet.

An langer Leine meckert auch noch ein uralter Geißbock daher. Ein seltsamer Geselle, der vielleicht als eiserne Ration gedacht sein mag, aber im Programm »Josua, das lebende Rechenwunder« heißt. Weil er des Abends, mit roter Satteldecke verziert und die zwei spitzen Hörner durch die aufmontierten Messingkugeln einer Vorhangstange geschützt, die dritte Hauptnummer des Programms ist. Elfmal scharrt er mit dem Huf, wenn ihn der Direktor fragt, wieviel Fußballspieler die Mannschaft von Real Madrid hat.

Mamatschi, eine vergorene Backpulverschönheit mit siebzehn erinnerlichen Nachkommen, ist die eigentliche Königin der winzigen Sägemehl-Arena, die bald danach entsteht. Ein kleiner anthrazitäugiger David, der mit zwei leeren Kübeln zurückkommt und greinend berichtet, daß ihm die Hausmeisterin des nahen Wohnblocks kein Wasser geben wollte, wird von ihr schnell getröstet: »Was flennste, Gatschibink, dummer. Werd ich gehen und Frau Hand lesen. Wird sie geben

Wasser und bißchen Love auch noch.« Mamatschi war einst die Herrin der Lüfte.

Von vierzehn bis vierundvierzig flog sie von Trapez zu Trapez, und dann kehrte sie zur Erde zurück, blies die Trompete im kleinen Orchester, arbeitete als Clown und nannte sich schließlich »Kassandra, die Seherin vom Nil«.

Jeden Abend wird sie nun von ihrer Enkelin Leila mit völlig verbundenen Augen gefragt: »Und nun, Kassandra, sage dem Publikum, was mir dieser fremde Herr soeben für einen metallenen Gegenstand überreichte. Klingelingeling.« Und die Weise aus dem Land der Pharaonen antwortet prompt: »Es ist ein Schlüsselbund, mein Kind.«

Der Padrone des Unternehmens jedoch heißt Ursus und ist der große Zampano persönlich, wenn er zum dumpfen Trommelwirbel eine fünfmal um seine Brust geschlungene Hundekette sprengt. Seine Herkunft ist so dunkel wie sein Haar. Angeblich stammen die meisten Mitglieder der Truppe von Ursus selber ab. Wer aber zu wem verwandt ist, weiß nicht einmal Kassandra. Und die weiß doch viel.

Von Leila, dem Enkelkind, holt er sich jedesmal, wenn er seine Zaubernummer vorführt, ein langes Haupthaar, an dem er dann ein ausgeblasenes Ei befestigt, das wiederum an einem schwarzen Tuche schwebt. Unter lustigem Gegacker und dem Gekicher der anwesenden Kinder legt er dieses Ei mindestens zehnmal hintereinander in einen ehrwürdigen Zylinderhut.

Doch Leila selbst ist mit ihren elf Jahren längst auch schon ein Star des Westentaschen-Zircus Bellindi. Drei heilige und zwei geweihte Amulettchen trägt die schwarze Loreley um ihren mageren Hals. Und ein flatterndes Leinenkleidchen, das auch sonntags nicht ganz rein ist. Am Finger aber glüht ein roter Karfunkelstein, der etwas an ein halb abgelutschtes Himbeerbonbon erinnert. So tritt das schlampige Prinzeßlein vor das p.p.-Publikum hin.

Wenn dann der große Bruder Alfredo, mit düsteren Blikken und von Geheimnissen und Knoblauchgeruch leicht umwittert, die uralte Geige herfidelt, singt Leila zur Melodie von La Paloma das schaurig-schöne Schicksalslied: »Draußen im Wald bei Regen und Sturmeswind / lebt einsam verlassen ein armes Zigeunerkind. / Vater, ach Vater, so ruft sie in bitterer Not, / Dein Kind, deine Carmen, wurde gepeitscht halbtot ...«

Nach Morcheln schnorcheln

Der alte Mann hat noch nie viel für den Begrüßungs- und Zusammengehörigkeits-Juchzer »Heil« übrig gehabt. Denn diese vier komischen Buchstaben haben eigentlich nicht besonders viel Sinn und Wirkung. Selbst als ein ganzes Volk statt »Servus«, »Grüß Gott«, »Habe die Ehre« oder »Griaßdihoidnachad« zu jeder Tages- und Nachtzeit einander diesen Laut ins Gesicht schleuderte, endete das leider bös mit einer gräßlichen »Heulerei«. Auch das »Heil unserem König heil« brachte dem Podagra, an dem viele dieser Herrscher litten, nur sehr wenig Milderung. Und was heißt schon der »kühle« Schlachtruf »Ski heil«. Bei den jährlichen achtzigtausend Knochenbrüchen der fanatischen Schneepflüger. Ebenso hat wohl auch ein markiges vom Echo hin und her geworfenes »Berg Heil« nur eine sehr zweifelhafte Bedeutung. Da sich doch drei Dutzend »Alpinisten« jährlich mitsamt den ausgerissenen Edelweiß-Stöckerl in der Hand zu Tode poltern. Selbst dem geangelten Riesenbarsch bleibt doch ein Kontra auf das barbarische »Petri Heil«, welches sich die Fischer mit feuchten Triumph-Äuglein um die Köpfe schlagen, im zerschundenen Angelhaken-Rachen stecken.

Und deshalb hört es der ergraute Waldläufer auch gar nicht so gerne, schallt ihm irgendwo im Wald, im grünen Walde, von wildfremder Lippe ausgestoßen ein sanft idiotisches »Schwammerl-Heil« entgegen. Nein, so meint er, das könnte doch höchstens die Wirkung haben, daß die gesuchten »Moos-Bummerl« noch entsetzt ihre taufeuchten Köpfe wieder einfahren wie ein U-Boot sein Periskop. Da hält es der Alte schon viel lieber mit jenem Lied, das auf ihn selber auch zutrifft, nämlich »Wer schleicht dort im nächtlichen Dunkel so einsam und wildernd umher«. Weil aber für einen echten Pilz-Partisanen nicht unbedingt ein Wald her muß, um darin seinem unblutigen Waidwerk zu frönen, sei hier einmal vom »Morcheln-Schnorcheln« die Rede. Diese seltsamen Kinder der Nacht wachsen nämlich vielfach auf ganz »unmöglichen« Parzellen, Schweißsandfleckerl und in Lehmkuhlen. Und wenn der Feinschmecker so einen »Claim« schließlich entdeckt hat, so wird er den natürlich mit Zähnen und Klauen und notfalls sogar mit seinem gebogenen Schwammerlmesser verteidigen. Kommt deshalb rein zufällig ein versprengter Wandervogel vorbei und fragt neugierig, was denn der alte Mann hier gar so hartnäckig suche, so wird ihm dieser möglicherweise die verblüffende Antwort geben: »Meine Autoschlüssel hoid.«

Vielleicht möchte dann der Fremde auch noch genauer den Verlustort wissen, so entgegnet der Befragte völlig überraschend darauf: »Ja, do drüb'n hoid, in dem kloana Woid müassadns liegn.« Nunmehr endet die Hilfsbereitschaft des ungebetenen Herrn Nachbars womöglich mit der Bemerkung: »Ja, warum suachn S' nachad do herrentn?« Da bleibt natürlich nur mehr die hämische Ausrede: »Ja, weils do heller is hoid.« Um das »lästige Wimmerl« endgültig abzufertigen.

Wie kann denn aber auch schon ein Laie verstehen, was für ein Gefühl den »Morchler« befällt, wenn er wirklich fündig wird. »Keine Trüffel«, so schreibt der siebenbändige Pilzführer, kann neben der »Morchela deliciosa« bestehen. Und die vom Jagdfieber völlig verworrenen Spezialisten behaupten sogar, der »Käfer« würde mit lockerer Hand mindestens fünfhundert Mark für ein Pfund dieser wabenköpfigen »Hemmadschpreizer«, wie die Morchel von gewissen Wüstlingen auch geheißen wird, bezahlen. Denn dieser Pilz könnte nicht einmal mit einer »blauen Mauritius« aufgewogen werden. Eine ausgewachsene »Conica« oder eine »Vulgaris« auf freier Wildbahn zu ergattern, ist nämlich mindestens ein ähnlicher Glücksfall wie einen Hundertmarkschein mit der Endnummer zwölf mitten in der Ludwigstraße zu finden.

Dieser Edelpilz, der auch als »Kohinor« des Unterholzes gilt, wird in seiner Rarität höchstens noch von dem sagenhaften »Kaiserling« übertroffen. Der schon den alten Cäsaren bekannt war und bei der Androhung der Todesstrafe an den Höfen der Herrscher des Römischen Reiches abgeliefert werden mußte. Und er war in der Tat so rar, daß der Kaiserin Poppäa ihr Wunsch, einmal in der Milch des rotkappigen Pinienfürsten zu baden, nicht erfüllt werden konnte. Der eingesammelte Extrakt reichte nämlich nur knapp aus um ihr unerhörtes Nabelgrübchen etwas zu netzen.

Als nun der alte Boschen-Fex mit seinen schwärmerischen und spitzbübischen Gedanken hier angelegt ist, fallen ihm zur Mäßigung seines ungeheuren Speicheldrangs zum Glück noch ein paar derbe bayerische Schwammerlanekdoten ein.

Die er sich nun leise kichernd selber vorerzählt. Das erste Poem stammt aus einer etwas anrüchigen Vorstadt-Ballade. Es war das Gedicht von der »Mörtelrührer-Zenz«, in dem es so schön heißt: »Da Kare geht in d'Schwammerl naus / in olla Herrgottsfruah / a wunderschöner Tog is heid / und Schwammerl gibt's grod gnua.« Dann folgt das »übliche«. Das zweite ist ein Schüttelreim, der etwa so lautet: »Ein Mädchen ging in den Wald / um Pilze zu pflücken / dabei mußte sie sich öfters bücken / jetzt stillt se / scheiß Pilze.«

Und das dritte könnte man als Kalauer bezeichnen. Da trifft einer einen alten Bekannten und erfährt, daß dessen Frau gestorben ist. »An was denn«, frägt er. »No ja, sie hat meine selbstgesuchten Schwammerl nicht verkraftet«, erwidert der Gefragte. Ein Jahr später trifft er den alten Spezl neuerdings mit einem schwarzen Flor am Ärmel. »Desmoi war's a Knollenblätterpilz«, gesteht der Pilzspezialist. Und wieder ein Jahr später dasselbe Bild. »Ja, is dei neis Weibal vielleicht scho wieda am Fliagnschwammerl g'schtorbn.« »Na, desmoi net. Desmoi an da Pfanna«, entgegnete der Tieftrauernde. »Sie woit nämlich meine Schwammerl net essen.«

Zuppa Romana

Neben den obligatorischen vier Jahreszeiten liebt Blasius auch noch eine fünfte ganz besonders. Nämlich die Kaffeehaus-Zeit. Man hat dem Spaziergänger schon in frühen Jahren erzählt, daß das Kaffeehaus von dem Wiener Tambosi erfunden wurde. Von der Entdeckung des erregenden »Pumper«-Süppleins aber geht die Mär um, daß einmal ein Palastsoldat im fernen Addis Abeba auf Wache stand und dann eingeschlafen ist. Daraufhin habe er sich aus Wut über seine Pflichtvergessenheit die Augenlider abgeschnitten und dieselben ins Gebüsch geschleudert.

Dort aber, wo seine »Jalousien« hinfielen, ist alsbald eine seltsame Pflanze gewachsen, deren Kerne, wenn man sie kaute, zwar ein großes Herzklopfen verursachten, aber auch so aufregend waren, daß der Betreffende keine Minute mehr zur Ruhe kam. Die Einheimischen nannten daraufhin diese seltsame Frucht »Mok-ka«. Was soviel wie »Immer-wach« heißen soll.

Aus Afrika stammt der Überlieferung nach auch noch die genaue Definition darüber, wie ein hervorragender Kaffee beschaffen sein muß. Er soll nämlich so »süß« sein wie die Liebe eines jungen Mädchens am ersten Tag, so »heiß« wie ihre Umarmungen am dritten Tag und so »schwarz« wie die Flüche der Mutter, wenn sie es erfährt.

In München, so sagt man Blasius, gibt es etwa rund eintausend Kaffeehäuserl, Espressos, Mokka-Dielen, Schlagrahm-Scheunen, riesige »Miocard-Beschleunigungs-Paläste« und ähnliche »Bedarfshaltestellen« für den süßen Seim. Das bekannteste Kaffeehaus war schon immer jenes Prachtgebäude an der vornehmen Renommier-Promenade der Brienner Straße. Es trägt auch heute noch den Namen eines weiß-blauen Herrschers und besteht schon seit jenen Jahrzehnten, als sich die Bayern noch fünf Könige »hielten«.

Zu den stinkvornehmen Etablissements gehörte ferner auch der »Salon« gegenüber. Es wurde gerne der Nobel-Schuppen zum »stillen Nachmittag« geheißen. Die Lehnstühle und Gabardine-Sessel darinnen waren so groß wie anheimelnde mittlere Kachelöfen. Auf den handgeschnitzten Tischchen mit den dackelkrummen Holzbeinen blühten seltene Blümchen so bleich und unbekannt wie die Märchen-Orchideen von Joringel und Jorinde. Die Mokka-Schalen selbst waren arg zerbrechlich, so daß sie bereits einen Sprung bekamen, wenn man sie nur streng anblickte.

Pausenlos zupften die scheißvornehmen Bedienungen, die »Ginger« oder »Celsea« hießen, wenn vornehmer Besuch kam, die Brüsseler Spitzendeckchen zurecht. Angeblich wurden diese Blätterteig-Mamsellen hauptsächlich von dem bösen Zischen der alten Baronin, welcher dieser Snobby-Laden gehörte, angetrieben. Teilweise aber sicher auch durch die großen, gestärkten Schürzenschleifen, die wie Propeller vom glattgestrichenen Heckteil ihrer »Zichorie-Düsen« abstanden. Beim Schlürfen des abessinischen Nektars streckte schließlich jeder vornehme Gast wie auf Kommando den rechten kleinen Finger seiner Hand weit weg, so als hätte sich dieser unanständig aufgeführt und dürfte deshalb nicht mehr »Anteil« nehmen.

Hin und wieder erschienen auch ein paar berühmte Schaftstiefel-Rabauken in diesem Angeber-Hangar. Beispielsweise jener komische Hühnerfarm-Herodes aus Ottobrunn, der sich Jahre später besonders dämlich benahm, als er vor den Ami-Siegern in die Uniform eines deutschen Feldgendarmen flüchtete. Obwohl diese Einheiten doch längst unter automatischem Arrest standen.

Manchmal kam auch gleich gar der linksgescheitelte Überkinger-Übermensch selber. Möglicherweise zusammen mit jener »Reichs-Luftmiene«, von welcher die Claire Waldorf so schön sang mit dem Refrain: »Hermann heest er – und in

Preußen is er Meester.« Großdeutschlands weitaus dickster Offizier, von dem auch der Ausspruch stammt: »Wer Jude ist, bestimme ich.« Was er dann erstaunlicherweise auch manchmal tat. Und vielleicht war das auch der Grund, warum ihm irgendeiner seiner Bewacher in Nürnberg, bevor sie ihn nach Walhalla »ziehen« konnten, noch schnell eine Fahrkarte ins Jenseits zusteckte.

Ganz anders ging es dagegen schon immer in den sogenannten Stamm-Cafés in der Altstadt zu. Und wenn die Fenster irgendwo ein bißchen geöffnet waren, roch es vom Viktualienmarkt herauf ein bißchen nach Morgenland und Majoran. Die Gäste dort haben noch immer viel Zeit. Sie würden deshalb auch ihre kleinen Bestellungen am liebsten mit der Zeit bezahlen. Aber darauf kann man halt schlecht herausgeben.

Nur am Ersten, wenn die Rente kommt, leisten sie sich vielleicht ein Stück Käsekuchen oder einen »Boxer«. Das Gebäck aus ihren längst entschwundenen Kindertagen. Außerdem rauchen sie generell nur Stumpen. Möglicherweise ist sogar irgendwo in der Nähe eine Fabrik für halbe Zigarren, muß Blasius schmunzeln. Denn noch niemals hat in dem alten Café ein Gast eine ganze Zigarre angezündet.

Kommen noch die ungezählten Boulevard-Stützpunkte in Wahnmoching dazu. Dort sitzen die jungen Bummler schon am frühen Morgen Reklame für Picasso. Aber auch ausgewachsene obergärige Tortenmutterschiffe gehen hier vor Anker. Blätterteig-Florentiner, Schwarzwälder Kirsch, Zimtkipferl und Nußhörnchen sind ihr Begehr. Und der Spaziergänger muß bei ihrem Anblick immer an jenen Vers aus seinen Kinderbüchern denken, wo unter einem riesigen Zuckerhut die zwei Zeilen standen: »Oben spitz und breit – durch und durch voll Süßigkeit.«

Beim »Mampfen« strammen sich dann selbst die verborgensten Gummizüge der Damen durch die Überbelastung wie die Saiten von der Armbrust des Wilhelm Tell. Alle Reißverschlüsse verlieren mühelos ihre Zähne und später bei der »Kontrolle« biegen sich die Zeiger der Personenwaagen ganz brutal nach links.

Der absolute Vitaminsprengsatz aber ist heute wohl die »Zuppa Romana«. Die beste davon gibt es unbedingt im Ristorante »Roma«. Schon deshalb, weil dieses Glanz-Café einem Stammtisch-Spezl von Blasius gehört. Und die zweitbeste führt ein winziges Italiener-Lädchen. Der pfiffige Signore hat dazu über die Auslagscheiben auch noch die großen Worte geschrieben: »Hauslieferant von bella Signorina Sofia Loren«. Und auf einem Leuchtschrift-Transparent verspricht dieser lustige Vogel außerdem: »Sonntagnachmittag halbe Preise.«

Ganz unten aber entdeckt der Spaziergänger auch noch ein winziges Emaille-Schildchen. Worauf nur die zwei Worte stehen: »Sonntag Ruhetag«.

Mit anderen Augen

Blasius liest in der Zeitung auch manchmal die Spalten der Feinspinner und Schöngeister. Und dabei gleitet sein geweitetes Auge zufällig auch über die Beschreibung einer Theatervorstellung.

Darin heißt es: »Ist hier nicht eine Integrierung des Phänomens Theater... das völlige Einschmelzen der antiken Metren... der Grundton melismierend umspielende Koloraturen... die immensen Ostinati sich als rhythmische Klangformen... vom rhythmisch fixierten Sprechgesang über das Rezitativ bis zur melodisch-ariosen Phrase.«

»Aha, ja ja freilich«, dachte sich der Spaziergänger da sofort, das muß man schließlich gesehen haben, wenn man nicht sein Leben lang als künstlerischer Hundsfott gelten will. Er besorgte sich also einen Platz in dem betreffenden Mimen-Mausoleum, ganz vorne, wo man in jene Schlucht hinabsehen kann, in der die Geigen schluchzen. Und er plumpste zwischen zwei todernste, naphtalinduftende Damen auf Klappsesseln.

Nun muß der Spaziergänger die Handlung des Stückes, das »Antigone« heißt, zuerst wohl auch kurz umreißen. Da war also früher einmal eine griechische Prinzessin, die hatte ihren gefallenen Bruder ohne Genehmigung des königlichen Bestattungsamtes eingeschaufelt. Aus.

Bei Besichtigung der Theaterörtlichkeiten entdeckte Blasius jedoch nur ein halbes Dutzend Klaviere mit geöffnetem Seitenkastendeckel und leicht verstaubten Innereien. Fünf Harfen waren außerdem neben den ehrwürdigen Pianos in Stellung gegangen, und acht Männer hatten dahinter ihren Fidelbogen blankgezogen, jederzeit bereit, den Baß zu geigen. Dann saßen da noch zwölf Ohrenbläser mit ihren Flöten, die schoben eine ungemein ruhige Kugel.

Blasius beobachtete einen, der gab während der ganzen Handlung nur einen einzigen langgezogenen Ton von sich, dann packte er seine musikalische Fahrradpumpe wieder ein. Schade, daß Karl Valentin diesen Virtuosen nicht mehr erleben durfte, er hätte ein pfundiges Gegenstück zu seinem »Springbrunnenaufdreher« abgegeben.

Hinten in der Ecke war auch noch eine Anzahl von Gongs, riesig wie die Deckel von Mathäsers Lunglhafen. Und daneben standen ein halbes Dutzend Hektoliterbanzen mit Eselshaut bespannt. Sobald dann der »Schenkkellner« mit seinem Filzschlegel das erste Trommelfaßl mit dumpfem Ton angezapft hatte, begann das Schauspiel. Im ersten Abschnitt der Handlung war die Kapelle anscheinend auf Kurzarbeit gesetzt. Nur ein Klavierspieler begleitete das Entwarnungsgeheul der Sängerin, indem er den geöffneten Flügel am Zwölffingerdarm etwas kitzelte. Langsam fingen nacher aber auch die Geigen an zu sägen. Und wie die Königstochter Antigone ihr wohlverdientes Urteil entgegennahm, jammerten die Bässe immer mit derselben Saite mindestens zehn Minuten lang: »Auweh« – »Auweh« – »Auweh«.

Dann mußte jemand an das Tragerl mit dem Brotzeitbier gestoßen sein, denn auf einmal setzte ein Splittern, Scheppern und Klirren ein, wie in der Flaschlbierabteilung beim Spatenbräu. Gleichzeitig machten die Trommler einen Artillerie-Überfall, die Harfen imitierten das Zwitschern von Querschlägern, und ein Bläser ließ das Geräusch eines hängengebliebenen Hupenknopfes ertönen. Dann trat wieder eine kleine Schnaufpause ein.

Als aber der Kapellmeister auf dem Podium den ermatteten Musikern mit dem Stock drohte, legten die Trommler erneut Sperrfeuer ein, und die Klaviere ahmten täuschend das rumpelnde Geräusch einer Schiffsmaschine nach. Vielleicht wollte der Komponist damit das Blaue Band vom Kleinhesseloher See gewinnen. Später wurde die Szenerie auf der Bühne vorübergehend wieder friedensmäßig und die Geräusche auch. Dabei war nur noch zu vernehmen, wie ein Radfahrverein klingelnd einen gluckernden Odelwagen überholte und sogar den Vorortszug nach Geiselhöring. Der Pauker aber schlug seine Trommel schnell und jähzornig wie ein Kind, das das Biergeld verloren hat.

Beim Hinausgehen jedoch sagten die beiden Sitznachbarinnen von Blasius mit einem bösen Blick auf ihn: »Schade, die ganze Vorstellung hat dieser Banause da gehustet. Da konnte man ja kaum die Musik hören.«

Also: »Angemacht«, um nicht zu sagen »süchtig« geworden von den höheren Empfindungen, schaut sich der Spaziergänger am nächsten Abend durch ein eigens gemietetes Fernglas auch noch das stumme Drama »Schwanensee« an. Im ersten Bild erscheint dort eine Tänzerin auf Spitze und springt in die Höhe und in die Breite und stößt den Kopf herausfordernd von unten nach oben.

Dann gibt eine andere Tänzerin einem Armbrustschützen zur Begrüßung den Fuß, was dieser mit Recht und leicht gerümpfter Nase ablehnt. Anschließend kommen gleich gar ein ganzes Dutzend von äußerst entschlossenen Balletteusen auf die Bretter. Und »sie springen hin – sie springen her – sie haben keine Heimat mehr«. Hernach übt die Gruppe abwechselnd eifrig Wäscheaufhängen und den anstrengenden Schmetterlingsstil des Schneiders von Ulm.

Als Finale machen die Hupfdohlen alle in großer Hin- und kleiner Dreingabe Lockerungsübungen mit ihren Rennfahrerwadln. Und ein Wiegele-Wagele-Wogen geht durch ihre lächerlichen Busen, ein Kassemmelgebrösel durch die Zuschauer. Und der Spaziergänger durch ein verpfuschtes Breznbarocktor der Linie 19 entgegen.

Treffpunkt am Eck

Er zählte zu den Wendebojen vieler Kinderspiele, war Anschlageplatz beim Versteckerlspiel, Treffpunkt für alle Fälle, eiserner Kamerad, für die jungen Sportsmänner ein geeignetes Übungsobjekt zum Bockspringen und alter Vertrauter der Ringelreihen-Kinderspielzeit. Der Wasserhydrant nämlich.

Er gehörte einfach zum Vorstadtmilieu wie der gelbe Briefkasten, den Hunderte von Kinderfäusten energisch beklopften, wenn sie die Post eingeworfen hatten, damit der Brief ja ganz hinunterfiel. Oder auch die Teppichstange im dämmrigen Hof, auf welcher der erste »Bauchaufschwung« geübt wurde und wo Tausende von Klimmzügen mit dünnen Apfelstrudelärmchen von den zukünftigen Athleten der Stadtviertel gemacht wurden.

Genauso »in« war aber für den Halbwüchsigen das »Eck«. Dort trafen sich jene »Figuren«, die man viel später einmal »Azubis« nennen sollte. Die gaben sich zur Begrüßung bereits die Hand, und zwar jedem einzelnen – und wenn zehn herumstanden; sie rasierten ihren Bilderbuchbartflaum mit dem Radiergummi, wie sie selber sagten, und gaben an wie »drei Pfund Salz«. Der Spaziergänger selber stand fast immer mit dem Rücken an der Hauswand. Weil er zwar eine hochmoderne Knickerbocker-Golfhose anhatte, aber die besaß hinten einen »doppelten Boden« aus einem ganz anderen Stoff. Sie war nämlich ursprünglich nicht mit diesem »Schandfleck« versehen, aber halt durchgewetzt und stammte von einem entfernten Vetter, der studieren durfte und der Sohn der bekannten Volksschauspielerin Elise Aulinger war, die sich in Wirklichkeit Sommer schrieb. Dieser Jüngling war übrigens der erste deutsche Flieger, der beim Angriff auf Rußland über Königsberg von einem Sowjetpiloten abgeschossen wurde.

In dieser Runde galt der Biwi Leer als der weitaus beste Schilderer komischer Situationen und Ereignisse. Er war »Baderwaschl«, das heißt Friseurlehrling, und trug deshalb auch die fortschrittlichste Frisur im ganzen Viertel. Hinten war sein Haar rabiat ausrasiert und die wunden Stellen etwas gepudert. Seinen Haaransatz hatte er wie der Maschinenmensch Frankenstein rechteckig korrigiert, und dazu ließ er sich vom Jochbein ab auch noch lange Spitzkoteletten wachsen, die aber nicht recht sprießen wollten. Bei kleinen Kindern hatte er mit der Handmaschine auch schon ein paarmal einen Probestreifen mitten von der Stirne in den Nacken schneiden dürfen. Für die nächsten Tage war im übrigen das »Barbieren« eines jungen Viehhändlers zugesichert. Doch wehe, wenn er den vielleicht verletzen würde, dann gäbe es mit Gewißheit ein »Ohrwaschlrennats«.

Bubi Rupprecht indes war in einer Behörde untergeschlüpft. Hatte bereits den Dünkel eines Festbesoldeten und erzählte immer wieder, wie er dem alten Oberinspektor in seinem Amt »Bescheid gestoßen hätte«, weil dem als einzigen die von ihm geholte Brotzeit nie paßte. Von den anderen »Lehrlingen« fiel der Kästl Nathan besonders dadurch auf, weil er sich in seiner Steinmetzlehre bereits mehrmals einen Grabstein oder eine teure Eingangssäule auf den Daumen hatte fallen lassen. Deshalb hielt er den wehen Finger fast immer wie eine Kommunionskerze steil zum Himmel empor und berichtete etwas mürrisch, daß ihm der älteste Gehilfe Mittenzwei jedesmal bei so einer Verletzung, die dieser Vorgesetzte als »Selbstverstümmelung« betrachtete, eine wuchtige herunterhaute. Das einzige weibliche »Blas'n«-Mitglied war die mollige Hausmeisterstochter Nini, die den jungen Männern wegen ihrer quellenden Formen bereits als »Anschauungsmaterial« diente und bei den Tangoversuchen in der gepflasterten Durchfahrt fleißig zu den Tönen einer Mundharmonika, welche die »Blume von Hawaii« oder den

Tango »Märchen von Tahiti« heiserte, abwechselnd bewegt wurde.

Blasius' persönlicher Spezialkummer war seine Arbeitslosigkeit. Bis ihm ein etwas älterer Spezl vom Brudermühlviertel sagte, er solle doch beim freiwilligen Arbeitsdienst anfangen. Da würde man in der Woche den ungeheuren Lohn von sieben Mark erhalten. Allerdings müßte man dafür neun Stunden am Tag eine Betonmaschine drehen. Weil das Benzin oder der Strom für diese »Betonmarie«, die zum Aufbau von winzigen Siedlungshäusern nötig war, doch viel teurer sei als die menschliche Muskelkraft. Tatsächlich wurde der Spaziergänger auch gleich engagiert und zahlte von dem ersten »Gehalt« in einem Bekleidungshaus im Tal dafür einen gestreiften zweireihigen Anzug an. Damit war er natürlich absolut der »Höchste«. Bloß der Stoff von dieser Schale war sicher aus Papier gemacht. Denn wenn er warm wurde, schrumpften die Ärmel des »Knitterbergers« mindestens um zehn Zentimeter ein. Jedenfalls aber war Blasius jetzt endlich gerüstet, um sich auch eine »Slowfox«-Braut anzulachen. Und so ging er denn flugs schon acht Tage später »den Weg ins Leben« heftig an, der ihn mit den anderen in das leicht verrufene Tanzlokal »Maskottchen« in den Ausstellungsanlagen führte. Und die Erinnerung an diesen Salon prägte sich ihm für immer etwa so ein:

Unter einem Verdeck, auf dem zwei Bogenlichtscheinwerfer zischten, saß die Kapelle. Es waren vier Mann, alle mit dünnen schwarzen Mäuseschwanzbärten. Die zwei Scheinwerfer bediente ein hemdsärmliger Ausländer, ein Kroate oder so was, der auch auf den nahen Tennisplätzen die Bälle aufhob bei den reichen Leuten, wenn sie danebenschlugen, sowie im Keglerheim die umgefallenen Saunägel wieder aufs Blattl stellte.

Alle tanzten zu den Melodien der Band mit den Mienen von Sterbenden, und von der Geige, die ein langer einförmiger Musiker strich, tropfte fast das geschmolzene Holz zu Boden, so groß war die Sehnsucht und die Wehmut.

Überall war das große Sehnen in Gang. Sogar die alte Frau, die in weißer Schürze in der Ecke stand und vom notwendigen Kreislauf des Lebens ein kümmerliches Benefiz erhielt, hörte zu und hatte den Schlüsselbund in der Hand und einen entsagenden Mund, der sonst spitz und voll gleichmäßiger Falten war, wie das Ende einer Hartwurst.

Der erste, der nun ein fremdes Mädchen zum Tanz engagierte, war zu seinem größten Erstaunen er selber. Eiskalt stand der Spaziergänger auf und ging auf ein Fräulein zu mit einem Kleid, auf dem viele Heckenrosen blühten, und sagte: »Mit Verlaub«. Das »Dornröschen« erhob sich sofort, und es sah aus, als würde es kein Ende mehr nehmen. Trotz meiner Länge reichte er dieser aufrechten Girlande nur knapp bis zum Schlüsselbein. Doch ohne Zaudern griff er seiner Tänzerin an die Hüften. In der linken Hand hielt sie ein sauber gefaltetes, lauwarmes Taschentuch. Und während des ganzen Tanzes blickte sie gelangweilt hinüber zum kalten Büfett. Vermutlich war sie halt hungrig. Mit unverhohlenem Respekt schauten alle seine Freunde zu, und Blasius führte die »Fahnenstange« an ihren Sessel zurück und wäre dann um ein Haar beinahe über den losen Kokosläufer gestolpert, der auf dem Verbindungsgang lag. »Na, wie war's?« fragten alle fünf auf einmal. Und der Biwi zog die rasierten Augenbrauen ganz hoch zu seiner Wimmerlstirne hinauf.

»Ein ganz glatter Has war die, ein ganz glatter«, erwiderte er.

Aber der Biwi meinte mit viel Häme: »Ein bisserl groß ist sie halt.«

Sightseeing-Tours

Genau um zehn Uhr neunundzwanzig hustet der Husumer Hundertsitzer auf dem Marienplatz neunundneunzig Neugierige aus. Der hundertste bleibt sitzen. Es ist der Chauffeur. Er hat das Münchner Glockenspiel schon hundertmal gesehen. So daß er es auch mit den Ohren anschauen kann.

Und dann rudeln sie von allen Seiten heran. Inderinnen mit Augen so groß und schwarz wie Nußkohlenbriketts, neugielige Chinesenmänner, kleine Kinder aus Schottland, die nur zögernd den Zeigefinger aus den feuchten Schnuppernäschen nehmen, um damit auf die ahnungslosen Schäffler zu zielen, ältere Amerikanerinnen mit starren Rubinstein-Gesichtern, eine praktische Sippe aus Sinsingen, die eigens drei selbst geschnitzte Fußschemel mitgebracht hat, und damit ein grollendes Murren von einer verirrten Münchnerin auslöst. Sowie ein malerischer Jungfernbund, der von der energischen Rädelsführerin resolut an die nahe Wand gestellt wird wie zur Exekution. Die Hände auf dem Rücken, die Fußspitzen auswärts gewinkelt und die frisch gewaschenen Spargelhälse folgsam gekröpft, so warten die fast unberührten Delinquentinnen, bis ihnen die elfte Stunde schlägt.

Da und dort richten sich auch die drohend blitzenden Glotzaugen von Zeiss und Rodenstock auf den Beginn des berühmten Höhenluft-Spektakulums. Drüben am Rathauseck ist sogar ein Dreibein in Stellung gegangen wie ein Flugabwehrgeschütz. Der Richtschütze liest auf einer geheimnisvollen Tabelle die Werte ab und gibt sie flüsternd an den Kanonier weiter: »Vierzigfünf/zweiundneunzigkommasieben und dreiviertel Zoll. Fertig, Feuer frei –.« Und dann beginnt das zahme Maschinengewehr zu lispeln. Blasius aber möchte schon bitten: »Schießt doch nicht unbedingt auf den wurmstichigen linken Ritter, denn der muß ja sowieso gleich sterben. Genau um sieben Uhr elf Minuten nämlich. Doch dann ist es soweit. Und auf das unausgesprochene Kommando: »Die Köpfe hoch« klappen dieselben ausnahmslos nach hinten wie bei einer Angina-Reihenuntersuchung. Manche der friedlich Gaffenden haben auch den Mund weit geöffnet, als wollten sie mit den herabfallenden Tönen gegen ihr Halsleiden gurgeln. Andere aber fletschen auch nur grimmig die Zähne. Vielleicht überlegen sie, ob man die tanzenden Schäffler auch in die weiß-wollenen Wadl beißen könnte.

Resolut bahnt sich indessen eine Münchner Hausfrau, die gerade vom Markt kommt, mit spitzen Ellenbogen einen eigenen Heimweg und schimpft laut: »I woaß gor net, wos da bloß zum schaung gibt, wo i dahoam meine Katoffen am Gas schteh hob.« Und ein anderer eingefleischter Querulant gibt lautstark zu verstehen: »I hob des Glockenschpui no nia o'gschaugt. Und bin trotzdem scho achtasechzig Johr alt.« Mehrere Eingeborene gehen ohne jedes Aufwärtsblicken vorbei. Damit man sie um Gottes willen nicht für Fremde hält.

Oben auf dem Ringelspiel fährt gerade eine wilde Taube auf der Drehscheibe mit im Kreis herum. Möglicherweise hat sie halt heute Geburtstag. Und darf deshalb einmal Karussell fahren. Der ständige Zeitungsverkäufer bei der Mariensäule wird auch heute wie seit Jahren dringend gefragt: »Ach, bitte schön, wie alt ist denn dieses Glockenspiel eigentlich?« »Tia oid?« erwidert der Gazettenmann darauf freundlich: »Ja, ja, scho ziemlich.«

Als der getroffene Ritter programmgemäß und knarzend nach hinten kippt, reißt eine zierliche Französin entsetzt die Arme hoch und protestiert errötend. Es klingt etwa so wie: »Ui, schad um so a trumm Mannsbuid.« Ein langer Brite, dessen sparsame Unterschenkel aus seiner Bermuda-Short heraushängen wie zwei verschrumpelte Wiener Würstl, hingegen zieht auf alle Fälle den Hut. Und ein schwer dekorier-

ter Gebirgler aus Reit im Winkl murmelt wahrscheinlich bloß aus Gaudi: »Oiweil triffts de gloana Dickn.«

Ausgesprochen schlecht getroffen aber, so meint der Spaziergänger, hat es jedenfalls eine brave Woman aus Wyoming. Denn sie bekam von ihrem harten Boß den unerbittlichen Auftrag, ohne mit irgendeiner Wimper zu zucken, während des Turmdramas stur auf seine hintere Gesäßtasche zu achten. In welcher doch die Diners-Club-Checks verwahrt sind. Denn er hat noch nie recht viel von Reisenden und Reißverschlüssen gehalten. Deshalb sieht sein gutes Weib leider während des gesamten Melodrams nur den Hinterkopf ihres Hinterwäldlers, den sie doch schon vierzig Jahre kennt. Immerhin aber dreht sich ihr Cowboy schließlich nachher um und bestätigt seinem weiblichen Wachposten: »Sightseeing-Tour is very funny.«

Blasius möchte da vielleicht auch noch hinzufügen: »Aber Traveller-Sight-Seeing ist auch scheiß komisch.«

Hundstage

Wenn Blasius tatsächlich so hineinhorcht in das muntere Volksgemurmel, so wundert er sich immer wieder aufs Neue, was vielen Grätschbeinern und natürlich auch ihm doch alles für komische Vergleiche, Wortspiele, Verserl, Schüttelreime und auch mancher Blödsinn einfallen. Besonders die Tierwelt wird dabei ausgiebig strapaziert. Der Spaziergänger möchte beispielsweise einmal bei den größeren Viechern anfangen.

Da sagt man von einem Elefanten häufig und gern, daß er in einem Porzellanladen alles zertrampelt. Vom Löwen ist man der Meinung, er hätte deshalb so einen dicken Kopf, damit er nicht durchs Gitter durch kann. Manchmal heißt es aber auch, der Löwe wird deshalb Löwe genannt, weil er in der Wüste »löwt«. Die Giraffen besäßen nur darum so einen langen Hals, weil der Kopf so weit weg ist. Eine Oktoberfest-Riesenschlange mißt nach Ansicht des Ausrufers wiederum vom Schwanz bis zum Kopf zwölf Meter, hingegen vom Kopf bis zum Schwanz fünfzehn Meter. Weil's doch da bergab geht.

Unter den Haustieren muß dem »Salaman sei Katz« wohl das allerdümmste gewesen sein. Denn sie kraxelte der Überlieferung nach mit dem Schwanz voraus auf den Baum. Nur der »Ganserer von Finsing« hat dieses »Maunzerl« noch an Intellekt übertroffen. Denn »der ist vier Jahre lang mit den Wepsen geflogen, ohne es zu merken«. Etwas schmerzlich scheint fernerhin der Umgang mit Stachelschweinen auszufallen. Denn um diese zu küssen, muß man erst am Kaktus üben, wie die Berliner behaupten. Warum aber ein Esel gerade aufs Eis gehen soll, wenn es ihm zu wohl ist, dürfte doch etwas abwegig sein. Denn eine Eselin tät's da vielleicht auch. Und weshalb muß es ausgerechnet eine Meise sein, wenn der Mensch einen Vogel hat. Andererseits frißt der

Kater einen allzu lauten Zwitscherer gewiß auch schon am Morgen, wenn er singt. Und nicht erst auf d'Nacht. Und ob man einem nichtsahnenden Menschen tatsächlich einen Floh ins Ohr setzen kann, hat Blasius selber noch nie probiert.

Seltsamerweise ist ausgerechnet der beste Freund des Menschen der Hund. Obwohl gerade er nicht immer sehr nobel bewertet wird. Da gibt es doch sprichwörtlich den »blöden Hund«, den »krummen Hund«, den »g'scherten Hund«, »falsche Hunde«, jene Hunde, die der »alte Fritz« fragte, ob sie denn ewig leben wollten, und auch einen ganz komischen »Schwanz«, der mit dem Hunde wedelt. Und ein besonders witziges Exemplar mochte doch jenes Zamperl verkörpert haben, von dem ein bayerisches Sprichwort besagt: »Es war einmal ein Bauer / der Bauer hod an Hund g'habt / und wiara den Hund g'wogn hod / do hod da Hund a Pfund g'habt.«

Nun über diese große Bandbreite an Schelmerei ist der Spaziergänger wahrscheinlich längst bis hierher ein bißerl abgerutscht. Denn er wollte ja eigentlich über die Hundstage schreiben, die ihren Namen der Überlieferung nach von dem »Hundsstern« Sirius ableiten und die vom 23. Juli bis 23. August dauern.

Blasius hat sich aber nun selbst einmal überzeugt, daß es auch eine ganz besonders bedauerliche Sorte von braven Bellmaschinchen gibt, die nicht durch den Sirius, sondern ganz einfach durch ihre Herrchen und Madamen in der Zeit des glänzenden Himmelsläufers einem traurigen Schicksal ausgeliefert werden. Das sind jene Stiefkinder, die ihre Zwangs-Vakanz in den, wenn auch zu Unrecht manchmal verrufenen Hunde-Pensionen oder Zamperl-Heimen verbringen müssen.

Rund fünftausend Stammbaum-Hündchen, freche Wadlbeißer oder lustige »Schwoafaufdraha« kommen in jeder Saison in München in so ein »Dog Hotel«. In etwa acht Quadratmeter großen, gepflegten Eigenheimen wohnen sie dann zusammen mit anderen verlassenen Amerikanern, winselnden Pinschern, hartnäckigen Zimmernässern, schwer erziehbaren Streunern oder tödlich beleidigten Hundemamas. Manche in stiller Geduld, einige als rücksichtslose Nutznießer, weil sie die verschmähten Portionen der Heimwehkranken auch noch verdrücken dürfen, andere aber auch in abgrundtiefer Traurigkeit über den Verrat ihres Frauchens, das sie angeblich nur Gassi führen wollte und dann hier brutal einlieferte. Ein alter ergrauter Dobermann jedoch tröstet diese verschaukelten Neuzugänge immer wieder mit dem Schatz seiner Erfahrungen, die er als Grenzgänger und Strandläufer an vielen südlichen Staaten schon gesammelt hat. Und er erzählt den aufmerksam lauschenden Halsbandträgern aller Rassen, wie es so einem vierbeinigen Urlaubs-Tramp gehen kann, bis er endlich wieder dann daheim ist bei seinen fetten Fleischtöpfen.

Lange Schriftstücke mit vielen Sonderwünschen und Anweisungen haben fast alle Frauchen in der Handtasche, wenn sie ihre Lieblinge bringen. »Tutti« muß vor dem Schlafengehen sein Keksli kriegen, Klein »Snobbi« zwei Pfefferminzdrops. »Sissy«, die Pekineser Lady besteht arg auf »Krauli Krap« hinter den Ohren zart und fein.

Und der bayerische Bierdackel »Pirschi« beharrlich auf sein blau-weiß kariertes Ruhekissen.

Drei Maß im Schatten

Der alte Münchner »Noagal-Schlecker« orientiert sich in diesen bruzzelnden Grilltagen überhaupt nicht mehr nach dem großen Thermometer am Deutschen Museumsturm. Sondern nach einer viel zuverlässigeren Einheit. Denn bei ihm hat es da ganz schlicht »drei Maß im Schatten«. Und sein Bierspezl murmelt dazu vielleicht auch noch das längst vergessene Verserl aus jener Barfußläufer-Zeit, wo man als Gassenbub seinen Durst ganz schlicht an der »Langgroagadn« stillen mußte. Am Heimgarten-Wasserhahn oder an den spärlichen nässelnden Brunnen auf den städtischen Spielwiesen. Und dieses Erinnerungs-Poem hieß bekanntlich: »I hob so Durscht, daß i vor lauter Hunger net woaß, wo i heit auf d'Nacht schlafa soid, so friert's mi in d'Fiaß.« Und überall in der überhitzten City beobachtet Blasius deshalb die Auswirkungen der gnadenlos strahlenden »Österreicher Marie«. Wie manche Sportsfreunde das bekannte Zentralgestirn auch gerne heißen.

Schmunzelnd registriert der Spaziergänger zum Beispiel die zwei Buben, die vor einem Optikergeschäft stehen. Langsam buchstabiert der eine die Überschrift über der rechten Quecksilbersäule und plötzlich scheint ihm ein Seifensieder aufgegangen zu sein. »Fahrenheit« hat er nämlich herausgebracht und drum sagt er jetzt zu seinem Spezl: »Jetz woaß i, warum mei Babba gsagt hat, wir ›fahren heit‹ auf d'Kugleroim wenn's so schee bleibt.«

Die Blutegel hinter der Scheibe der kleinen Zoo-Apotheke kleben an den Wänden ihres Aquariums wie Kaugummireste an der Theke einer Snack-Bar. Sie träumen wohl lechzend von einem schlagflüssigen Immobilienhändler. Und die paar ermatteten Fischlein im lauwarmen Wasser schwimmen nur so viel, daß sie gerade nicht ertrinken. Ein streunender grauer

Hund hoppelt vorüber wie ein uralter VW, der nur noch auf drei Zylindern läuft. Die Zunge hängt ihm lang aus dem Maul wie ein Lesezeichen. Und als er am nächsten Hauseck das Bein hebt, kommt nur noch ein bißchen Staub heraus.

In dem kleinen Delikatessenladen in der Seitenstraße liegt ein Limburger Käse in der Auslage. Und der überlegt wohl gerade, ob er sich Startlöcher graben soll. Denn bei dieser Hitze würde er doch die hundert Meter glatt in 10,6 laufen. Wenn er nicht eine Attrappe wäre und innen aus Holz. Beim Anblick der Eier, die in einem Binsenkörbchen daneben liegen, fällt dem Spaziergänger der uralte Gassenhauer ein: »In Surabaya, in Surabaya, kocht man die Eia im heißen Sand.«

Dann steht Blasius längere Zeit vor jenem Plakat, das einen Wanderer in der Wüste zeigt, der als Fata Morgana ein volles Glas Bier sieht, das so stark beschlagen ist, daß außen ein Wassertropfen herunterläuft. Beinahe hätte ihn der Spaziergänger abgeschleckt.

In einer Wachszieherei liegt ein völlig zerstörtes Gebetsstöcklein in der Sonne. Es schaut aus wie eine abgeschlaffte, rote Ringelnatter nach der ehelichen Pflicht. Und selbst die dicksten Kerzen im Hintergrund sind heute weich geworden. Und neigen ihren Docht andächtig vor der wächsernen Madonna, der auch zwei winzige Sterintropfen auf der hoheitsvollen Stirn stehen.

In der italienischen Gelateria kriegt ein kleines Mädchen schon die vierte Portion Eis von der guten Oma spendiert. Auf einmal aber fängt das Schneewittchen zu husten an und die edle Gönnerin klopft ihr besorgt den zarten Rücken. Wie kann sie denn auch wissen, daß dem lieben Enkelkind längst die Zunge steifgefroren war. Und gerade als es danke schön sagen wollte, brach dann das Spitzerl ab. Und an diesem hat sich die Kleine halt dann verschluckt.

Sogar die Stadt trägt heute offene Sandalen. Die alte Kuh.

Das Buntmetall-Kindl auf dem Rathausturm hat ein Nasentröpferl aus flüssigem Messing gekriegt. Von Zeit zu Zeit fällt eines herunter auf den Marienplatz und liegt dann da wie ein frisch geprägtes Zehnerl. »Aber heid is hoaß«, beteuert die ganze bayerische Hauptstadt. Nur bis zum Münchner Glokkenspiel hat sich das anscheinend noch nicht herumgesprochen. Denn unverdrossen und hartnäckig dudelt dieses Melodienquetschwerk in den saharagleißenden Mittag hinein: »Aba heid is koid – aba heid is koid.«

Von Pool zu Pool

In jener Zeit, als der Spaziergänger noch Jesus-Klapperl trug, und seine Hose und die Weste aus einem Stück waren, sagte ihm das Wörtchen Pool eigentlich gar nichts. Er kannte nämlich gerade noch die »Polizei«, den Utz Pol-di, der heute Obermeister der Metzgerinnung ist, und die Pol-a Negri, den unerhörten Filmstar. Später kam dann zu seinem Sprachschatz auch noch die »Polonaise« dazu, die seine Schwester im Gasthof »Zum frischen Trunk« immer anführen durfte, die Politesse, die Stadt Poltawa, wo Blasius einen Steckschuß bekam, sowie die Polypen, die er Gott sei Dank nicht kriegte. Ferner ist ihm sein eigener Polterabend blaß in Erinnerung.

Und dann gesellte sich zu diesen Begriffen auch noch jenes Luxus-Laggerl dazu, das die reichen Leute oben auf dem allerhöchsten Gipfel ihres Appartement-Turms besaßen und das in der Society »Swimmingpool« genannt wurde. Wohl schon deshalb, damit man ihn nicht mit dem Nord-Pol verwechselte.

Ihm persönlich war jedoch der Pool seiner Ringelreihenzeit am allerliebsten. Jene »Dreeg-Lagga«, von der es in einem abgewandelten Gassenhauer später hieß: »Regenpfützen, die dir entgegenspritzen.«

Und noch heute glaubt der Spaziergänger beharrlich, daß ein barfüßiges Geplätscher in den Resten so einer himmlischen Notdurft viel herrlicher war als alle anderen nassen Freuden. Besonders dann, wenn man sich den pfannenkuchenweichen Baaz durch die dunkelweißen Zehenspalten quellen ließ und dabei an jenes damals noch unverstandene Sprichwort dachte: »'s Essen und 's Dringa san de drei schönsten Dinga.«

Weil aber nicht nur der Herr Kardinal Ratzinger, der Vogel Jakob, die Erni Singerl und der bayerische Vorstopper F.J. zu seinen Gönnern gehören, sondern auch der Besitzer eines Drei-Sterne-Hotels, hat er schon seit Jahrzehnten Zutritt zu dessen hauseigenem Swimmingpool im siebten Stockwerk. Und so was ist nicht nur besonders billig, sondern auch in hohem Maße amüsant.

Denn ist es vielleicht keine ausgesprochene Brotzeit für die Pupillen, wenn beispielsweise der Modell-Mime Freddy Quinn jedesmal, wenn er seine Pflichtrunden in der blauen Lagune gedreht hatte, als Dreingabe für die gaffenden Millionäre einen einarmigen Handstand auf dem Steingeländer fünfundzwanzig Meter über dem brodelnden Münchner Verkehr machte. Wobei seine Zehen dann doch nur noch höchstens vierzig Zentimeter vom Jenseits entfernt waren. Bei dieser Nummer murmelte Blasius dann jedesmal ganz leise den frommen Bibelspruch vor sich hin: »Näher, mein Herr, zu dir.«

Sehenswert ist auch immer jene Szene, wo ein beleibter Multimillionär durch seinen Badehosen-Domestiken fünf Dutzend korrekte Schwimmbewegungen auf den trockenen Fliesen machen läßt, während sein Boß daneben ein geruhsames Sitzbad nimmt. Weil das doch schlank machen sollte.

Häufig kommt am späteren Vormittag auch eine englische Lady, von dem kichernden Publikum gerne »Miss Geometrie« genannt. Denn nirgends bei ihr ist auch nur die kleinste Rundung zu sehen. Alles an ihr ist viereckig. Der Blick, die Bewegungen und sogar der Busen. »Armer Wasserspiegel« muß dann Blasius immer denken. »Wie wird dich dieser menschliche Glasschneider doch zerkratzen.«

Regelmäßig, aber in aller Herrgottsfrühe naht auch ein Männchen im weißen Mäntelchen. Er füllt ein kleines Fläschchen von dem Wasser des Angeber-Aquariums ab, das zu dieser Zeit noch so glatt ist, als hätte man es nachts durch die Wäschemangel gedreht. Anfangs dachte sich der Spaziergänger, ob dieser Weißkittel die Proben des zweiten Elements deshalb sammelt, weil sie vielleicht dann zu Hause in seinem Regal stehen mit den Namen der schwimmenden Superstars darunter. So wie es auch andere Autogrammjäger machen. Oder ist er gar ein Wüstling, der sich an den lüsternen Gassenhauer hält: »Laß mich dein Badewasser schlürfen.«

Und da ist unter den gepflegten riesigen Gummibäumen auch noch ein Quirl-Faß installiert. Darin werden durch eine mannschaftsdienende Preßluft-Vorrichtung große tätschelnde Luftblasen erzeugt, die mit zärtlicher Hand alle jenen Regionen heimsuchen sollen, die normalerweise bei den Fans ergötzlicher Berührungen nicht berücksichtigt werden können. Sicherlich wird deshalb der Quirl-Pool nachher auch eine gründliche Ohrenbeichte beim Wassergott Neptun ablegen müssen.

Doch jede Nacht einmal um die Gespensterzeit schlägt der Lust-Lagune auch eine ganz besondere Spezialstunde. Denn dann huscht, wohl durch irgendeinen Geheimgang eingelassen, die »bleiche Gräfin« an das Stadt-Gestade. Sie ist blaß, unerreichbar und überall »ohne« wie der Neumond. Wie ein Lichtschein fällt sie ins Bassin, und die diskreten Wellen sind dabei stiller als ein Hausfreund im Schrank. Nach zehn Minuten verschwindet »Miss La Luna« wieder und geht mit dem Personallift still und ergeben unter. Zurück bleibt jedoch immer die bange Frage: War das nun »vorher« oder »nachher«.

Kalamari

Die Süditalienerinnen, die Blasius auf seinem Trip durch Kalabrien sah, waren bei »Sankt Spaghetti« ein wahrhaftes Kirchweihfest für die Augen. Selbst Atomprofessor Hahn hätte sie in keine anderen Elemente aufspalten können wie in »Schwarzes Dynamit«, »Steppdeckenanthrazit« und »hochkarätige Keuschheit«. Und ihr Gang war aufrechter als der einer Königin. Weil sie nämlich auf dem Kopf keine Kaltwellen und Hüte trugen, sondern Wasserkübel und Tomatenkörbe. Dadurch kommen sie wohl auch auf weniger dumme Gedanken als die überkandidelten Brutkastenweibchen in den Städten. Weil halt die hundert Pfund auf dem Scheitel so drücken, daß diese ländlichen Lollos mit ihren Wünschen immer auf dem Teppich der gesunden Wirklichkeit bleiben müssen.

Dafür dürfen sie dann nach Feierabend auch mit ihrem leistungsfähigen Galan auf dem ortsüblichen Roller sitzen. Dieser hat graue Haare, lange Ohren, einen Distelvergaser und eine gesicherte Zukunft als Salamifüllung. Und am Sonntag tragen die nachtschwarzen Wunschweibchen zum leninroten Unterrock die flachsten Schuhe der Welt. Sie gehen barfuß.

Wie Blasius die noch von keiner Baubehörde aufgerissene Straße von Messina überquert hatte und in Palermo ankam, war gerade großer Fischmarkt. Steckkontaktäugige Alptraum-Ungeheuer und solche mit Beamten-Hinterteilen und pensionsberechtigtem Inspektorblick lagen da auf grünen Riesenblättern. Und sämtliche Algen-Bastarde und Seetang-Mestizen des Mittelmeeres, tückisch blinzelnde Haifischkinder und stadtratsmäulige Delphinköpfe. Und darüber hingen an hundert Leinen von Gasse zu Gasse gespannt die frischgewaschenen Sittlichkeitsfutterale und Keuschheitshülsen der zivilisierten Ureinwohner. Und das tropfte den Käufern gar lustig auf die schwarzen Wirbel. Und kühlte so wenigstens etwas ihren heißen Redeschwall. Ecco.

Gleich nebenan war Jahrmarkt mit »Lotteria« und einer Wurfbude. Es galt nämlich, mit altersmürben Stoffbällen in Goldfischgläser zu werfen. Wer traf, bekam als Lohn zwei lebendige Goldfischlein, die zu Hunderten in wassergefüllten Frischhaltetüten an einer Stange hingen. Eine sperrige Schottin ergatterte nicht weniger als 24 Stück davon, die sie freudestrahlend von ihrem frostig blickenden Chauffeur zum nahegelegenen Rolls-Royce tragen ließ. Nicht einmal Shakespeare hätte vermutlich erklären können, was er damit täte. Vielleicht setzte sie die Lady dem Kühlwasser zu, um billige Fischsuppe zu kriegen.

In der Bucht von Mondello ging Blasius dann unter die Taucher. Kopfschüttelnd sahen ihm die handlangen heimischen Sprotten zu, wie er mit einem Speer bewaffnet und einer Taucherbrille, mit der er aussah wie Neptun beim Gasalarm, auf dem seichten Meeresgrund herumfuchtelte. Der Spazierschwimmer wollte den lächelnden Fischern einmal zeigen, was eine Harke ist. Aber alles, was er harpunierte, war das rechte Wadl einer badenden Buchhalterin aus Ansbach und ein halber Industriebusen mit dem Firmenstempel »Metzeler-München«.

In dem Hotel, wo Blasius wohnte, war es so vornehm, daß grundsätzlich nur Tausendlirescheine mit Bügelfalte angenommen wurden. Es war groß, leer und hallend wie ein Erholungsheim für Best-Urlauber auf der Krim. Oder eine Entbindungsanstalt. Tatsächlich wurde der Spaziergänger auch sehr schnell von den zeitungsgroßen italienischen Währungslappen entbunden, so daß er sich besser gleich ein Zimmer in der Wechselbank genommen hätte. Bald ging Blasius finanziell am Stock und war gar nicht mehr fotogen, weil er sich in der Hauptsache von Kalamaris ernährte, die abends am Strand für das mindere Volk feilgeboten wurden und genauso schmeckten wie gekochte Hosenträger aus der DDR. »Ja, ja«, sagte sich der Spaziergänger in später Selbsterkenntnis, »wer Vaterstetten und Murnau nicht ehrt – geht nach Palermo.«

Dann begann es auch noch zu regnen, und im Regen schaut das schöne Sizilien genauso aus wie ein schönes Mädchen, das einen Katarrh hat und kein Taschentuch. Die Tage wurden schaumgummigrau und waren einfach nicht mehr totzuschlagen. Da fuhr der Blasius wieder dem geliebten heimischen Haferschleimhimmel zu. Und als er da vom Regen in die Traufe kam, dachte er sich: Auch recht, wenn schon die Traufe, dann aber gleich direkt in die Schwemme. In die Wirtshausschwemme nämlich, denn, so sagt sich Blasius mit dem Dichter Goethe: »Hier bin ich Mensch – hier darf ich's sein.«

Gänsemarsch mit Attraktionen

Komisch. Da führt eine schöne, bequeme Kiesallee isaraufwärts, vom Deutschen Museum bis hinauf zur »Aus-Amen-und-Vorbei«-Brücke in Großhesselohe. Aber nein! Viel lieber hoppeln die eingefleischten Münchner Spazierlatscher und Luftschnapper auf einem schmalen Trampelpfad direkt am Ufer des Weißwurst-Mississippi einher, hintereinander wie die Warzenschweine, wenn sie zur Tränke tappen. Und besonders an den Sonntagen ist diese Verdauungs-Raupe so dicht aufgeschlossen, daß jeder Wanderer seine Nase direkt in den Mantelaufhänger des Vordermannes einhängen könnte. Und das Seltsamste für Blasius ist der Umstand, daß er selbst auch gerne in dieser Safari mitstolpert und schmunzelt.

Denn da stiefelt der käsige Beamtensprößling folgsam und wichtig hinter seinem Gehaltsstufen-Papa einher und steigt millimetergenau in dessen Fußstapfen. Weil er doch später auch einmal Oberinspektor werden will. Der junge hitzige Liebhaber aber läßt seine stramme Wackelbraut lüstern vor sich herwippen. Und wenn seine waagrechten Gedanken Folgen haben würden, dann hätte die nichtsahnende Jungfrau bei Hellabrunn bestimmt schon das dritte Kind.

Das alte bitterböse Weib indes, das im Schlagschatten ihres vergrämten Nörglers wandern muß, denkt sich gewiß: »Sovui Löcha warn auf dem Weg. Aba daß mei Oida endlich in oans neidappad und sich an Fuaß verschtauchad, damit ma endlich dahoam blei'm kannt'n, des kon i einfach net dabeten.«

Auch die grüne Isar runzelt die nasse Haut über soviel Unverstand. Und die Wildenten rufen dem unsinnigen Bandwurm ganz deutlich zu: »Bläd-bläd-bläd«. Tausendmal übrigens wurden diese gefiederten Semmelschlucker wohl schon im Geiste gerupft. Aber wer jemals eines von den mageren

Regenwurm-Kajaks nackt sah, der steckt ihnen die Federn in Gedanken gerne wieder mitleidig in das löchrige Fell zurück.

Gebückt als würden sie mit ihren erholungsbedürftigen Stirnen sonst an den schweren Eisenträgern anstoßen, ringelt sich die harmlose Ringelnatter unter der Reichenbachbrücke hindurch. Dort wo die Möwen wie weiße Papierschnitzel vom Himmel fallen. Aus der Ferne könnte ein böser, sodbrennender Mitmarschierer fast meinen, es handelt sich bei diesen schaukelnden Schmetterlingen vielleicht um die letzten zerrissenen Unterlagen jenes Steuerskandals, welchen die Volksvertreter auf diese einfachste aller Arten lächelnd aus der Welt schaffen wollten.

Unter einer rissigen Linde auf der Uferwiese kann Blasius bei dem Trauermarschtempo der Schwachsinns-Karawane lange einen Privat-Ingenieur beim Aufstellen eines modernen Klappstuhles beobachten. Zuerst konstruiert er einmal eine Art Haus-Sauna daraus. Nachher wird aus dem stählernen Kreuzworträtsel ein Beichtstuhl. Und dann bringt der schwer schnaufend aber zweifellos begnadete Konstrukteur gar das Kunststück fertig, einen Zweierbob zu formen. Leider aber liegt halt nirgends mehr Schnee.

Weil er wohl nicht gerne bis zum nächsten Winter warten will, legt sich der Ermattete resigniert neben seine Contergan-Schöpfung auf den blanken Boden. Dann sticht er mit der silbernen Ehrennadel seines Naturfreunde-Zeichens noch die zwei eingehandelten Blutblasen auf und runzelt lange die Stirne. Der Spaziergänger schätzt, er wird vielleicht darüber nachdenken, ob er das störrische Möbel im Sportgeschäft nicht lieber gegen einen Eispickel oder einen Hockeyschläger umtauschen kann. Allerdings, meint Blasius, wird er auf diesen Gegenständen auch nicht besonders weich liegen.

Ein Heimgartler drüberhalb des Altwassers beschneidet weiter flußaufwärts gerade die Gammlerfrisuren seiner grünen Schnittlauchpracht. Dann fällt er beim Aufstehen rückwärts in die Glasscheiben des Winterbeetes und radelt schleunigst zum Verbinden.

Droben auf dem neuen Golfplatz tummelt sich die neue Sportler-Haute-Volée. Ein tadellos beleumundeter Professor der Gynäkologie zieht gerade gewaltig aus, so daß die schwangere Kumulus-Wolke hinter ihm eine klaffende Wunde kriegt. Wie bei einem Kaiserschnitt. Doch beim Zielschlag trifft er lediglich einen gelben Löwenzahnkopf, der sofort bittere Milchtränen auf das ruhig weiter dösende Bällchen weint.

Langsam wird der Trampelpfad aber dann doch dünner, wie das Ende einer Peitschenschnur. Und bei der »Brücke zum Jenseits« verliert er sich ganz unter jenem sechsunddreißig Meter hohen Viadukt, von dem einst in der Arbeitslosen-Ära ein Freund vom Spaziergänger, namens Harry Wills, für fünfzig Mark Gage mit einem offenen Marktschirm heruntersprang. Das stand dann groß in der Zeitung.

Wenige Tage später sprang dann ein anderer Mann auch wegen fünfzig Mark in die Tiefe. Weil sie ihm nämlich zum Mietezahlen fehlten. Der stand aber nur ganz klein in der Zeitung. Unter den Bestattungen.

Die schwäbische Nachtigall

Zu den köstlichsten aller Erlebnisse zählten für Blasius schon immer jene »Round ups«, die in den Wartezimmern verlassener Vorortsbahnhöfe, in »heruntergebröselten« Turnsälen oder in den leicht vergammelten Räumen der Stadtrandwirtschaft »Zum eiskalten Hinterkopf« stattfanden. Meistens handelte es sich dabei um eine Talentsuche, die stark nach bankrottverdächtigen Scharlatanen rochen, welche Artisten, Zauberer, Komiker, Pin-up-Girls, Jodler, Parterre-Akrobaten, aber hauptsächlich Sängerinnen aus allen Sektoren unserer unwichtigen Welt verpflichteten. Nun, so eine Veranstaltung war kürzlich auch auf zweckentfremdeten Schuhkartondeckeln handschriftlich am nahen Stadtrand angekündigt worden. Und der Spaziergänger begab sich mit großen, wie man sehen wird, voll erfüllten Erwartungen zu diesem gemischten Sängerkrieg.

Wie vorauszusehen waren auch Damen unter den Talenten, bei denen es nicht mehr viel zu entdecken gab. Denn ihre Geographie wies leider keinen einzigen weißen Flecken mehr auf. Doch auch die männlichen Gentlemens waren nicht unbedingt alle erste Wahl. Es waren halt selbige Sportsleute, die hauptsächlich nach der Vorstellung lebten: »Das höchste Glück der Erden / liegt auf dem Rücken – und so weiter und so weiter.« Diese bewährte Gästemischung aber schuf genau die richtige Atmosphäre für jene Sache, die man Vorstadt nennt.

Besonders vier Spezialtypen erregten die Anteilnahme des Spaziergängers. Da erschien zuerst einmal eine kühle Blonde vor dem gestengelten Bazillen-Seiher. Sie trug einen treudeutschen »Adlerhorst« eigener Flachs-Produktion auf dem musikalischen Hinterköpfchen, so daß man glaubte, sie würde bestimmt »Lieb Vaterland magst ruhig sein« zum besten geben. Sie stellte sich auch noch mit ihrem Künstlernamen vor und erklärte mit schweißnassen Schläfen, man nenne sie überall nur die »schwäbische Nachtigall«. Sodann entblößte sie ihr »Gehege« und ein Klirren entfuhr dem metallenen Munde. Zweiundzwanzig tadellose Nickelblomben wurden sichtbar. Vielleicht hatte die »Lady Eisenzahn«, damals als sie zum Dentisten gehen wollte, versehentlich beim Spengler geläutet.

Schließlich sang sie vom Blatt weg. Doch sie hatte wohl an Stelle vom Köchelverzeichnis 214 die Treppenreinigungsvorschrift eines Heizwerkes erwischt. So oft ging das rauf und runter. Abschließend endete sie mit einem schrillen Schrei, den man bis zu der Oder-Neiße-Linie gehört haben muß. Und in die Stille der verblüfften Zuschauer tönte es vom Küchenbüfett herüber: »'s Gulasch is aus. Is's sauer worn.«

Als die blonde Funkstreife in das wiehernde Gejaule ihres Publikums hinein gar noch eine Rumpfbeuge vorwärts machte, war sie immerhin noch so geistesgegenwärtig, ihr Kleid am Halsausschnitt züchtig zu raffen. Dabei besaß sie doch nur eine »Brummerage«, als hätte sie jahrelang zwischen den Seiten eines Stadtadreßbuches geschlafen.

Die zweite Trommelfell-Terroristin war aus Finnland. Behauptete sie. Majalisa hieß dieser freche Eiszapfen. Auch sie verbrach ihren Gesang vom Papier weg. Ein Liebeslied aus dem heimatlichen Birken-Dschungel sollte es sein, aber wer konnte schon Finnisch in der Vorstadt. Vielleicht las jene auch bloß die Kriegserklärung von Marschall Mannerheim an Rußland vor. Oder eine Vorschrift zur Staupebekämpfung bei linksradikalen Rentier-Bullen. So ähnlich klang es jedenfalls. Immerhin gab es Anstandsapplaus für den kurvigen Mitternachts-Schlitten. Majalisa mag sich damit trösten, daß die Finnen wenigstens die Sauna erfunden haben.

Endlich kam ein verzweifelter Romeo, der schluchzte seinen Liebeskummer auf Band. Es mußte furchtbar gewesen sein. Denn mit den Händen würgte er dabei seine treulose Julia und mit den Füßen stampfte er ihr Herz zu Ragout-Alphonso. Und auch den Hals wand er noch in erschütternden Spiralen. Statt daß er froh gewesen wäre, ihn noch einmal aus der Schlinge gebracht zu haben. Doch zum Abschluß erschien ein Tenor namens Vincente Barbera. Ein Spanier jeder Zoll. Der schlug dem Faß die Krone ins Gesicht. »Bei dir war das Zimmer so schön«, behauptete er in S-Dur und auf Kastilianisch.

War er nun Tapezierer oder Einmieteschwindler? Vielleicht eher Tapezierer, denn auf seinem Notenblatt waren viele schwarze Punkte, die sahen aus wie der Marterl für verunglückte Hauswanzen. Aha, darum legte er an diesen Stellen wohl auch immer eine Gedenkminute ein. Als zweiten Opus servierte Vincente ein Geräusch, das hieß: »Buenos dans.« Er aber sang »Boana sans«, und es klang wie die Beschwerde eines Gastes über ein Rehragout. Da setzten die ersten Pfiffe ein. Dann das Hohngelächter. Aber der Vincenz war ein Steher und sang das miserable Menü zu Ende. Dann bat er mit einer herrischen Handbewegung noch einmal um Silentium. Und als der letzte Gluckser verklungen war und tatsächlich eine absolute Funkstille eintrat, sagte der stolze Grande, aufrecht, laut und in tadellosem Bayrisch die vier unvertonten Worte des Berlichingers.

Der Beifall war ungeheuer.

Fiesta

»Wer sogt denn des scho, wenn ma im Ruhe-Schtand is, daß ma do den ganz'n Tog schteh muaß.« Das alte Schlitzohr, das gerade auf dem Marienplatz eintrifft, lacht und greift sich sofort einen der hundertzwanzig Makkaroni-Klubsessel. Dann sagt er auch noch zahnend: »Und im übrigen, wenn ma scho bis oife vormittag im Bett liegt, dann is ma doch schließlich todfroh, daß ma sich wenigstens mittags a bißerl hinsetzen kann.«

Vorher aber grüßt er noch in mäßiger Habachtstellung zur Mariensäule hinauf und meldet militärisch: »Salve Madonna, Rentner Mühsam soeben eingetroffen.« Und wie jedesmal muß er bei der Betrachtung der glänzenden Edelmetall-Lady und dem lieben Jesulein, welches die Weltkugel so spielerisch in der rechten Hand hält, denken: „Grod wia ihra hoibada Namensvetter, der Jean Maria Pfaff, bevor er beim Fußboischpui an Abschtoß macht.« Diesmal aber reißt es ihn bei seinem Frevel irgendwo im Läster-Kreuz. Gerade so, als hätte ihn die siebzehn Meter hohe Himmelskönigin ein wenig beim Ohrwaschl genommen.

Über fünfhundert weißlackierte Rentner-Sättel hat die sozialistische Münchner Stadtverwaltung in einem Anflug von Salon-Kommunismus über ihre Zement-Oasen verteilt. Das schließt allerdings nicht aus, daß Blasius persönlich beobachtete, daß auf dem Markusplatz in Venedig auch so ein Münchner Steißbein-Stützpunkt mit dem Fabrikationsdatum 1984 steht und etwas weiter vorne beim Dogenpalast sogar eines von den kleinen Gepäckwagerln, die laut Aufdruck nur im Bereiche des hiesigen Bahnhofes benützt werden dürfen.

München ist halt eine große gütige Alimentenmutter mit vielen »Schrazerln«, die ihr sogar noch die Tischdecke unter dem Kaffeehaferl wegziehen dürfen.

Gerade nimmt jetzt neben dem Spaziergänger eine hoch interessante Figur Platz. Ein Wandersmann mit einem zerwutzelten Tropenanzug, mit dem er ausschaut wie der Marco Polo, als der noch immer vergebens nach dem gleichnamigen Tee suchte. Er rückt seinen Stuhl lange zurecht wie ein böser Schüler, der vom Hausmeister übergelegt werden soll. Und als er endlich sitzt, macht er exakt und gleichmäßig seinen zahnlosen Mäusemund immer wieder auf und zu.

Blasius ist sich länger darüber im Zweifel, ob der klapprige Weltenbummler nur das Lied vom »Stummen Fisch« singt, oder ob er vielleicht seine völlig wertlosen Stunden aufißt. Doch möglicherweise ist dieser Wanderer durch die Welten gleich gar ein berühmter Alleinunterhalter, der lediglich auf dem Münchner Marienplatz für die Abendvorstellung probt.

Dann schlenkert ein grasgrüner Zwölfjähriger an der beschaulichen Siesta-Parade vorbei. Er hat eine riesige Sicherheitsnadel im geröteten Nasenflügel verankert und entsetzliche »Iks«-Füße. Als ob er mit dem Vornamen vielleicht »Xaver« heißen würde. Zu den vereinigten »Maulaffen« hinüber plärrt er einen abgewandelten alten Schlager, der in seiner jungen Phantasie immerhin schon heißt: »Fiesta – warum schläfst du immer grad bei deiner Schwester – warum schläfst du nicht bei mir.« Kichernd wackelt der Madonna-Mann zu diesem Vers mit dem roten verschwitzten Ruhestands-Kopf und meint zu seiner Nachbarschaft gewandt: »Na ja, a jeder hod hoid amoi kloa o'gfanga.«

Später kommt auch noch ein eingefleischter Stammsitzer, über den seine Freunde gerade kräftig gelästert haben. Und einer davon sagt: »Der Wutzlberger werd a jedn Tag bläder. Wenn der abends hoamgeht, buckt er si jedesmoi bei Vollmond, weil er Angst hod, daß er sonst bei der Tante Luna oschteßt.«

Aber als der Ankömmling dann den Zeigefinger an seinen Wurfbuden-Hut legt, sagen die drei echten Freunde: »Grod hamma von dir g'redt, Schorsche. Lauter guads und scheens, goi.« Worauf der Erwartete nur trocken erwidert: »I hob mas scho denkt. Drum hamma nämlich a d'Ohrwaschl so brennt.«

Aber die Hauptstadt der Menschenfreundlichkeit hat auch immer wieder was ganz Besonderes zu bieten. Das Neueste auf dem Rathausplatz ist gegenwärtig ein ambulanter Spaßvogel mit einem Gesicht wie ein weggeworfenes Leberkäs-Papierl. Er geht von Stuhl zu Stuhl und erzählt überall die neuesten Witze oder Spaßettln. Dafür wird er manchmal mit einer kleinen Münze oder auch mit einem kleinen Prädikat belohnt.

Eines seiner Verserl heißt beispielsweise: »Zwei Schwiegermütter gingen zum Baden / in einen See bei Berchtesgaden / die eine ist ersoffen / von der anderen wollen wir's hoffen.« Und bei dem zweiten Schwank fragt ein nach seiner Darstellung Neugieriger einen Bekannten: »Sog amoi, wia is denn eigentlich dei Frau im Bett?« Worauf der Gesprächspartner entgegnet: »Mei, wos soid i jetz do antworten? De oan sog'n a so – und de andern sog'n a so.«

»Da Summa is umma . . .«

Es ist wohl die romantische Zeit der jungen Knef, muß Blasius sinnend denken, als er durch die halboffenen Türen einer der letzten Schwabinger Bierwirtschaften aus einer verbeulten Musikbox den Song der einst so wunderschönen Sünderin vernimmt: »Und langsam geht's bergab.«

Ihre verruchte Grünspan-Stimme stammt noch aus jenen Tagen, wo sie als erster deutscher Star ihre »Poren« zur Diskussion stellte. Später wurde sie fast noch berühmter durch ihren gedruckten Pegasus »Der geschenkte Gaul«. Doch dann verschenkte sie auch noch ihr Heimatland. Deutschland. So wie es auch ihre Freundin tat, Marlenchen. »Heimat deine Sterne«, muß da der Spaziergänger leider mit kleiner Wehmut im Knopfloch denken.

Weiter vorne, wo einst die »Elf Scharfrichter« jeden Abend das wäßrige Blut der Spießer in ihrem weltberühmten Kabarett verspritzten, glaubt Blasius auch noch jene Stelle zu erkennen, an welcher der Nasenkönig Joachim Ringelnatz eines Tages einfach die Tür seines winzigen Tabakladens weit aufmachte, die Hände in die verbeulte Hose seiner Leutnants-Uniform vergrub und mit miserablem Abschiedsgesang zum Hauptbahnhof trabte.

Er hatte es endlich satt, die gefürchtete Bowle seiner Brötchengeberin Kathe Kobus jeden Abend nach der Vorstellung wieder heraushusten zu müssen. Sein heißersehntes Ziel war die Reichshauptstadt Berlin. Und der Ku-Damm. Aber auch an diesem »Damm« sah er nach seinem berühmtesten Gedicht weder einen Sauerampfer stehen noch irgendeinen anderen Dampfer. Na also!

Und er hatte seine Ladentürklinke noch nicht ganz ausgelassen, da fielen die liebedienerischen Nachbarn bereits über die verwaisten Regale her, um die verbliebenen Villinger-

Stumpen und die Lungen-Torpedos von »Zuban« ebenso gierig wie mißtrauisch zu inhalieren.

Dann steht Blasius längere Zeit vor der Steintreppe bei der alten Akademie, wo einst die Schönen der Stadt mit hängenden Rupfenkleidern aber weit abstehenden waagrechten »Granny Smith« ihre Anatomie den Malerfürsten Kaulbach oder Leibl für fünfzig Pfennig feilboten. Einen Betrag, für den sich vor einiger Zeit nicht einmal die ewig notwendigen Anatomisten in den vom zürnenden Erzengel Gabriel Gauweiler verbotenen Peep-Shows einen »abglotzen« konnten.

Nachher schaut der späte Passant lange einem unsäglich verstaubten grauen Pony nach, das von einem ebenso unsäglich armseligen Kutscher gelenkt wird, dessen schwarzer Schuhbandl-Schnurrbart fast bis an die Vorderräder eines grindigen Wagerls hinabhängt. Auf der Ladefläche des kleinen Gefährts wackeln ein paar Fässer wie Betrunkene hin und her. Der Mann hält jedesmal vor einer der mit Neonstecken beleuchteten Tavernen und Trattorias. Er sammelt die sauber abgeschabten Hammelknochen von den vielen Lammbraten, die in dieser Ecke so gerne verzehrt werden, und bringt sie irgendwohin, wo Leim daraus gemacht wird.

Vor dem »Fatima« kommt ihm eine schwarze Balkan-Madonna entgegen, die ihm einen dicken Brief aushändigt, weil der Schuhbandl-Patriarch doch aus ihrer fernen Heimatstadt Manisa stammt und die nächsten Tage in Urlaub fahren darf. Natürlich beginnt da der Spaziergänger zu überlegen, was wohl in dieser Botschaft kundgetan werden könnte. Und da meint er halt, durch das Kuvert etwa lesen zu können: »Geliebte Oma, deine gute Rat mit Fußbad aus Knoblauch hat wunderbar geholfen. Deine folgsame Enkelin Ayse kann dir mitteilen, daß bei ihr seit drei Tagen alles wieder fungtionieren tut. Gib heiligen Mustafa in Moschee gutes Bakschisch. Kriegste wieder.« Nun ja, muß da der späte Spinner noch hinzufügen: »Inch Allah«. So ein Brieflein ist immerhin noch besser als nach neun Monaten ein amtlicher Ausweisungsbescheid.

Weit draußen bei der Einkehr zum Flaucher plumpsen dem nächtlichen Wandersmann ein paar frühe Kastanien vor die Füße, und die mahagonibraunen Pupillen dieser Oktoberfrüchte blinzeln ihm aus stacheligen Lidschalen zu. Eine viel zu brave Panjenka kratzt mit einem Eisenrechen noch das raschelnde Laub zusammen und trällert dazu irgendein heimisches Lied aus der Bukowina.

Auf einmal findet sie trotz der Dunkelheit ein 2-Mark-Stück, das sie herzhaft abbusselt. Doch dann sieht sie plötzlich bei der matten Laterne, daß das Bild eines großen deutschen Kanzlers darauf eingeprägt ist. Da wischt sie sich verlegen den Mund wieder ab.

Und ein paar hundert Meter weiter oben auf dem Campingplatz sitzen die allerletzten Mohikaner in der blauen Nacht noch vor ihrem gummierten Zelt. Auch sie werden fleißig dazu beigetragen haben, daß der Münchner »Rheumatismus«-Anger heute wieder durch die ruhelos sich hin und herwälzenden Schlafgäste um ein schönes Stück flacher geworden ist. Der starre Blick der beiden Wigwam-Besitzer aber verliert sich irgendwo in weiter Ferne. Dort, wo doch in Dreiteufelsnamen irgendwo noch ein paar verlassene weiche Kernmatratzenbetten stehen müssen.

Die letzten Tage

Nein, nicht von den letzten Tagen der Menschheit ist hier die bescheidene Rede. Denn von diesen wird wohl keiner mehr schreiben. Weil doch schon die Dichter sagen: »Von diesen wird bleiben, der durch sie durchging, der Wind.«

Hier handelt es sich lediglich um die letzten schönen Tage an der Menterschweige. Auf jener Spitaler-Bank, auf der im Spätherbst immer die »vier Gerechten« sitzen. Voriges Jahr um diese Zeit waren es allerdings noch fünf. Denn diesen alten Knaben ging es, wie das vergessene Auszählverserl so schön berichtet: »Fünf kleine Negerlein, die holten sich ein Bier. Der erste hat alles allein gesoffen, da waren's nur noch vier.«

Diese restlichen vier Musketiere haben jetzt ihre Lederäpfelköpfe mit dem Krückstock abgestützt wie die Kronen von fruchtschweren Obstbäumen. Aber mit flinken Äuglein fädeln sie die vorüberziehenden Eindrücke zu einer bunten Kette auf. Und sie denken. Wie der Mensch doch komisch ist: Erst werden die kleinen Säuglinge vorbeigeschoben, dann wird das Leben schon etwas schneller, und die Kinder zockeln bereits vorüber. Die Erwachsenen aber hasten und rennen. Bis dann die herbstlichen Jahrgänge kommen. Die schreiten gemessen und bedacht. Und dann die Alten. Na ja, die tappen halt so hintennach. Und darum erwischt sie wohl auch der Herr mit dem langen weißen Hemd immer am ehesten. Denn es heißt doch: »Den letzten beißen die Hunde.« Ob er einen von ihnen auch wohl bald beißen wird?

Ja, da schau hin. Ein Pärchen hält Händchen und lustwandelt daher. Er im dunklen Polohemd und mit einer Brausebadfrisur. Und sie in blauen Röhren. Eng und scharf geladen. Wie die Zwillingsläufe einer Entenflinte. Der Pensionist Magerleben leitet die erstaunte Lustigkeit um seinen einsamen Eremitenzahn herum. »Dz dz dz – und wia de aufbett' hod«, stößt er den Freund Silberhals. Und alle zwei schlukken und kichern in sich hinein. Und schlenkern mit den Köpfen. Hoppla, dem Silberhals seiner wär ihm bald in den Schoß gefallen. Sauber.

Sinnende Damen, strickende Frauen, freudlose Witwen und geschiedene Sekretärinnen sitzen in der Abschiedssonne. Die Strickenden wirken geschäftig die neuesten Nachrichten aus der Nachbarschaft in ihre gewirkten Winterhäute mit hinein. Das hält warm. Ob jetzt der feine Herr dort mit den knarzenden Schuhen weiß, daß er ein käsiges Emmentalerloch im Socken hat? Ja, bei ihnen wäre das nie vorgekommen. Aber sie haben halt keinen Mann mehr. Was bloß diese Mannequins immer in ihren viereckigen Koffern tragen? Vielleicht ihre Zukunft? Aber ist denn die viereckig? Jetzt schau bloß, wie die Gnädige dort angibt. Ein Lorgnon hat sie auch noch! Da wird sie wohl am Abend das Fett in ihren gerösteten Kartoffeln damit suchen. Claudia, Ute, Jürgen und Hans-Wulf heißen die meisten Kinder heute. Kaum mehr ist ein Josef und ein Micherl darunter. Fräulein Siebengscheid tadelt den stoischen Plüschbären. »Du, wenn du net brav bist, dann gibt's was.« Der Wind weht Nursen-Deutsch und Windelgeruch vorbei. Ein junger Mopedist hat eine Zigarettenschachtel in das ratternde Speichenrad seines Rollers geklemmt. So spart er wohl eine Menge Benzin. Er hupt aus sauberem Halse.

»Nimm doch de Synthese«, ermuntert der diätfarbene Student. Aber der Kommilitone nimmt lieber eine Zigarette aus der fahrlässig herumliegenden Freundesschachtel. Und eine junge Mutter stemmt ihr wurstarmiges Herzbinkerl glücklich in den Himmel, als wollte sie sagen: »Da schau her, Himmevadda, des pfennigguade Kindlein host du wahrscheinlich übersehn. Sonst hättst as woi net hergem.«

Der unbekannte Wanderer, der täglich vorübergeht, hat

wohl auch nur einen einzigen Anzug. Wie der Hund eine Haut, denkt der Pöschl-Vater. Und reibt seine bläuliche Auberginen-Nase. Und dort das betagte Ehepaar. Hat einen kalten Krieg im Gesicht und sagt kein einziges Wort. Es ist halt immer sehr still, wenn die Alten sich streiten. »Wos sogt ihr jetzt zu dem Sommer heier?« will der Silberhals wissen. Sie brummeln. Nur der Magerleben meint: »'S geht aba scho a ganz scheens Gichtwinderl, gegen abends zua.« Und: »Trotz der Kältn is nix Warms mehr.« Da tadelt der Pöschl: »Schamts eich do, des san lauta g'schenkte Dog. Und an g'schenktn Tag schaut ma net in ...« Ja, wohin denn gleich? »Schaut ma net in' Sack«, schlägt einer vor. Aber die anderen kopfschütteln und denken nach. Der stille Invalide Baff hat es als erster: »Oana g'schenktn Schtund schaut ma net in den Schlund«, sagt er, steht auf und geht als einsamer Sieger. Staunend blickt ihm der Pöschl nach. Ihm schaut man jetzt selber in den Mund. Er hat ihn weit offen.

Passanten im Park

Blasius muß es gestehen: Immer mehr spürt er es, daß ihm seine sonst so getreuen »Untermänner« seit sie der »Iwan« eisenhaltig machte, langsam im Stich lassen. Und deshalb hat er auch schon vor geraumer Zeit seine herrlichen Spaziergänge durch den Nymphenburger Park mehr und mehr von der seelischen Speisenkarte streichen müssen. Das begann wohl schon, als ihn sein geliebter Nibelunge, der Staatsschauspieler Hans Cossy ohne jeden Handschlag verließ. Er, der ihm jedes Vogerl-Nest und jedes Zaunkönig-Versteck immer zeigte, in diesem Nobel-Dschungel hinterm Schloß. Nur ein einziges Platzerl zeigte er ihm nie. Nämlich jene Stelle, an der die prächtigen Morcheln standen, die nach dem männlichen Aberglauben genauso unersetzliche Hormonspender waren wie die sagenhafte »Spanische Fliege«. Und deshalb war ihm der Spaziergänger besonders gram, als er nach Bayreuth fuhr zur »Götterdämmerung« und mitten in dem Heldenzyklus genau wie der Recke Siegfried nach Wallhall abberufen wurde. Nun wird er zwar möglicherweise jetzt die kleinen verschrumpelten Kraftspender immer noch sehen – von unten. Aber das hat halt nur mehr einen theoretischen Wert.

Als nun Blasius auf den Spuren der Vergangenheit neulich noch einmal eine kleine Gedächtnisrunde drehte, mußte er auch an die vielen Komiker und Käuze denken, die er dort fast jeden Tag traf. Da waren beispielsweise die »Drei von der Tankstelle« an der kleinen Brücke. Wo sie kichernd aus blau emaillierten »Flachmännern« naß fütterten. Weil aber damals der Stoff sehr rar war, wurde er manchmal auch mit Methylalkohol gestreckt, was jedoch des öfteren den Verlust des Augenlichtes hervorrief. Als nun einer von den drei »Gerechten« eines Tages so ein tückisches Wässerchen anbrachte, die anderen riechen ließ und es dann in den »Canale Pikolo«

werfen wollte, fiel ihm ein Spezl entsetzt in die Arme und sagte: »Na, bittschön net wegschmeiß'n, i hob doch an blind'n Onkel dahoam.«

Ein besonderer Spinner war auch ein krummes Männchen, das immer vor sich hinbrummelte, weshalb ihn Blasius für einen Schauspieler hielt, der seine Rolle lernen mußte. Schließlich stellte er sich aber dem Rumpelstilzchen vor und da gestand ihm der komische Wicht, es wäre ihm in jahrelangem Training gelungen, endlich das Alphabet fehlerfrei von hinten aufzusagen. Und sogar das Märchen vom Rotkäppchen könnte er auf diese Weise interpretieren. Doch was nützte das letzten Endes diesem blitzgescheiten »Herrn van Hinten«. Er wurde nämlich später am Romanplatz überfahren. Und zwar von vorne.

An der Wildenten-Bay hatte der »Lohengrin« seinen täglichen Standplatz. Ein mehlweißer Bäckermeister im Ruhestand, der eine uralte Motorradhaube trug, dessen Ohrenklappen genauso hochgebunden waren, wie die Fittiche auf dem Helm der echten Gralsritter. Jeden Tag kam der seltsame Tierfreund mit einem kleinen grünen Rucksackl, aus dem er vierundzwanzig alte Kaisersemmeln herauszählte. Für jeden der anwesenden Schwäne eine. Und am Sonntag gab's alte Eierweckerl. Wenn dann Blasius fast ein bißchen mitschluckte, wenn die Fütterung der Wappentiere Richard Wagners begann, wobei ihre langen weißen Staubsaugerhälse verzweifelt mit den Knödelbrot-Aspiranten kämpften, sah man ihnen direkt an, daß sie sich nur deshalb so plagten, weil sie dem guten alten Mann doch nicht weh tun wollten. Denn sie waren ihrerseits Menschenfreunde.

Eines Tages jedoch wurde der Lustwandler, als er einem kahlköpfigen Rutengänger folgte, besonders fündig. Dieser Anlagen-Kriminaler ging nämlich, scheu um sich blickend, auf einen zerfallenen Futterstand für Rehe zu, und in der morschen Krippe sah Blasius alle Schätze dieser Welt liegen.

Ein braunes Glasauge, zerknüllte Liebesbriefe, verrostete Fingerhüte, zahnlose Kämme und mürbe Hundehalsbänder. Auch einen riesigen Karton von jenen dehnbaren »Notbremsen«, die bei den Soldaten gerne »Nahkampf-Pullover« genannt wurden, war hier versteckt. Zu diesem Paket präsentierte ihm der winzige Lustmolch auch noch einen Witz, der zwar uralt war, aber längst auch in das »germanische Schmunzelgut« eingegangen war.

Und das Zwergerl erzählte: »Da kam also ein Schwiezer in eine Apotheke und verlangte eine große Kurpackung Schlafsäcke für Engel. Der Herr mit dem weißen Kittel wußte sofort was er wollte und verkaufte ihm für das Wochenende eine Packung mit hundert Stück. Am Montag jedoch erschien der nimmersatte Kunde ein zweites Mal und beschwerte sich, daß in dem Karton zwei Stück gefehlt hätten und nur achtundneunzig Päckchen drin gewesen seien. Worauf der Herr mit dem Äskulap-Wappen sehr bedauernd die Achseln zuckte und meinte: ›Das tut mir aber wirklich sehr leid. Daß ich Ihnen Ihr schönes Wochenende so versaut habe.‹«

Katzenjammer

Als Blasius neulich noch einmal seine Geburtstagspost zum Siebzigsten durchfilzte, kam ihm auch ein kleiner Zettel zwischen die Finger, der in einem zerwuzelten, dünnen Luftpostkuvert steckte. Auf dem Brieflein stand nur der Name: »Gerry Löwenstein, New Jersey.« Und der Spaziergänger wußte damit einfach nichts anzufangen. Bis ihm dann mit leisem Schmerz eine Geschichte einfiel, die er vor mehr als dreißig Jahren über den Löwenstein-Buben geschrieben hatte.

Das war nämlich so: Auf dem großen Lagerplatz hinter der Wohnkaserne vom Blasius lagen immer Berge von Knochen, die zur Margarineherstellung dort aufgeschüttet waren. Zu den absoluten sportlichen »Disziplinen« und Höhepunkten der jungen roten Krieger des Hauses seiner Kindheit gehörte es nun auch, mit zugespitzten Holzpfeilen auf die Rudel von tückisch blickenden Ratten zu schießen, die sich auf diesem Knochen-Himalaja bewegten.

Da geschah es dann eines Tages, daß sich auch ein kleines »Maunzerl« unter die bösen, langschwänzigen Bisams verlaufen hatte und ausgerechnet dieses traf der Gerry ins rechte Auge. Da halfen nachher auch keine gekauten Huflattich-Blätter, die dem wimmernden Viecherl auf das erloschene »Lichtlein« gelegt wurden, und auch nicht die Milch, die der gute Johnny schnell von seiner Hausmeister-Mutter holte.

Der Gerry aber war von diesem Tage an ein anderer. Zwar war er schon immer sehr still und scheu gewesen, aber jetzt lernte er kaum noch etwas in der Schule, obwohl der Lehrer meinte, er könnte mühelos der Klassen-Primus sein. Lange Wochen tauschte er dann mit anderen Kindern gläserne Murmeln aus, bis er eine eingehandelt hatte, graugrün und dem echten Katzenauge gar nicht so unähnlich. Daraufhin ging er mit dem Viecherl zum Doktor Baldauf, den Schusser in der Tasche und ein kleines Goldstück in der warmen Hand, und brachte in ernst gesetzten Worten sein Anliegen vor.

Der vielfach gebrannte Vorstadt-Arzt aber begab sich flinken Fußes zu den Pflegeleuten des Buben, um den Sachverhalt zu klären. Die beiden Stiefeltern vom Gerry machten schlechte Augen, als sie erfuhren, welchen Schatz da ihr Zögling heimlich gehütet hatte. Sie nahmen ihm zwar das Geld nicht ab, gaben aber dem dringenden Rat des Herrn Doktor nach, das Kätzchen einschläfern zu lassen.

Der kleine Gulden kam zur Verwahrung in eine Sparbüchse. Aber die Stiefmutter wußte nicht, daß ihr Zögling noch einen großen, schweren Zwanzig-Dollar-Taler besaß. Den Schatz hatten nämlich die Eltern dem damals Vierjährigen vor der Abreise ausgehändigt, mit vielen Schwüren und Ermahnungen, er dürfe ihn niemandem geben. Nur wenn es ihm selber direkt ans Leben ginge.

Nach Jahren zog der Gerry dann doch noch nach Amerika zu seiner echten Mammi. Und wieder nach Jahren, als es den Deutschen wieder einmal sehr mies ging, schickte er jede Woche ein riesiges Paket. Alle Leute in der Straße wußten es und waren sehr neidisch. Bis es herauskam, daß in den riesigen Paketen nur Hundekuchen waren. Oder »Prestleys Dog-Food«, oder Katzenfutter in Konserven. Und manchmal auch Vogelfutter. In jedem Paket. Und es kamen insgesamt dreiundvierzig Stück.

Keine Zeile stand dabei, nur der Absender: Gerry Löwenstein, New Jersey. Und weil es die ganze Straße wußte, was in den Kartons war, konnten die gewesenen Pflegeeltern des Gerry auch nicht einmal ein einziges Stück verkaufen oder vertauschen. So gaben sie die großen Pakete dem Tierschutzverein. Und erhielten nach einiger Zeit sogar eine Urkunde dafür.

Und nun las der Spaziergänger den längst vergessenen

Namen Löwenstein in schräger Druckschrift also noch einmal. Aber kein Absender, kein Stempel und kein winziger Hinweis stand auf dem dünnen Fetzchen Papier. Nur eben »Gerry Löwenstein, New Jersey.«

Und dann entdeckte Blasius ganz am Rande doch noch etwas. Ein blaßblaues, kleines Sterbekreuz. Wer mag es wohl gezeichnet haben, wer schickte es in die alte Heimat und wer hatte schon das kleine Drama noch gekannt, sinnierte der Spaziergänger, der es schon vor Jahrzehnten in seinen »99 Bräuten« erzählt hatte.

Und wer ist wohl nach so langer Zeit noch traurig über so was. Blasius ist es. Und er schreibt deshalb über die sicher nur bedeutungslose Story den Titel: »Katzenjammer«.

Und darunter: »Well, Gerry.«

Stehausschank zum schwarzen Hut

Nach der Berechnung eines Laienstatistikers hat jeder zweite Münchner schon einmal als Angeklagter, Zeuge, Kläger oder Zuhörer einer Gerichtsverhandlung beigewohnt. Für diejenigen Eingeborenen, welche den »Herrn mit dem schwarzen Kapperl« und seinen Stehausschank für würzige Haft- und Gefängnisstrafen noch nicht kennengelernt haben, hat Blasius einmal das Amtsgericht besucht.

So ein Gerichtssaal wäre genauso ein Raum, wie zum Beispiel ein Hundebad oder ein Feuerbestattungsbüro, wenn er nicht so aufdringlich nach Gerechtigkeit riechen würde, meint der Spaziergänger. Auf der Schmalseite des Raumes steht ein Büfett, auf dem die Urteile schmackhaft zubereitet und mit Paragraphen garniert werden. Hinter dieser Ladenbude sitzt der Richter im schwarzen Talar, damit man ihn gleich von seiner Kundschaft wegkennt. Ein Unterschied muß ja schließlich auch sein, alles was recht ist. Denn an der Nasenspitze schauen die Richter auch nicht anders aus wie die Bösewichter.

Rechts vom Kadi haust dann der Staatsanwalt, der die Strafen einschenkt, wobei schlecht eingeschenkte Maßkrüge bei Beschwerde des Angeklagten gerne nachgefüllt werden, wogegen reuige Sünder vom Richter gewöhnlich einen angemessenen Rabatt auf die Strafe erhalten. Noch einen dritten Schwarzkittel sieht Blasius sitzen: Den Gerichtsschreiberling, der aber als Zeichen seines geringen Standes keinen schwarzen Samtkragen an seiner Trauerhülse hat.

Als weiteres Inventar registriert der Spaziergänger noch eine Anklagebank, auf der die Buben des Spitzes Platz nehmen müssen. Auf ihr kann man sich nicht anlehnen. Wogegen – zum Unterschied – auf der Zeugenbank eine geschnitzte Rückgratstütze angebracht ist. Dann hängt auch noch ein Regulator an der Wand, der dem Glücklichen die Stunde schlägt, und dem Richter die Brotzeit.

Ganz hinten stehen drei Bänke für die Zuhörer, auf denen das Volk bei Bedarf murren kann. Sonst ist nichts mehr in dem Raum, damit die Gerechtigkeit auch genügend Platz hat. Halt, den barschen Gerichtsdiener hätte Blasius bald übersehen. Pautz-perdautz! Dies ist der Handlanger zwischen Gut und Böse und früher mit großer Sicherheit Portepeeträger gewesen (auf das Kommando »stillgestanden« steht der Schütze still).

Was Blasius jedoch sehr vermißt, ist eine populäre Saalordnung oder ein Handzettel über Verhaltungsmaßregeln vor Gericht. Diesbezüglich hat der Spaziergänger einige wertvolle Feststellungen und Beobachtungen gemacht, die er allen Vor- und Unbestraften bestens empfehlen kann.

Ratschlag 1: Erscheine nie mit wallendem Haupthaar vor einem Kadi, der selbst schon in der Mauser ist oder gar haarlos wie ein Nachtkastl.

Ratschlag 2: Vermeide das Tragen von goldenen Ringen, Uhren und sonstigen Kleinodien. Bedenke, daß der Richter auch nur ein Mensch ist, mit höchstens einem mittleren Monatsgehalt netto.

Ratschlag 3: Übe zu Hause vor dem Spiegel Zerknirschung, Reue und Botmäßigkeit. Wenn du es bis zu Schweißausbrüchen oder gar taufeuchten Kalbsaugen bringen kannst, bist du schon zur Hälfte freigesprochen.

Ratschlag 4: Lüge nur, wenn du glaubst, daß der Richter dümmer ist als du. Glaube das aber nicht zu oft.

Ratschlag 5: Sei handsam und geständig, damit das Gericht keine Arbeit mit dir hat, denn es ist ganz klar, daß auch ein Richter, der nicht arbeiten braucht und trotzdem bezahlt wird, milde gestimmt ist.

U-Boot-Jagd nach Semmelknödeln

Es gibt einen betagten Witz, der von landsmännischen Übertreibungen handelt. Da erzählt ein Berliner einem aufmerksam lauschenden Münchner, daß sie an der Spree ein Haus gebaut hätten, das zweifellos das höchste der Welt sei. Da wäre nämlich einmal einem Maurer, der im obersten Stockwerk arbeitete, der Hammer heruntergefallen, und bis dieses Werkzeug unten angekommen sei, soll bereits der hölzerne Stiel verfault gewesen sein.

Nach einigem Überlegen erwidert darauf der Münchner, sie hätten auch ein ähnliches Monstrum in der Stadt. Das wäre nämlich ein großer Kochtopf, in welchem die »Semmelknödeln« für die Münchner gekocht würden. Und dieser Topf sei so groß, daß der Koch, wenn die runden »Brotzeitgeschosse« fertig wären, mit einem U-Boot herumfahren müßte, um sie einzufangen.

Nun, beide Schilderungen mögen ein kleines bißchen übertrieben sein. Aber immerhin gibt es doch in einer der riesigen Küchen der Münchner Bürgerbräu-Gaststätten allerhand Gewaltiges und Lustiges zu sehen. So ein Bratkartoffel-Laboratorium ist etwa so groß, so peinlich sauber und steril wie das Empfangszimmer des Kanzlerbungalows. An den Wänden entlang und auf den vielen kleinen Tischen stehen Dutzende von Chromstahl-Töpfen. Der kleinste immer noch so groß wie ein Swimmingpool für die sieben Zwerge. Und jeder einzelne von ihnen kostet etwa genauso viel wie die Nerzkappe der Frau Wirtin.

Fast an jedem Montag werden diese Gulasch-Urnen ganz besonders miserabel behandelt, weil der Wäscher, der sie säubert, ein fanatischer Fußballanhänger ist. Und an dem jeweiligen wütenden Geschepper, das er inszeniert, kann man ganz genau den Tabellenstand seiner Mannschaft erkennen.

Für das kleinere Geschirr ist die »nasse Anna« da, eine automatische Spülmaschine mit eigenem Zubringerband. Sie hat den unstillbaren Appetit einer Pfarrersköchin und würgt pausenlos Teller, Tassen und Terrinen in sich hinein. Der tägliche Bruch, den sie dabei fabriziert, würde bestimmt für drei Dutzend gutbürgerliche Polterabende ausreichen.

An einem narbigen Tisch bei den Fenstern steht die berühmte Frau, die Zwiebeln schneidet. Aber jedermann würde vergeblich darauf warten, daß sie vielleicht eine Träne vergießt. Denn diese Aktivistin ist längst so ausgelaufen und ausgetrocknet wie eine alte Zisterne bei Bagdad. Neben ihr steht die »Salaterin«. Sie hantiert so blitzschnell und geschickt mit ihren ausgelaugten Schwarzwurzel-Fingern, wenn sie die Rettich-Blattln auf die Tellerchen verteilt wie ein Skatspieler, der einen Null ouvert ausgibt.

Mit dem Wirt hat sie einmal gewettet, ihr Gespür wäre so unfehlbar, daß sie mit einem einzigen Griff jedesmal genau siebzig Erbsen aus dem großen Topf nehmen könnte und dabei dürfte es nicht mehr als um fünf Stück differieren. Ihre tatsächliche Zahlenfolge war dann 69, 72, 70, 67 und 70.

Und da ist der jüngste Lehrling Adolar. Er ist noch so klein, daß ihm das lange Tranchiermesser wie Siegfrieds Balmung an der Hüfte baumelt, aber auch schon so selbstherrlich wie der Nibelungenrecke. Einmal wollte ihm der Saucier eine langen, weil er mit zwei Deckeln den Radetzkymarsch spielte. Aber dann erstarrte sein Arm in der Luft wie jene Hand vom Koch aus dem Dornröschen-Märchen. Der kleine Wicht hatte nur ein einziges Wort gesagt, nämlich: »Gewerkschaft«.

Der Adi hat noch nie im Leben ein Feuer unter einem Kochkessel angemacht, sondern nur immer auf einen roten Knopf gedrückt. Und schon werden die Öfen so heiß, daß der zweiten Mamsell Kathi fast die Zahnkronen schmelzen, was ihr der Stift von Herzen wünschen würde. Denn die

Katharina hat ihn einmal einen »Gnom« geheißen. Und seitdem schwelgt der weiße Wicht in den fürchterlichsten Racheträumen.

Wenn er beispielsweise selber einmal ein großes Hotel hat, wird die Kathi bei ihm Meerrettich reiben müssen, bis vor lauter Augennässeln nichts mehr von ihr übrigbleibt, wie ein kleines Laggerl am Boden. Und selbst das wird er dann nicht aufwischen.

»Einmal Karpfen blau«, singt die Milzwurst-Callas vorne am Ausgabeschalter in ihr Mikrophon. Und schon langt der Spezialist Anton in den Bottich und hat einen der schlüpfrigen Halunken, der noch gar nicht weiß, daß er schon seit drei Tagen auf der Speisenkarte steht, am schuppigen Krawattl.

Doch »schwups« – mit drei gewaltigen Schnalzern ist der Kaltblütler an der Eingangstür, wo er allerdings dann nicht ganz an die Klinke hinauflangen kann. So wird er wieder eingefangen, und sein Scharfrichter beruhigt ihn und meint: »Geh, wuist vielleicht z'Fuaß bis an d'Isar runterlaufa. Dös hat doch gar koan Sinn. Bei dem Verkehr draußen werst ja do mindestens fünfmoi überfahrn.« Das sieht denn der Wulstmäulige auch schnell ein, und er streckt sich ergeben auf dem Tranchierbrett.

Bestätigend nickt der oberste Chefkoch dazu. Als Zeichen seiner Würde trägt der Allgewaltige jedoch keine gekreuzten Kochlöffel auf den Achselklappen, sondern lediglich die Verantwortung für dreitausend Mittagessen. Und wenn ihn ein Neugieriger etwa fragen würde, warum er denn gar so eine hohe Mütze auf hat, so könnte er von ihm vielleicht hören: »Die Einkaufspreise sind heute so hoch, daß sich bei mir jedes Mal die Haare sträuben.« Und dazu brauchen sie eben Platz in meinem Stoffzylinder. Und deshalb muß der natürlich auch hoch genug sein.

Die Leute von nebenan

»Dankschön für die guade Nachbarschaft – heit sans auf'n Dog 33 Johr«, sagt das Annerl auf dem Weg zu den gemeinsamen Mülltonnen zu Blasius und lacht dabei ein bißchen breit, aber ehrlich. Das Annerl ist die letzte »echte Perle« von der Wurzerstraße und gehört zu jener Sorte von Domestiken, von denen es im bekannten Dienstboten-Lied so herrlich heißt: »Sabinchen war ein Frauen-Gezimmer, gar treu und tugendhaft...«

Seit Menschengedenken und drei Tagen ist sie in Sold und hohem Ansehen bei den »Momms«, einer rheinischen Familie, aus welcher auch der »Harald« stammte. Jener berühmte Reiter, der 1936 die deutschen »Hopsassa-Helden« zur Goldmedaille brachte. Später war er dann beim gleichen »Haufen« Generalstabsoffizier, bei dem auch der Spaziergänger seine Heldenbrust dem russischen Bären anbot, der sie ihm dann auch prompt gehörig zerkratzte.

Der Harald mit den roten Streifen an den Hosen sagte aber zum Mißmut seiner ebenbürtigen Kameraden zu jedem Soldaten bis hinab zum Schützen Arsch »Herr«. Beim Attentat auf Hitler hatte er dann anschließend einen solchen Gewaltsrausch, daß ihn der Armeegeneral festnehmen ließ. Aber der Rittmeister Momm konnte seinen Trakehner-Kopf in letzter Sekunde durch einen gewagten »Fallrückzieher« gerade noch aus der bereits weit geöffneten Schlinge ziehen. Weil die Kameraden geschworen hatten, er hätte seinen »Wurf« nur dadurch bekommen, weil er sich so freute, daß der »Gröfaz« (der größte Feldherr aller Zeiten) den »dicken Hund« überlebt hatte.

Nun ist auch der Harald schon wieder an die zehn Jahre für immer abgesessen. Sein Weib aber, die »Mommsche«, lustig wie ein immergrüner Teenager, hüpft noch immer mitten auf den Fahrbahnen der Innenstadt hin und her und winkt allen bekannten Leuten mit schneeweißen Fingerhandschuhen zu, als wäre sie die Chefassistentin von Professor Sauerbruch, der auch ein Freund des Hauses war.

Blasius selber kann es einfach nicht fassen, daß er schon stattliche 33 Jahre in dieser interessanten Avenue unserer Stadt wohnt. Und ihm fallen nacheinander alle die spaßigen Vögel ein, die in gemütlichen Dachgartenkäfigen und sturmfreien Appartements dort hausten. Alle die Künstler, Käuze, Komiker, Komponisten, Kapellmeister und Komödianten.

Zum Beispiel jener »Herr Nachbar« von nebenan im dritten Stock. Er war unglaublich lang und auch immer ein bißchen unrasiert, so daß er aussah wie ein Maibaum im Rauhreif. Eigentlich hätte er ja seinen Morgenkaffee mühelos aus der Dachrinne trinken können. Aber er tat dies halt viel lieber im Kuschelbett seiner Heißgeliebten. Peter Vogel hieß das lange Handtuch. Und sie Erika Remberg. Er nahm sich später das Leben. Sie nur einen anderen.

Die mondscheinblonde Lady Charlotte, die direkt über dem Scheitel von Blaisus ihr Atelier besitzt, wo sie als Kostümberaterin alle bedeutenden »Gesichtsverzieher« anzieht, ist immer noch schlank wie ein Ausrufezeichen. Doch wird sie selber täglich von jemand anderem an-gezogen. Nämlich von ihrem Boxer. Stark wie ein römischer Kampfhund ist er, aber auch so unfolgsam wie ein Maßkrug voll roter Waldameisen. Wenn sie mit ihm spazierengeht, zerrt dieses »Hunderl« nämlich sein tierliebendes Fraule drei- bis viermal willenlos um den ganzen Häuserblock, wobei dann die Leine angespannt ist wie die C-Saite des seligen Paganini.

Auf Hausnummer 15 wiederum haust eine ganz besonders stille Person, die eigentlich kein Mensch kennt. Nur ihre Schwester haben die Münchner alle gekannt und geliebt. Nämlich die Liesl Karlstadt. Die »Mali«, wie die weißhaarige »Sister« heißt, hat Blasius schon einmal mit hinaufgenommen in ihre verträumte Kemenate und hat ihm dabei auch die Tragödie erzählt, welche diese umwerfende Komödiantin ihr ganzes Leben still mit sich herumtrug. Denn sie liebte doch »ihren Ritter von der traurigen Gestalt« so sehr und hatte in einem schönen Bauernschrank auch schon mindestens vierzehn linnene Nachthemden gestapelt. Und haargenau Naht auf Naht aufeinandergelegt.

Auch das Schulzeugnis von der Liesl durfte der Besucher studieren. Und da gab's eigentlich nicht viel zu kritisieren. Denn es waren auf dem vergilbten Papier nur vierzehn leicht nach hinten geneigte Einser zu lesen. Und so was, mußte Blasius denken, macht dann einem ganzen Land und nicht nur der Heimatstadt freudig den vielbejubelten »Deppen«.

Noch ein bisserl weiter vorne flatterte immer schon ein ganz anders gackerndes Theaterhuhn durch die Gegend. Bei dem weiß man nie genau, was es eigentlich sucht. Ist es vielleicht der Oskar, oder nur ein Dorfgockel. Hertha Worell schreibt sich die Dame mit dem lustigen Unterrock.

Dann sieht der Spaziergänger noch einmal die alte einsame »Mutter Courage« durch das leise verbröselnde Lehel und die deutsche Theatergeschichte schaukeln. Sie ging so, als würde sie immer wieder den berühmten Feldzug, bei dem sie die Marketenderin spielte, angehen müssen. Nicht selten begegnete ihr dabei der »Sir« Sarkasmus. Der Fritz Kortner. Und er winkte des öfteren auch den »kleinen« Nachbarn Blasius zu sich herüber, achtete aber streng darauf, daß der also Ausgezeichnete unterhalb des Randsteins Aufstellung nahm. Denn er wollte sich nicht gerne mit jemand unterhalten der größer war als er. Obwohl es das ja überhaupt nicht gab. Es konnte einer nur noch länger sein.

Ein seltsames Persönchen ist fernerhin auch die Meisi Grill, die einen Laden betreibt, in dem es die unwichtigsten Dinge dieser Welt zu kaufen gibt. So zum Beispiel ein Schwungrad für einen Pfannenkuchen, ein Kaffeeservice für ungerade

Linkshänder oder auch Rosenkränze, aus Gänseblümchen gefertigt.

Doch bevor nun der Chronist seine kleine Rückblende beendet, muß er auch noch jenen Nobelladen erwähnen, in welchem einstmals in ihrer Maienzeit die nachmalige Fernseh-Norne Ruth Kappelsberger mit einem Partner, der sich als Hühnerbrater ausgerechnet »Spatz« schrieb, rührig werkelte. Dieses Lokal bezog dann später ein baumlanger Eidgenosse namens Ruegg. Und dieser Schweizer Recke besaß auch einen kohlschwarzen Hund, der wie eine Kreuzung zwischen einem Schusterschemel und einem unehelichen Kind Beelzebubs aussah.

Der »Chico« konnte den Blasius überhaupt nicht leiden. Weil ihn dieser einmal schallend ausgelacht hatte. Doch er besaß einen ungeheuren Drive und walzte deshalb alles nieder, vom Damenfahrrad bis zum fliegenden Telegraphenboten. Doch plötzlich war bei ihm der unendliche »Faden« vernäht. Weil nämlich der große Unbekannte aus der Provinz »Nirgendwo« zu ihm kam und dem kleinen Hunderl mit seiner bösen roten Schere einfach das »ruhelose« Glockenspiel wegknipste.

Daraufhin erkaltete die hitzige schwarze Bellmaschine sehr rasch. Und die Leute von der Wurzerstraße sind fast alle arg traurig. Am traurigsten ist gewiß der von ihm so ungeliebte Spaziergänger.

Die traurige Ballade von der Mina Mund

Der unsterbliche Kindskopf trippelt wie jedes Jahr an diesem Tag hinaus in seine längst versunkene Radl-Rutsch-Welt. Und genau hin an jenen zugeschütteten kreisrunden Fleck, wo einmal die gußeiserne Freiheitsstatue seines frühen Lebens stand, die Gaslaterne. Und um die herum sich die »sieben Raben«, wie sich die schmalbrüstigen »Grischperl« selber getauft hatten, gruppierten. Eine schmächtige Zopfliesl war aber auch dabei. Die Mina Mund. Von dieser wußte die ganze Runde absolut sicher, daß sie später einmal den Wilhelm Keil heiraten würde. Der sagte meistens den ganzen Abend nichts, doch er konnte seine durchsichtigen Ohren durch das Anspannen der Kopfhaut anlegen, wie ein Pony. Seine Schweigsamkeit begründete er gleich beim Eintritt in den Glühlampenkreis grundsätzlich mit dem gescheiten Ausspruch: »I red net vui, aber wos i red, is a Schmarrn.« Und der kleine Scherbenübel Stopsi, dessen Vater als Feldwebel »diente«, sagte dazu schnarrend: »Richtig.« Aber dann als die »sieben Raben« in das Alter kamen, wo sie scherzhaft meinten, »jetzt müssen wir uns bald mit dem Radiergummi rasieren«, sangen sie auch manchmal ein paar Verse aus irgendeinem Lied. Der Emmerdinger Schole, dessen Vater auch etwas vaterländisch war, lernte ihm zum Beispiel den Weltkriegs-Kanon: »Bei Sedan – wohl auf den Höhen«. Und anschließend auch noch die traurige Ziehharmonika-Legende: »Da an der Somme – da kann man Beten lernen«. Aber der Schole berichtete, daß sein Papa diese Zeilen auch öfters abänderte, und dann hießen sie: »Dort an der Somme – da standen Frankreichs Helden«. Und er erklärte dazu seiner ganzen Familie: »De Franzosen war'n nämlich scho aa oa.« Etwas später wurde das harmlose Vorstadtrudel aber auch ein bißerl politisch. Dann wurde sogar ein Hitler-Lied, das der Gori Knöchlein von daheim mitbrachte und das ein gewisser Horst Wessel erdichtet haben sollte, geprobt. Aber als der ehemalige »Mariner« Krawutcke einmal vorbeikam und ihn die Buben fragten, wer denn dieser Herr Wessel, der den Song verfaßt haben sollte, eigentlich gewesen sei, dann entgegnete der alte Mann: »Ja wißt ihr, das Lied ist aber gar nicht von diesem Patrioten, sondern das ist ein Lied, das wir bei der kaiserlichen Marine schon kannten. Und die Zeile, wo es in der neuen Dichtung so stolz heißt: »Zum letzten Mal wird Sturmappell geblasen«, lautete bei uns schon zwanzig Jahre vorher: »Zum letzten Mal hab ich an Bord geschlafen«. Daraufhin war die ganze Versammlung etwas sauer auf den Plagiatoren. Der Sprößling vom Hausmeister Knöchlein erzählte das dann daheim und sein Vater sagte: »Wenn einer schon Krawutcke heißt, dann weiß man doch eigentlich alles.« Aber mehr sagte er doch nicht. Denn der grauhaarige Seemann hatte insgesamt nur mehr drei Finger und ein einziges Bein. Den Rest hatte er in der Skagerrak-Schlacht verloren. Ferner besaß er auch noch die silberne Tapferkeitsmedaille. Und das respektierte sogar der Nazi-Mann Knöchlein. Obwohl er sich beim Schneider Glaubauf eine eigene Uniform hatte schneidern lassen. Dieser wiederum kleidete alle die neuen Kämpfer sehr gerne ein und trotzdem wurde es bekannt, daß er hinter vorgehaltener Hand immer mit schiefem Lächeln sagte: »Wia komma se bloß a soiche Farb für Uniformen raussuacha. Aba hoid vielleicht deshoib, damit ma's net so genau siecht, wenn des oamoi ois miteinander in d'Hos'n geht«.

Nachher in der Stimmbruch-Ära hielt die kleine Laternen-Liga zwar noch immer fest zusammen, aber bald ging sie halt doch auseinander wie die Finger einer gespreizten Hand. Als erster ereilte den Keil Willi der lange Arm des Herrn Hitler. Denn er mußte einrücken und zwar ausgerechnet bei dem größten Rekrutenschinder, dem Hauptmann Meiler. Als er dann seinen ersten Kasernenurlaub hatte und schon ein wenig auf die Ziele des neuen deutschen Heeres ausgerichtet war, sang er mit spöttischem Mund eine Weise, die der Herr Hauptmann hätte nie hören dürfen. Denn die hieß: »Und wenn ma zum Daschiaßn g'hörn – dann woin ma aa daschossen wer'n«.

Um diese Zeit war die Mina Mund bereits sichtlich auf dem Weg zu einem »Fräulein« Mutter. Und der Schole witzelte dazu: »Aus gutem Grund – ist d'Mina rund.«

Und dann zerriß die »Blas'n« sehr schnell. Als nachher der Briefträger Windig zuerst zur Mutter Keil kam, hatte die wahrscheinlich schon hinter der verschlossenen Wohnungstür geahnt, was ihr bevorstand. Denn sie schrie, daß es das ganze Haus hörte: »Du Dod'nvogel.« Der Postbote aber sagte nur mit heiserem Hals: »Des is heit scho da dritte«.

Die Mina jedoch stellte sich in dieser Nacht vor die grindige Kasernenmauer hin und schrie ganz hysterisch zu den vielen Fenstern hinauf: »Herr Hauptmann Meiler geb'n S' mir sofort meinen Wilhelm wieder.« Doch war das ziemlich unsinnig. Weil der Hauptmann Meiler, selbst wenn er das gewollt hätte, der jungen Witwe diesen Wunsch niemals mehr erfüllen hätte können. Weil er nämlich direkt neben dem Rekruten selber gefallen war.

Mit der Mina Mund aber geschah etwas ganz Seltsames. Die gab ihren winzigen Sohn sofort in eine Anstalt. Und ging selber auf den Strich. In der vornehmen Brienner Straße. Und als dann das Lied von der Lili Marleen aufkam, sangen ein paar Lästermäuler eine Strophe aus ihm, mit einem abgewandelten Text. Mit dem sie natürlich die Mina meinten: »Deine Schritte kennt sie, deinen schönen Gang. Jeden Abend rennt sie. Am Luitpold-Block entlang.«

Plötzlich aber schien die verwitwete Frau auch noch direkt der Teufel selber zu reiten. Denn bei ihren Kundengängen steckte sie sich das Eiserne Kreuz von ihrem gefallenen Gatten an die weiße Bluse. Da wurde diese Wahnsinnige aber sehr schnell verhaftet. Doch an einem Tag gelang es ihr, mit irgendeinem Märchen vierundzwanzig Stunden Urlaub zu bekommen. Und auch ihren Buben von der Anstalt herauszuschwindeln. Man fand die Frau Keil tags darauf bei einer vergessenen Tante. Sie saß vor dem Gasherd und hatte das blaue Hochzeits-Sakko vom Michael über den Kopf gehangen. Den Buben nahm sie auch mit auf die große Reise.

Aber niemals hat jemand erfahren, wo sie vielleicht begraben sein könnte. Nur ein paar meinten, sie wäre wohl auf dem Südlichen Friedhof hinten in der ungeweihten Erde verscharrt worden. Dort wo man auch die Überreste der Zigeuner, Juden, Defätisten, Kommunisten und das andere »nicht lebenswerte Leben«, wie es damals im Amtsdeutsch hieß, beisetzte.

Hier ist der einsame Greis mit seiner Ballade von der unglücklichen Wilhelmina Keil schließlich zu Ende. Er stochert deshalb mit dem Vorderfuß noch ein wenig in der flachen Kiesmulde herum. Dann dreht er sich schnell weg und geht rasch heim.

Er schämt sich ein bißchen.

In der Mitte der Nacht

Gerade wird aus einer der Straßenwirtschaften am Bavariaring, in denen die späten Säufer »Überstunden« machen, noch ein stiller Zecher herausgefeuert. Und es ist Mitternacht draußen auf der Riesen-Wies'n. Als der beschwipste Spaziergänger an der Gespensterbahn vorbeikommt, machen die Hexen gerade Ölwechsel an ihren Besenstielen. »Hihihihi«, kichert die Oberhexe, die haargenau ausschaut wie die vergessene Alice Schweitzer. Und dann treten sie auf die Kick-Starter und schwenken über dem Plastik-Storch von der »Fischer-Vroni« auf Kurs Bocksberg ein. Der abwaschbare »Alimenten-Vogel« sieht ihnen verdrossen nach, denn von diesen Damen hat noch nie eine bei ihm »arbeiten« lassen. Na ja, wäre ja auch ein Wunder. Denn diese Suffragetten haben ihren hölzernen Bräutigam doch zwischen die dürren Schenkel geklemmt. In einem Fernsprechhäusl in der Hauptstraße beobachtet der späte Wies'n-Besucher einen höchst seltsamen »Telefonisten«. Der lacht sich halbtot über ein wunderbares, von ihm selbst ersonnenes Spiel. Er hat nämlich daheim seinen Telefonhörer ausgehängt, ruft jetzt immer wieder bei sich zu Hause an und fragt dann in die Muschel: »Wer ist der Höchste? Wer braucht überhaupt net hoamgeh und wer kauft sich noch a zünftige Verdruß-Maß?« Worauf er jedesmal aus dem Hörer ganz deutlich das Belegtzeichen »Du-tu-tu« als Antwort bekommt.

Im Wohnwagen sechzehn fummelt indes »Anaconda«, das Mädchen mit dem Schlangenleib, an ihren mäßigen Amüsier-Stelzen herum. Beine hat die Kleine, muß der nächtliche Kiebitz denken, wie ein Reh. Nur nicht so schlank. So haarig natürlich. Widerwillig rasiert sie diese Marschier-Stecken. Jetzt hat sie sich auch noch geschnitten. »So weiß wie Schnee, so rot wie Blut und so schwarz wie Ebenholz«, würde die

Märchenfrau bestimmt dazu sagen. Denn die Vorderhufe der »Anaconda« sind leider so dunkel wie zwei Steinkohlen-Briketts.

Der alte Wachmann vor dem großen Glückshafen hebt wenigstens einhundertdreizehn weggeworfene »Wursteln« auf, dreht die Los-Papierl um und schmeißt sie böse brabbelnd wieder weg. Von der Ochsenbraterei herüber kommt ein streunender Hund. Er hat eine Riesenrippe in der Schnauze, groß, kahl und gebogen, wie die Spante eines Wikingerschiffes. Nun will er damit zwischen den Standeln verschwinden. Aber es geht ihm wie jenem Ulmer Spatzen, der mit seinem Strohhalm quer durch das Stadttor wollte.

»A Herzerl fürs Herzerl«, steht am bunt bemalten Schokoladen-Kiosk. Ein verkommener Sex-Gangster hat daneben hingeschrieben: »A Stoßerl fürs Roserl«. Im Stall neben dem Hippodrom bewiehert zur gleichen Zeit der Wallach Willibald ohne jede Überzeugung die fesche Fuchsstute Veronika.

Vergeblich sucht die Toilettenfrau Simeneder beim fahlen Mitternachtslicht nach der Fortsetzung des Hefterl-Romans »Lumpen Müller's Lieschen«. Sie hat die zwei Liebenden wohl mit dem alten Küchenmesser jäh getrennt, als eine plötzliche Papiernot eintrat und sie mit minderem Material aushelfen mußte. Den wunderschönen Fischbrater-Reim: »Da schlägt koa Hering mehr mit'm Schwanzl, wenn er an Spieß drin hod im Ranzl«, sucht der leicht schwankende Heimgeher leider schon länger vergeblich. Wahrscheinlich ist dieser Rollmops-Dompteur gar nicht mehr auf der Wies'n. Aber über einer Hühnerbraterei entdeckt er dann ein ungemein geistreiches Poem. Das lautet: »Hier Ammer's Hendl, gehn S' net weiter. Ein g'scheits Hendl ist halt doch g'scheiter«. Einer der übergroßen geschnitzten Figuren vor dem »Augustinger-Zelt« hat ein unbekannter Saufaus einen tadellos gereinigten Damenschlüpfer vom Baumuster »Rauhe Alp« an die Trompete gehängt. Und wenn der glucksende

Nachtwind gerade ein Spaßettchen macht, bläst er das leinerne Keuschheits-Futteral zu Ballongröße auf, das schaut dann aus, als würde sich der Posaunist an dem schneeweißen Hintern der Frau Holle zu schaffen machen. Ebenfalls zu schaffen macht sich indes eine rabiate Dame an einer Bierleiche, die schräg aufgebahrt am nahen Wies'nhang liegt. Sie verprügelt einen nur noch leise röchelnden Herrn mit einem Regenschirm so brutal, daß der Zuschauer meint, zum Schluß würde sie das Parapluie wohl auch noch in ihn reinstecken und dann aufspannen.

Doch plötzlich macht sie erschreckt halt, dreht den verdroschenen Typen auf den Rücken und blickt ihm ins Gesicht, dann sagt sie mit kühler Stirn: »Jetzt so was, des is ja gor net mei Oida. Entschuldigen Sie schon, der Herr, gell.«

Und schnell verschwindet sie ohne jede Reue und Rauchentwicklung im Schatten der stockfinsteren Mitte der Nacht.

Alt-Schwabylon

Bei der Durchsicht uralter Manuskripte hat Blasius auch eine Betrachtung gefunden, die das »Schwabylon« von einst aus den Tagen des »Studio 15«, der »Mutti-Bräu«, dem »Sternchen«, der »Gisela« und der »Seerose« schildert. Und auch von jener Zeit ist darin geschrieben, als die Schönen von Wahnmoching noch nicht als »Models« auf den »Wackel« gingen, sondern als sittsame Rupfenkleid-Jungfrauen auf den Stufen der Akademie standen und den Malern ihre »Liegenschaften« für zwei Mark die Stunde ohne »Anfassen« zur Verfügung stellten.

Und weil das nun doch schon wieder einige Jahrzehnte zurückliegt und gerade noch von den Fünfzigern vielleicht ein bißerl gelesen wurde, möchte der Spaziergänger das damalige Milieu von dem Stadtteil, der schon immer nach »Chanel Nr. 5« und »Gebot Nr. 6« roch, noch einmal aufleben lassen.

Damals notierte er: Blasius geht nach Schwabing. Er will eine jener Stätten besuchen, an denen der Expressionismus, der Kubismus und die freie Liebe wuchern sollen. Man weist den Gast in eine dämmrige Seitenstraße. Dort versammelt sich in einer Gastwirtschaft allabendlich die Hoffnung von Schwabing und des übrigen Abendlandes.

Der Spaziergänger öffnet die Wirtschaftstür und glaubt im ersten Augenblick, auf das Deck des Ozeandampfers »Titanic« kurz vor dessen Untergang geraten zu sein. Auf dem Parkett bereitet sich scheinbar schon alles auf das Jüngste Gericht vor. Ein paar Figuren verrenken ihre gesamte Anatomie und stoßen wimmernde Schreie aus. Es sind moderne Maler. Sie vermuten wohl mit Recht, daß sie für die von ihnen gemalten Bilder eine empfindliche Strafe erwartet.

Blasius staunt die Wände an, von denen ihn die unruhigen

Mansardenträume der Schwabinger Bohemiens in Ölfarbe, Kohle und Pastell anstarren. Besonders die Komposition »Beleidigter Blinddarm« und das Kolossalgemälde »Schellfisch in Untersuchungshaft« beeindrucken ihn sichtlich. An einem Tisch, an dem sich der Spaziergänger angstvoll niederläßt, sitzt ein Jüngling. Er trägt um den Hals einen seit elf Monaten nicht mehr gewaschenen Mullverband, der sich jedoch bei näherer Betrachtung als Hemdkragen erweist. Sein Handgelenk umschließt ein dünnes Kettchen, von dem sein in Gold gefaßter Milchzahn in die vor ihm stehende Kaffeetasse hängt.

An einem Nebentisch breitet ein Malerjüngling, lang und einförmig wie ein Flak-Rohr, mit einer Davoser Mütze als Mündungsschoner, eine Kohlezeichnung aus. Blasius meint, es wäre vielleicht der Entwurf zur Verbreiterung der Ludwigstraße, aber der Jüngling erklärt den ergriffen zuhörenden Kollegen, dies sei eine »Analyse von Judas' Sexual-Komplex«. Er, der Schöpfer dieses Epos, habe dabei, um in die nötige Stimmung zur Herstellung des Kunstwerks zu kommen, in drei verschiedenen Münchner Hausgängen jeweils ein Glas Develey-Senf ausgeschlürft und dazu drei gelbe Teerosen zerkaut. Verständnisvoll nicken die anderen Künstler.

Dann kommt eine junge Dame auf Blasius zu. Bisher hat sie an der Schenke gestanden und eine lange Glasperlenkette durch die Zähne hin und her gezogen. Sie baut sich vor dem Spaziergänger auf und sagt mit tiefem Obsthausierer-Baß: »Ich bin der Nabel der Welt.« Und dann ganz unvermittelt: »Zoi an Schnaps.« Dann trinkt sie ein herrenloses Bier aus. Rucki-Zucki.

Doch auch im dusteren Nebenzimmer rührt sich noch allerhand. Dort tagt der »Josef-Maria-Hirnpinsel-Kreis«. Der Spaziergänger steckt sich noch schnell zwei Regensburger und zwei Bröselsemmel in die Manteltasche, von denen er nachher nur mehr die Schnüre und die Brösel findet, und tritt ein.

Der Kreis den er hier antrifft, besteht aus einem mehrfach gewendeten Kammgarnanzug, auf dem oben ein verknitterter Kopf sitzt; einem Jüngling, der seinen Körper in nächtelanger Handarbeit kasteit hat; einem weiteren, dessen Händedruck sich anfühlt, wie ein mariniertes Seezungenfilet; zwei ergiebigen Kalkbergwerken und einer verbilligten Volksausgabe der Adele Sandrock. Die Herren tragen ausgefranste Haare und ebensolche Hosen, bewegen sich schwebend und runzeln die Nasen, als würden sie auf einem schmalen Steg über die Kläranlagen von Großlappen geführt.

In der Diskussion fallen Worte wie »Ungemein ökonomisch und zyklopisch«, »das Sublime am Prokrustesbett« und »Ja, das ist es, das ist die Agogik der zentrifugalen Tiefenkrätze.«

Blasius zieht es vor, der illustren Runde wieder den Rücken zu kehren. Als er schon im Gehen ist, hört er gerade noch, wie ein kegelförmiges »Kreis«-Mitglied mit einer Kartoffelnase der Wirtin erklärt: »Wenn man aus meinem Geist eine Essenz pressen könnte, dann würde davon ein einziger Tropfen genügen, um die untergehende Menschheit zu retten. Und do woin Sie mir ned amoi zwoa Portionen Bandnudln mit Soß aufschreib'n, das find' i unerhört«.

»Des is ja wirklich allerhand«, murmelt der Spaziergänger. »Potzblitz und Briesmilzwurst.«

Der Ischias

»Gefährlich ist's, den Leu zu wecken – verderblich ist des Menschen Wahn – jedoch der schrecklichste der Schrecken – das ist der eigene hohle Zahn.« So dichtete einst der Auer-Vorstadt-Nietzsche Karl Valentin. Und auch der blitzgescheite Gedankensplitter »... die Wunde brennt – der Schmerz tut weh«, stammt von diesem riesigen Nachdenker. Könnte diese zweite absolute Erkenntnis immerhin beispielsweise noch von einem schlitzohrigen Volksvertreter abgestritten und verdreht werden, so möchte Blasius die Zahnweh-Ballade dagegen ganz brutal mit einem anderen selbstgestrickten Zweizeiler widerlegen und der lautet: »Zahnweh ist ein Riesenspaß – verglichen mit dem Bruder Ischias.« Denn wenn der Teufel persönlich auf dem gleichnamigen Nerv eines Menschen einmal Balalaika spielt und der Befallene dann mit wund gejammerten Stimmbändern dazu nur noch

den Choral anstimmen kann: »Hast du dort droben vergessen auf mich.« Dann kann er getrost auch davon ausgehen, daß er bei diesem Jammer-Choral bestimmt alle hämischen Engel im Himmel wirklich mitsingen hört.

Zwischendurch hat der Heimgesuchte aber wohl auch noch das Gefühl, als würde sein Sargdeckel soeben von grinsenden Totengräbern mit fünfzölligen Nägeln festgehämmert. Deshalb wäre gewiß sein allerletzter Wunsch: »Laßt den hölzernen Ewigkeitskoffer dann lieber offen.« Und bei dem ebenso gnaden- wie pausenlosen Mißbrauch seines hüfthohen Rückgebäudes kommt er in den winzigen Verschnaufpausen nur mehr ächzend dazu, an die berühmte abgeänderte Verszeile von Erich Kästner zu denken: »Gott schlägt mich schwer in seinem Zorn – am meisten schlägt er mich von hinten.«

Jedenfalls aber fragt sich der Spaziergänger bei allem Schuldgefühl, womit er das bloß verdient hat. Nun ja, er gibt schon zu, daß er beispielsweise jene zauberhafte Insel Ischia, die der Herr in seiner Großmut eigens für die Ausheilung heidnischer römischer Kaiser und andere Toga-Biesler geschaffen hat, nach einem persönlichen Besuch recht hämisch kritisierte. Indem er nämlich schrieb: »Die geldgierigen Itaker sollten ihren köstlichen Sand doch lieber in Eieruhren abfüllen lassen, statt ihn den Leidenden in die verschwollenen Augen zu streuen.« Jedenfalls aber wird er nunmehr selber seit sechs Monaten von dem teuflischen Gebiß des Höllenfürsten immer an ein und derselben Stelle benagt. Obwohl Blasius seinem gräßlichen Untermieter auch schon mehrmals ein verlockendes Ausweichquartier angeboten hat. Er dachte vielleicht »Brustspitz Sonnenseite« wäre doch auch nicht fad. Aber F. P. I. antwortet einfach nicht.

Nun, seit einem halben Jahr wird er also auch in dieser Sache von den »Brüdern im Schmerz« mit prasselnden Ratschlägen verfolgt. Zuerst empfahl man ihm siedendheiße

Bäder, dann wieder gletscherkalte. Auch raffinierte Yogi-Verschlingungen sollten den Satanus vertreiben helfen. Und für die Medikamente, die die bisher belästigten vierzehn Ärzte verschrieben, wurde wohl bereits der halbe Odenwald abgeholzt. Ebenso abenteuerlich wie nutzlos erwiesen sich auch ausgesprochene Geheimrezepte. Ein lieber zweiundneunzigjähriger Leser empfahl ihm dabei, er solle sich sieben lebendige Meerschweinchen kaufen, dieselben abwechselnd in kleine Säcke einnähen, um sie dann wie einen Brotbeutel an der Hüfte zu tragen. Diesem Menschenfreund gab Blasius als Ausgleich für seinen guten Rat die Telefonnummer seines Nervenarztes.

Münchens Hotel-Zarewitsch Falk dagegen flüsterte ihm die Adresse eines Massage-Magiers in der amtlichen Münchner Knochen-Reparatur-Werkstätte zu. Dort wurde der Spaziergänger aufgehangen, gestreckt und gewuzzelt und geknetet. Dann verabreichte ihm der Kerkermeister eine Spezialkur und schloß ihn irgendwie an ein hochfrequentiertes Stromnetz an. Doch nach dem bald auftretenden Geruch glaubte der Patient schließlich, er würde im Balkan-Grill behandelt, so stark begann es nach Bratwürsten zu riechen. Aber der wackere Glieder-Gladiator hat ihm nachher bloß versehentlich ein fünfmarkstückgroßes Loch in den Allerwertesten gebrannt. Vielleicht hatte er gedacht, der böse Leuteschinder würde da nun herausschlüpfen können.

Zeitweilig überlegte der Geschundene später, er sollte womöglich aus sich selbst auswandern. Ohne Hinterlassung einer Adresse, der Postleitzahl und seines Letzten Willens. Aber der rasende Quälgeist biß immer wieder zu, so daß er sich überhaupt nicht aus seinen Zähnen befreien konnte.

Auch mit dem Besuch eines Hochamtes probierte es Blasius schließlich. Aber dabei hatte er nicht mit einkalkuliert, daß die Frommen und Gläubigen mit dem Kirchenbesuch doch immer eine gewisse gottesfürchtige Gymnastik verbanden. »Aufstehen, niedersitzen, aufstehen, niederknien.« Und weil er das und die harten Blicke älterer Weiber nicht durchstand, ließ er verständlicherweise wieder von den angeflehten Heiligen ab. Den einzigen Trost stiftete ihm schließlich die freundliche Marktfrau Rosa vom Sutor-Stand beim Alten Peter: »Do huift bloß oans«, meinte sie resolut, »des müassn S' einfach aushoit'n. Und merken S' Eahna ois Trost dazua de oide Binsenweisheit, de mei Großmama scho kennt hod, nämlich: Ein Ischias kummt zu Pferd – und geht wieda zu Fuaß weg.«

Wermut mit Wehmut

Ei der Daus, es gibt also doch noch einen davon. Einen von jenen geliebten Schmeichel-Musikanten, die immer in einem Edison-Kohlenfaden-Winkel einer leicht vergammelten Bar saßen, halb verdeckt von den Falten eines schummrigen Plüschvorhanges, den jeden Moment der männermordende Vamp Mia May teilen konnte. Den Filmdolch im bleichen Busen und auf den Lippen den ungeheuren Text: »Leb wohl und laß mich still verbluten, denk an mein Elend nie zurück...«

So ungefähr hatte Blasius die kleinen dämmrigen Cocktail-Kajüten eines Bar-Pianisten in seiner verruchten Jugenderinnerung. Jene kleinen Sehnsuchts-Schlupfwinkel, in welchen immer schon Liebe, Lust und ein bißchen Laster, Fernweh, Heimweh und auch Haarweh nisteten. Und in einer versteckten Münchner Bar – in jenem ehrwürdigen Traveller-Wigwam mit dem berühmten zusammengezogenen »Zwölfmonatsnamen«, den schon die Frau Sacher gekannt haben mußte und von dessen Balkon einmal sogar die Queen von England mit züchtig vorgebeugtem Windsor-Busen den gaffenden Bayern gnädig zulächelte, haust noch so ein Dämmerstunden-Beethoven. Dort wird noch genau wie einst im Mai zu den Tönen von »Jalousie« oder dem »Poem von Fibich« auf lautlosen Sohlen »Wermut mit Wehmut« serviert.

Und schnell hat Blasius wieder den Anschluß gefunden an die versunkene Film- und Traumwelt der »riesigen« zwanziger Jahre. Und er sieht, sie im Geiste alle wieder Revue passieren, die Lady Chatterly, Dorian Gray, die Mata Hari, Macky Messer, Madame Tousseau, den jungen Leutnant Redl, Rasputin oder das Mädchen mit den Schwefelhölzern und auch das berühmt gewordene Oberhaus-Liebchen Mandy Rice Davis.

Von den längst vergessenen Schlagern, Gassenhauern oder Schmachtfetzen jener Welt, von der nicht die Spießer besonders viel halten, sondern weit mehr die Spinner, summen dem Spaziergänger auch noch drei sanft-idiotische Songs in den Ohren, die von den Bar-Pianisten selber handelten.

Zum Beispiel jener meist völlig wertlose Ratschlag: »Man müßte Klavier spielen können.« Dieser tönende »Zeigefinger« versicherte nämlich verbindlich: »Denn wer Klavier spielt, hat Glück bei den Frauen.« Oder das herzige Liedchen von der »Kleinen Konditorei«, das von den männlichen Schelmen auf dem Parkett gerne mit dem Text interpretiert wurde: »... und das elektrische Klavier das spielt gerade – die Serenade – vom leeren Portemonnaie«.

Ein neckischer Beitrag mit kleinem Schwachsinns-Einschlag war ferner noch der vertonte Vorschlag an den lautlos gleitenden Kellner: »Bringen S' dem Mann am Klavier noch ein Bier / und sagen Sie ihm das Bier wär von mir / spielen soll er mir dafür / dann das Lied von dem Mann am Klavier / dann kriegt er von mir / noch ein Bier noch ein Bier«.

Nun, der von Blasius noch glücklicherweise ausgegrabene »Klimper-König« ist zweifellos heute längst so rar und von einem Format wie eine Davidoff Nummer eins. Denn wer aus seiner Liga hat wohl schon einmal vor einem solchen Publikum gespielt wie der flüsternde »Chopin«.

Einst in der Bar im Ritz in Paris mußte er jenem harten Romantiker, der den haarigen »Schnee vom Kilimandscharo« im Gesicht trug, immer zuerst das Poem »Herbst in New York« »vorklavieren«. Rita Hayworth mit ihrem Liebes-Grossisten Ali Kahn bestellte sich mit einem kleinen Wangenkuß beim Maestro grundsätzlich die Marseillaise.

Aber auch aus seiner Berliner Zeit weiß der virtuose Melodien-Monarch allerhand zu vermelden. Von der Dietrich ein bißchen was und vom Albers Hans, der unweigerlich zu jeder Melodie mit seinem berühmten Alimenten-Tenor den kleinen Tango-Mädchen die Binsenweisheit zuflüsterte: »Beim ersten Mal, da tut's noch weh.«

Aber amüsant wurde es auch jedesmal in der Zeit der Herbstzeitlosen, wenn ganze Rudel von »Kuchenmutterschiffen« in die kleine verschlafene »Hennessy-Höhle« einfielen. Denn da gab es für die älteren September-Herrn an der schwarzlackierten C-Dur-Kommode manches Brieflein und auch manche Einladung zu einer jener Sünden, welche die Madamen eigentlich vor vielen Schäffler-Tänzen begangen haben sollten.

Doch manchmal, wenn die Sonne hinter den Dächern versank, ist der Hobby-Komponist schon auch ein bißchen traurig. Abgesehen davon, daß er mit einem kleinen Schmunzeln die Überzeugung vertritt, seine ruhelosen Finger müßten eigentlich durch das Quetschen der erzeugten Töne vorne bereits aussehen wie die Ping-Pong-Schläger einer Mäusemannschaft. Wurde es ihm auch öfters klar, daß wohl an jedem Abend, wenn er statt auf dem Piano auf einer Schreibmaschine gehämmert hätte, das Manuskript so umfangreich ausgefallen wäre, wie das Stadtadreßbuch von Helsinki.

Andererseits mußte er lächelnd zugeben, daß wahrscheinlich kein anderer Interpret als gerade ein Musikus die Schauplätze seines Schlagerweges so schnell wechseln kann. Denn schließlich trennten ihn doch nur immer von den Märchennächten Haitis etwa sieben Zentimeter von jenen in Hamburg. Die ja noch wesentlich länger sein sollen. Nämlich drei schwarze Tasten und zwei weiße.

So einfach ist das bei Pianisten, mußte Blasius denken. »Man müßte halt doch Klavier spielen können.«

Pfennigguter Pfennig nimmer gut

Der Spaziergänger hat auch einen Spezl, den Wastl. Der sagt immer, wenn er irgendwie einen fuchsroten Pfennig einnimmt: »Den Unterschied zwischen dem, wos so a Pfennig kost und dem, wos er wert ist, möcht i klavierschpuin könna, nachad war i da Beethoven.« Und als praktisches Beispiel erzählt er auch noch, daß seine Tochter, die Hedi, jetzt schon fünf Jahre auf ein paar Brautschuhe der Nobelklasse vom Italy-Salon spart, und zwar mit Pfennigen, weil das ein alter Brauch ist.

Aber diese vornehmen Heiratsfutterale kosten halt zweihundertfünfzig Mark und das wären also genau fünfundzwanzigtausend Kupferlinge. Und bis sie die beieinander hat, meint die Hedwig, würde sie vom Zählen längst eine Grünspanvergiftung bekommen haben. Auseinandergereiht täten diese Währungspartisanen ungefähr einmal um die ganze Aschenbahn des Dantestadions herumreichen. Und Blasius muß dem Wastl wohl glauben, denn der ist seit vielen Jahren bei der IG Metall. Und versteht deshalb was vom Erz.

Hier angelangt, wird der Saufkumpan vom Spaziergänger dann direkt philosophisch und gibt ein paar Beispiele von der Inflation der alten Begriffe zum besten. Denn genausogut wie es keinen pfennigguten Pfennig mehr gibt, hat beispielsweise auch jener Slogan längst ausgespielt, daß etwas »so treu ist wie Gold«. Denn dieses Edelmetall, sagt der Wastl, ist doch die allergrößte aller Huren. Weil man damit doch alle Schlechtigkeiten und Treulosigkeiten dieser Welt kaufen kann. Und wie steht es ferner mit dem geflügelten Wort »So sicher wie die Bank von England«. Dabei ist das englische Pfund doch seinerzeit von seinem Wolkenkratzerhochmut direkt über Nacht in den Währungskeller gepurzelt.

Um auf ein anderes Gebiet zu kommen: Man sagt doch auch so schön »Dieser oder jener ist so stumm wie ein Fisch«.

Dabei gibt es doch längst Wissenschaftler, die eine ganze Woche lang mit einem Delphin plappern können. Ja, früher, so lamentiert der Wastl weiter, da war doch an solchen Binsenweisheiten wirklich noch was dran. Wenn nämlich die Altvorderen erklärten: »Wer den Pfennig nicht ehrt, ist den Taler nicht wert.« So wisse er davon ein wunderschönes Beispiel zu erzählen. Denn der Sebastian hatte unter anderem auch einen Tarockbruder, der in seiner Eigenschaft als Altmetallhändler bei Klöstern und Kirchen die angesammelten Opferstockdukaten nach Gewicht aufkaufte und allesamt einfach auf seinen gemieteten Lagerplatz in die alten Benzinfaßl schüttete. Auch noch den ganzen Krieg über.

Und wie er dann am Tag nach der Währungsreform seine oft belächelte Beute sortierte, reichte der Inhalt seiner »Groschengräber« leicht aus, damit er sich den Lagerplatz mit der linken Hand kaufen konnte. Freilich, damals war der Pfennig wirklich »pfenniggut« und er war aus reinem Kupfer. Und man hatte ihm noch nicht eine schäbige Seele aus Eisen eingehaucht und ihm dazu lediglich ein Mitleidsmäntelchen aus Buntmetall umgehängt.

Und zum Schluß zählte der Sebastian auch noch auf, was es in der entschwundenen Welt hinter den sieben Bergen alles für einen Pfennig gegeben hat. Beispielsweise zwei Stück Kokosnußflocken oder zwei Minzenkugeln. Auch zwei Bärendreckzigaretten mit Goldmundstück konnte man beim nahen Standl dafür erwerben. Und wann hat schon jemals irgendein Fälscher auch nur im entferntesten versucht, so einen kleinen Wicht nachzumachen. Das wäre allerdings vielleicht einmal der Anlaß gewesen, den braven Handwerksburschen-Taler für seine Anhänglichkeit entsprechend auszuzeichnen. Denn in Wirklichkeit konnte man dem Winzling niemals das Geringste nachsagen. Und drum sprach man ja auch zu keiner Zeit von einem »falschen Pfennig«. Sondern höchstens vom »falschen Fuchzger«.

Der große Bruder vom Pfennig war dann schon immer der »Zwoaring«. Und wenn einem Hinterhof-Caruso in einem Stück Papier so ein Armeleute-Dollar hinuntergeworfen wurde, so verbeugte sich der so tief vor dem noblen Mäzen wie der Gestiefelte Kater vor seinem Schwiegervater.

So weit, so gut. Nun wollte der Spaziergänger aus reinem Spaß an der Gaudi auch einmal testen, was man mit einer größeren Portion solcher Opferstock-Tabletten heute noch für eine Reaktion hervorrufen könnte. Darum nahm er eine Handvoll Pfennig, es mochten an die siebzig gewesen sein, und suchte damit jenen jungen Bettler in der Innenstadt auf, der um seinen Hals ein Schild trug: »Lieber betteln als einbrechen«. Vom »arbeiten« stand da aber natürlich nichts darauf. Und als er dem immer recht mürrischen, aber vielleicht ebenso armen Teufel dann seine Gabe in die hohle Hand rutschen ließ, da sah der gute Mann nur ganz flüchtig auf, erhob sich von seinem schlecht gepolsterten Asphaltsitz und schmiß dem verdutzten Blasius die ganze Ladung ins Kreuz.

Na ja, Schmerz hat der Spaziergänger dabei eigentlich kaum einen empfunden. Aber irgendwie weh getan hat es ihm doch.

Einer schaut immer zu

Blasius kommt des öfteren im Bahnhofsviertel in ein Haus, in dem viele Ärzte, Rechtsanwälte und Geschäftsleute ihre Praxisräume und Büros haben. Und dieses Haus liegt der Seitenfront eines großen Hotels genau gegenüber. Dazu sind die Treppenhausfenster so groß, wie die Wände eines Aquariums. Und deshalb kann jeder Besucher, mit oder ohne Absicht, einen Einblick tun in das Menschlich-Allzumenschliche der Menschen im Hotel.

Manchmal stehen denn auch ganze Gruppen von Neugierigen auf den Absätzen dieses »Stiegenhauses zur interessanten Aussicht« und nehmen Anteil am Alltag eines Hotelgastes. Denn die meisten der Travellers scheinen wohl der Meinung zu sein, wenn sie einen anderen nicht sehen, so sieht sie der auch nicht. Außerdem müßten sie auch eigentlich wissen, daß man bei Dunkelheit zwar schlecht aus einem beleuchteten Zimmer in die Nacht hinausschauen kann. Dafür aber um so besser vom Finsteren ins Helle. Und so zieht denn für alle Stufensteiger des Nachbarhauses immer wieder ein teils interessanter, teils lächerlicher und manchmal auch etwas peinlicher Film vorüber. Natürlich könnte man auch wegschauen. Aber wer tut das schon, bevor er überhaupt etwas gesehen hat.

Seltsam, was der Mensch doch alles anstellt, wenn er sich unbeobachtet fühlt. Da steht zum Beispiel ein guter Zwei-Zentner-Mann mit ehrwürdigem Geheimratsscheitel vor dem Spiegelschrank und stöbert seine Nase. Als ihm diese Inventur allmählich zu langweilig wird, beginnt er einen Stripteaseakt vorzuführen.

Er entblättert sich umständlich bis aufs Netzhemd und betrachtet dann lange seinen Bauch, indem er ihn von unten her etwas lupft. Dann versucht er ihn einzuziehen, was er aber nicht lange aushält. Als sein Mollenfriedhof wieder herausschnellt, beginnt er ihn plötzlich mit blanker Hand wütend zu ohrfeigen. Das soll wohl eine Massage sein. Ganz rot wird das Wackersteinränzlein davon, aber um kein Gramm kleiner. Da verpackt der Herr Rat den gezüchtigten Futtersack wieder unter die Gesundheitswäsche und geht ganz nahe an die Glasscheibe heran. Dort zieht er sich ein paar Grimassen wie beim Rasieren und streckt schließlich auch noch eine belegte Zunge heraus. Endlich geht er. Kehrt aber gleich wieder um und macht dem Spiegel eine lange Nase. Um anschließend auch noch vor sich selber auf den Boden zu spucken. Jetzt scheint er befriedigt zu sein, denn er löscht das Licht und die Dunkelheit hat ihn verschlungen.

Die Zimmer im zweiten Stock bewohnen meistens ältere Junggesellen. Da ist zum Beispiel einer, der jeden Morgen pünktlich zur Briefträgerzeit seine Gymnastik am offenen Fenster macht. Wie auf dem Oktoberfest in den Buden, auf denen geschrieben steht »Drei Wurf zehn Pfennig« geht sein runder Kopf hinter der Brüstung auf und nieder. Aha, das sind wahrscheinlich die Kniebeugen, denkt Blasius. Dann hört man eine Zeitlang Gestöhne und Grunzen, als wäre der unbekannte Turner in ein Tellereisen getreten. Vermutlich also die Bodenkür. Anschließend wachsen die bleichen, haarigen Stengel seiner Unterschenkel gespenstisch zum Leimfarbenplafond der Kemenate empor. Also ein Kopfstand. Und zum Schluß in der Vertikoecke folgen die Liegestütz. Wie ein verregnetes, nasses Plumeau hängt dem Sportsmann dabei der dämmerweiße Bauch auf dem Bettvorleger. Bis er bei der Zahl sechs jedesmal wie ein Ochsenfrosch auf seine Plauze platzt und lange liegen bleibt.

Auch eine Art Schriftsteller war einmal zu beobachten. Er schrieb fast Tag und Nacht in ein schwarzes Wachstuchbuch. Und wenn er nicht weiter wußte, trat er vor den Spiegel, verbeugte sich kurz und fragte sich selber was. Manchmal, wenn die Auskunft dann besonders gut ausfiel, nahm er sogar dankend einen verblichenen alten Strohhut ab. Einmal schien er sich auch angepumpt zu haben. Denn er hielt sich vor der Quecksilberscheibe klagend einen Geldschein hin, nahm ihn dann und ging, viele Bücklinge machend, von dannen. Einen »Spiegelaffen« nennt man so was wohl hierzulande.

Auch eine ältere, ungemein vornehme Lady wurde gesichtet. Sie ließ sich immer das Essen auf ihr Zimmer bringen. Einen Brei mit gräßlichem Diätzeug garniert. Sie aß dieses Vogelfutter in großer Haltung auf und ließ dann wieder abservieren.

Doch anschließend erfolgte die unheimliche Wandlung der Lady Wimmersal. Denn plötzlich zog sie aus der Nachttischschublade ein blitzendes Messer und eine armlange Salami hervor. Die Wurst schob sie in den weitaufgerissenen Mund, wie man eine Packgranate in den Verschluß schiebt, und jedesmal schnitt sie dann den Bissen haarscharf hinter den Lippen ab. Dann kaute sie mit hervorquellenden Augen um Tod und Leben. Mit dem Messer aber, das sie in der Hand hielt, kratzte sich das Edelfräulein zwischen hinein ihren aristokratischen Scheitel.

Nun mögen die betroffenen Leute vielleicht sagen, das sei indiskret und wenig vornehm, sie bei ihrer Privatunterhaltung zu beobachten. Sicher haben diese wackeren Individualisten recht. Blasius aber möchte sie trotzdem auf eine Vorrichtung aufmerksam machen, die eine solche Anteilnahme hundertprozentig ausschließt, und obwohl sie höchstwahrscheinlich der Russe Gardinowitsch erfunden hat, ist heute auch in den kapitalistischen Ländern fast jedes Hotelfenster damit ausgerüstet. Mit einem Vorhang nämlich.

Da g'wamperte Gust...

Der nüchterne Raum, den Blasius betritt, ist mit dem Geruch von Melissengeist, Franzbranntwein, gefatschten Wad'ln, kleiner Ergebenheit, dösendem Wohnzimmerschlaf und 32 gezählten Figuren angefüllt. Es sind fast durchwegs brave Leutchen, die ein garstiger Wehdam irgendwo schlampig angebissen hat. Freilich, ein paar Simulanten sind wohl auch darunter. Denn es handelt sich um jene Vorladungsstelle, die man früher auch den »Vertrauensarzt« hieß. Und dabei fällt dem Spaziergänger auch eine kleine Glosse ein, die er neulich in irgendeiner Gazette las. Daß nämlich die »weißen Halbgötter« festgestellt hatten, das deutsche Volk wäre noch nie so gesund gewesen wie gerade heute. Obwohl es auch andererseits noch niemals mehr Kranke gab. Denn zu den handelsüblichen Leiden wie Keuchhusten, Bauchweh, Masern oder Fettsucht haben sich neuerdings auch noch eine größere Anzahl völlig neumodischer Seuchen hinzugesellt.

Da grassiert beispielsweise bei vielen Anhängern des schönen und urgesunden Wintersports plötzlich die weit verbreitete »Schlepplift-Angina«, die ganze Belegschaften und Betriebe lahmlegen kann. Im Sommer wiederum bei herrlichem Badewetter werden oft halbe Gefolgschaften von den zwar harmlosen, aber manchmal recht langwierigen »Ultra-Blattern« befallen. Zur Wies'nzeit ist der »Dreiquartel-Husten« weit verbreitet und zur Ballsaison werden nicht nur die jüngeren Jahrgänge von einem quälenden »Konfetti-Keuchen« heimgesucht. Steht eine Reihe von Feiertagen im Kalender, so gibt es eine bestimmte Sorte von Festbesoldeten, die sich an den dazwischenliegenden schwarzen Tagen garantiert die »rote Staupe« einhandeln. Ferner bekommen an und für sich recht handsame Sekretärinnen mindestens zweimal im Jahr das weithin bekannte »Ausverkaufs-Fieber«. Oder auch eine, allerdings weniger zeitraubende »Dauerwellen-Influenza«. Der »Haarspitzen-Katarrh« sucht und findet seine Opfer hauptsächlich an den Montagen zu Faschings- und Starkbierzeiten. Und ein nicht unbedeutender Prozentsatz von braven Arbeitnehmern wird ausgerechnet nach langen erholsamen Ferien zusätzlich auch noch von einer tückischen »Nachurlaubs-Diphtherie« massenweise angesteckt.

Blasius aber beobachtet in dem Vorzimmer zum Blutdruck-TÜV hauptsächlich jene Typen, die an der langen Mauerbank und an dem kleinen Katzentischerl beim Ausgang sitzen. Da hockt beispielsweise breit und mit sattem Hals wie der Erdal-Frosch einer von den hartnäckigen »Schwerversehrten«, die sich jeden Morgen nach dem Erwachen sofort vor dem Spiegel aufbauen und sich das »Wort zum Sonntag« immer wieder laut vorsagen. Nämlich: »Da g'wamperte Gust – hot heit koa Arbeitslust – weil hot er g'sagt – eahm foits auf der Brust.«

Nicht weit daneben macht der Spaziergänger einen noch recht rüstigen Endzwanziger aus, der sich immer wieder seine lange Bierwärmernase zuhält. Dieser eingefleischte Gegner vom vielbesungenen »Bruttosozialprodukt« gehört vermutlich der unsterblichen Sekte an, die ja an sich liebend gern arbeiten würden. Nur können sie halt leider ihren eigenen Schweiß nicht riechen. Auch ein sichtlich stark mitgenommener Amateur-Philosoph, der mindestens schon die sechste Woche krank feiert, leidet nicht wenig. Seine Spezialschmerzen sind die Depressionen. Wahrscheinlich denkt er halt bei jeder winzigen, von ihm ausgeführten Erdbewegung schon immer an die Auer-Vorstadt-Warnung, die doch bekanntlich lautet: »Narrisch wer i da net vui, wenn ich siech an Schaufeschtui – denn am End vom Lebenslauf – haun's da d'Schaufi a no nauf.«

Gerade als dann Blasius wieder »Leine ziehen« will, setzt

sich auch noch einer von jenen Märtyrern neben ihn, denen der liebe Gott in seinem unerforschlichen Ratschluß schon bei der Geburt zwei »linke« Hände anmontiert hat. Den rechten Daumen hat dieser »Unglücksmensch« auch noch schneeweiß eingebunden und trägt ihn vor sich her wie eine Stearinkerze, die der rauhe Zugwind der Zeit ausgeblasen hat.

»Grampfinger«, ruft die streng blickende Arzthelferin, und der Nachbar des Spaziergängers ist damit gemeint. Bevor er sich jedoch in Bewegung setzt, flüstert er Blasius, den er wohl für einen Kumpel hält, noch rasch zu: »Für mein Fingerling werd' mir der Jodonkel aber kaum no a Woche Nachurlaub geb'n. Do wer i eahm schon no zusätzlich für a acht Dog wos vorhuast'n miass'n.«

Aus mit der Au

Der sehr alte Mann steht am Auer Mühlbach und hat eine leise Wehmut im Bauch. Denn er denkt an die Zeiten, wo am grünen Ufer dieses Canale Piccolo noch die Hammermühlen standen und kniende Herbergsmütter ihre Wäsche und den guten Leumund der Nachbarin im rauschenden Bache wuschen. Und wo es zwischen den kleinen Häuslein und in den engen Gassen von Originalen und komischen Käuzen nur so wimmelte.

Da war doch einst die böse »Minna Hupf«; ihr fehlte es zwar am Gangwerk, denn es sah ihr ein derber Landsknechtholzfuß unter der gestreiften Schürze hervor, dafür aber hatte sie ein Mundwerk, das von Neudeck bis weit über den Gebsattelberg hinaus bekannt und gefürchtet war. Auch vom »Lokomotiverl« hat dem träumenden Greis sein Vater, der alle diese Figuren noch gut kannte, gerne erzählt. Das war ein harmloses Manderl, das um eine Maß Bier zischend und fauchend um die halbe Au herumlief und an jedem Eck einen warnenden Orient-Expreß-Pfiff ausstieß.

Dann der Stadtpfarrer Simon Knoll, der ebenso beliebt wie grob war, und der Sägefeiler Robl mit seiner ambulanten Werkstatt. Er befuhr damit fast die ganze Gegend rechts der Isar und sein »Hooofabind'n« und »Sooogfeil'n« hörte man gerne in allen Hinterhöfen, da er dieses Handwerk wie keiner verstand. Der Robl war auch ein gewaltiger Nasenkönig, und es hielt ihn eigentlich nur noch sein Schnupftabak zusammen, der ihn wie eine Glasur bis über die Knie hinab überzog.

An seinem Gefährt, einem uralten umgebauten Damenfahrrad, war vorne ein Schleifstein anmontiert, und an der Lenkstange hing eine zerfranste Hundepeitsche für die Lausbuben, die ihm während des Ausrufens, das wie das Geheul eines alten gefangenen Wolfes klang, seine »Fabrik« immer wieder ein paar Häuser weit wegschoben.

Auch der Turmkraxler Adelmann mag so ein seltsamer Vogel gewesen sein. Weil man nämlich seine Bewerbung bei der Feuerwehr abgelehnt hatte, da er angeblich nicht schwindelfrei war, kletterte der Verschmähte außen auf den Rosenkohlverzierungen der Mariahilfkirche auf den Turm hinauf bis zum Gipfelkreuz. Ohne allerdings dafür etwas anderes zu kriegen als eine Polizeistrafe.

Einen der letzten von diesen Sonderlingen hat der bejahrte Vorstadt-Wanderer selber noch gut gekannt. Es war der Gröninger Wastl aus der Quellenstraße. Von Beruf Wasserflohfänger, Schwammerlsucher und Mehlwurmzüchter. Darüber hinaus Philosoph und Mensch.

Einmal gewann der Wastl beim Watten einen großen Kübel voll blauem Emaillack, weil sein Gegner, der Dekorationsmaler Xide Gmelch, kein Geld mehr hatte zum Auszahlen. Mit diesem blauen Lack nun strich der glückliche Gewinner daheim alles an, was ihm unter den Pinsel kam: seine Bettstatt, die Kleiderbügel, den Gasometer, die Dachrinne und natürlich auch den Fensterstock, der dann wie ein strahlend blaues Auge weit über den Mühlbach hinüberleuchtete. Heute hat man auch dem alten Waldläufer seine himmelblaue Heimat am Auer Burghang längst über dem Kopf abgerissen. Aus, amen und vorbei.

Und noch einer war da, dem sein Fleckerl Vorstadterde alles bedeutete. Der Hofer Jackl, wohnhaft Mariahilfstraße 18, in einem Häuschen, das so nieder war, daß man den Kaffee aus der Dachrinne trinken konnte. Ein kleines Garterl war auch davor mit blauen und roten Glaskugeln auf grünen Stecken und einer alten, mürben Bank, auf welcher der Jackl feierabends immer saß. Auch dann noch, als man ihm direkt vor die Nase einen sechsstöckigen Häuserblock setzte, dessen Brandmauer fortan seine einzige Aussicht war.

»Und trotzdem vakauf i einfach net«, trotzte der grauhaarige Sohn des Feuerbachl-Paradieses allen Interessenten und

Verlockungen auf sein Fleckerl ererbten Vatergrund. Aber als der eisgraue Chronist wieder einmal nach dem winzigen Hexenhäuschen schauen wollte, fraß ein Bagger gerade die letzten dunkelroten Ziegelsteine von ihm auf und wischte sich danach auch noch höhnisch das eiserne Maul ab. Ende.

Da mußte der müde gewordene Pflastertreter wieder einmal resigniert feststellen: Es ist halt kein Platz mehr in unserer Zeit für kleine Häuser und kleine Romantik. Und das hat wohl alles schon viel früher angefangen. Schon damals, als man die Ufer des lustigen grünen Bacherls mit Betonmauern einfaßte. Seitdem läuft der Auer Mühlbach mit einem spinnerten, steifen Stehkragen aus Zement herum, und es ist ihm sichtlich gar nicht recht wohl darin.

Und Jahr für Jahr ging es dann unaufhaltsam weiter mit der Kolonisation dieses urwüchsigen harten Geschlechts vom Kare und vom Lucki. Von denen die alten Lieder so stolz besagen: »Mei zeama Gang, der is aus Giasing / und aus da Au mei Dynastie / I bin a echte dufte Mischung / von Münchner Vorstadt-Aristokratie / Hau hi.«

Die Paula muß beim Tango immer weinen

Wenn Blasius es richtig sieht, so hat er das Gefühl, daß manche Illustrierten mit ihren Fäkalien-Spalten so ziemlich abgewirtschaftet haben. Und daß sie am Ende des »Scheide«-Weges angelangt sind. Denn um hinter die allerletzten Sexgeheimnisse zu kommen, könnten sie dann höchstens noch ihre vielseitigen Modelle wenden lassen. Und mit der Innenhaut nach außen herzeigen.

Nein, der Spaziergänger glaubt da eher schon daran, daß sich langsam wie bei unserer Waldbauernbuben-Politik auch hier eine gewisse Wende zum Althergebrachten anbahnt. Denn wie sang man doch da nach dem Ersten Weltkrieg so »nett im Kabarett«: »Alles kommt einmal wieder/wie es schon einmal war/wieder die alten Lieder/tanzt man bis sechs in der Bar /wieder Palais Maskottchen/wieder der alte Stepp/ wieder der Nachwuchs der alten Kokotten/wieder der alte Nepp.« Es soll ja sogar schon wieder Damen geben, die im Augenblick der Wahrheit errötend fragen: »Darf ich das Hütchen aufbehalten?«

Deshalb freut sich der Spaziergänger auch besonders darüber, daß im ersten Hotel am Platze jeden Sonntag wieder der gute alte Tanztee stattfindet. Jener »Ringelpiez mit Anfassen«, den der Berliner Conférencier Otto Reuter auf den völkerversöhnenden Nenner brachte: »Rinn in die Damen – wieder weg von sie.« Und der Spaziergänger hat natürlich auch sofort Maß genommen. Wie einst im Mai. Nur jetzt halt leider hauptsächlich im Sitzen.

Ach Himmel, was erlebt er da nicht alles für Typen, für Charakterdarsteller und leise zu den sanften Melodien mitwiegende Spät-Gigolos (wegen des fortgeschrittenen Alters von den Behörden auch vorgezogene Ruhegeldempfänger geheißen). Sehen nicht viele davon aus wie Einsteigediebe, Geheimagenten, tief trauernde Hinterbliebene und unheilbare nostalgiekranke Vertreter von Gummiabsätzen. Auch der geheimnisvolle Dr. Crippen ist hier an Bord. Die schicksalsträchtige Geier Wally, »der Mann, der zweimal leben wollte«, die bereits siebzehnmal niedergeschmuste »Südzucker-Susi« und neben dem »Mädchen Rosemarie« auch das »Reserl von Markwartschtoa«, die es bekanntlich »nimmer doa« wollte.

Doch auch zahlreiche herrliche Nachwuchs-Schönheiten, die zu den größten Hoffnungen berechtigen, kann der Betrachter mit angefeuchteten Lippen neidisch registrieren. Sogar alte Bekannte aus seinen eigenen sündigen Nachmittagen sieht er im charmanten Handgemenge. Darunter den ewig jungen »Walzerkönig«, der zwar ein bißchen grau geworden ist, aber immer noch Unsinn im Sinn hat.

Einst war er der absolute Dreiviertel-Takt-Boß auf allen gewachsten Buchenholzwiesen. Und man sagte von ihm, er könnte mit seiner Partnerin tatsächlich einen Walzer auf einem mittelgroßen Suppenteller hinlegen. Und auch heute dreht er sich noch immer wie ein schwindelnder Kinderkreisel. Und der staunende Gast glaubt es fast erwarten zu können, bis er im Rechtsdrall das Parkett aufgefräst hat und seine Beine unten im Heizungsraum herausschauen werden.

Daneben segeln auch ehrwürdige Fregatten im Aufwind eines föhnigen English-Waltz selig einer fernen Traumschiff-Küste zu. Die bestimmt gleich dort hinter der Spanischen Wand zu finden ist, hinter der die Kellner ihr scheppperndes Geschirr türmen. Und vor allem sind da die unvergleichlichen Tango-Tänzer, einer Fortbewegungsart, von der der Dichter so schön sagt: »Der Tango ist ein trauriger Gedanke, den man tanzen kann.«

Natürlich wissen alle Meister im Hüftewiegen auch, daß der Argentinier Carlos Gardel der Stammvater aller Tango-

Tänzer war. Und daß er der Überlieferung nach mit solchem Gefühl schwofte, daß er jederzeit in der Lage gewesen wäre, seinen Namen in den Parkettboden zu ritzen. Damals gehörte es auch noch zum guten Ton, daß die Herren Tänzer einen vergifteten Dolch in den Sockenhaltern trugen und der Partnerin eine dunkelrote Rose lässig aus dem Mundwinkel hing.

Doch was notierte das leicht gerötete Auge des Spaziergängers da plötzlich noch? Da ist ja auch jene Schönheit auf den Beinen, von der in den dreißiger Jahren die Schmachtfetzen der Schallplatten berichteten: »Die Paula muß beim Tango immer weinen.« Denn tatsächlich wird ein reiferes Fräulein von einem blonden, herrlichen Hünen wie ein Staubsauger über die kleine ovale Prärie geschoben. Aber warum hat es wohl so ein seltsames Glitzern in den Augenwinkeln? Ist es vielleicht deshalb, weil ihr viel zu schöner Nibelunge auf den »Tango Bolero« brutal einen simplen Zwiegenähten tanzt?

Oder aber die kleine liebe Herbstzeitlose, die wohl jederzeit zu einem Schäferstündchen bereit wäre, denkt halt daran, daß es nach ihren bisher absolvierten acht Schäffler-Tänzen, die bekanntlich nur alle sieben Jahre stattfinden, auch leider bald einen letzten für sie geben wird.

»Ach was für dumme Flausen«, sinniert da Blasius leise vor sich hin. Was weiß denn so eine alte verwitterte Rothaut wie er schon noch, was so ein Fräulein in den besten Jahren alles denkt. Uff, Uff.

Katzen lügen nicht

Ein bekanntes deutsches Sprichwort heißt so schön: »Der Dieb, wenn du ihn richtig malst – behauptet, daß du Löffel stahlst.« Oder in noch besserer, krasser Umkehrung eines juristischen Rechtsfalles: »Nicht der Mörder war der Schuldige – sondern der Ermordete.«

Denn da hat doch der Spaziergänger vor einiger Zeit eine herbe Betrachtung unter dem Titel »Die Bestien sind unter uns« veröffentlicht. Und das Echo konnte sich hören lassen. Aber es kam hauptsächlich aus den Reihen der »Katzenkiller« und »Schnauzl-Schlächter«. Denn diese verteidigen ihre schändlichen Schindereien unter Anführung von »hochgelahrten« katholischen Professoren und sogenannten Wissenschaftlern verbissen mit Zähnen und Klauen.

Einer dieser Vivisektoren verstieg sich in seinem schäumenden Eifer sogar soweit, den »guten Menschen von Neuhausen«, nämlich den überall beliebten und bekannten Stadtpfarrer Fritz Betzwieser, der sich gerne zu einer diesbezüglichen Diskussion stellen wollte, ein »Haus- und Redeverbot« zu erteilen.

Ganz abgesehen von der rechtlichen Fragwürdigkeit dieser Maßnahme muß Blasius dabei auch noch stark an der Bibelfestigkeit dieses Eiferers zweifeln. Denn er müßte doch eigentlich als getaufter Christ immerhin die Vorstellung haben, daß ein »Stadtpfarrer« und »Monsignore« auch gewisse Beziehungen zum Himmelspförtner Petrus besitzt. Und daß der Heuchler deshalb mit seiner konterrevolutionären Vorstellung vielleicht am Lieferanteneingang zum Jenseits ein paar tausend Lichtjahre warten muß.

Nun, Blasius glaubt allerdings die wahren Motive der meisten jener Forscher zu kennen, die der wehrlosen Kreatur die Knochen brechen, die Gedärme aufblasen oder die Lungen zerfressen lassen. Alles natürlich zum Wohle der Menschheit. Oder ist es womöglich zu ihrem eigenen Wohle auch? Natürlich ethischerweise über drei Ecken.

Denn wie sollen die Experimentatoren auch ahnen können, daß jenes Sekret, das sie den Hormondrüsen kreischender Schimpansen abpressen, zu einem sündteuren »Stehaufmittel« von hochangesehenen Konzernen hergestellt wird. Um dem abgeschlafften Gesellschafts-Eunuchen wieder ein bißchen in die »Verhüterli« zu helfen. Oder daß der Madonnenblick der weltberühmten Matratzen-Strolchin von einem erst kurz zuvor in einer katholischen Universität angesetzten Versuch stammt, bei dem neugeborenen Kätzchen in der ersten Woche nach der Geburt (also bevor sie überhaupt zum erstenmal diese Welt erblicken können, was erst nach sechs bis zwölf Tagen der Fall ist) die Augen entfernt wurden. Möglicherweise um die Pupillen der Leinwand-Madonna durch das Einspritzen der entstandenen Schönheitströpfchen sehnsuchtsfeucht zu vergrößern.

Humanerweise wurde dabei natürlich ein anderer Zweck angegeben, denn die kleinen blinden Maunzerl dienten »lediglich« zu einem Test, wie sie sich nach dem kleinen Eingriff im freien Fall verhalten würden.

Kann man jetzt bei solchen Betrachtungen der hochverdienten, aber natürlich »nichts ahnenden« Biokosmetiker vielleicht doch auf den Gedanken kommen: »Wes Brot ich ess' – des Lied ich sing'.« Solche und ähnliche Experimente gab es ja schließlich schon immer, wird man dem Chronisten erklären. Hat denn nicht auch der Mann aus Braunau »Volksschädlinge«, Zigeuner oder russische Kriegsgefangene in Säcke einnähen lassen und sie so lange in kaltes Wasser getaucht, bis sie zu splitternden toten Eisklumpen wurden. Und nachher hat er dann auch noch den Krieg verloren. Pfui!

Ob solche schönen Sachen auch wohl schon der »Narr und Menschheitsretter«, wie Heinrich Heine den Erlöser nannte, als kleines Jesulein im Geburtsstall ahnte? Und womöglich deshalb als Zeugen seiner Menschwerdung lieber ein paar der sogenannten allerdümmsten Viecher wie Ochs, Esel und Schaf zum Rumstehen um seine niedliche Krippe gebeten hat. Statt eine liebedienerische Schar von irgendwelchen Abgeordneten. Die aber nun, um vielleicht auch etwas gut zu machen, in der nächsten Zeit um die Abstimmungsurnen für eine Neufassung des Tierschutzes herumstehen dürfen.

Oft schon hat der Spaziergänger auch darüber nachgedacht, warum wohl der »große Zampano« seinem großen Tierpark die sogenannte Gabe des Wortes und der Sprache versagt hat. Und warum beispielsweise Katzen nicht lachen können aber auch nicht heucheln, niemand ausrichten, belügen und ein falsches Zeugnis geben. Deshalb, so meint Blasius, müssen sie wahrscheinlich auch nicht beichten.

Könnten aber gerade des Menschen liebste Schmuse- und Schmeichel-Freunde einmal das rosa Schnäuzchen tatsächlich öffnen, um auch nur einen einzigen Satz zu reden, so wäre es vielleicht möglich, daß sie die Worte des berühmten Dichters und Arztes Gottfried Benn zitierten, die so ungeheuer resigniert lauten: »Der Mensch – die Krone der Schöpfung – das Schwein.«

Ich schnitt es gern …

»Ich bin also auch so einer, der vom Hundertsten ins Tausendste kommt«, schmunzelt der weißwollige Spaziergänger vor sich hin, als er endlich vor der dicken Buche steht, die den neumodischen Golfplatz nahe der Ludwigshöhe begrenzt. Er mag aber diese Leute, die mit so einem umgequälten Suppenlöffelstecken Löcher in die Luft oder den zarten Wiesenboden schlagen, gar nicht mehr besonders. Nämlich seit sie das kleine Bacherl, das durch die pastellgrüne Prärie seiner Savannen-Kindheit tief zugeschüttet haben. Denn dort hatte sich schon sein Herr Papa immer die kerngesunde Brunnenkresse geholt, die heute auch noch in dem quellklaren Rinnsal wachsen würde. Aber dann war die Frau des Vorstands mit ihren ausladenden Spreizfüßen hineingetappt und alle Mitglieder des Golfklubs wurden zu entsprechenden Erdarbeiten befohlen.

Bei diesem Gedanken schüttelt der Schneekoppen-Kopf unwillkürlich sein firniges Haupt, weil er ja jetzt schon wieder vom Hundertsten ins Tausendste kam.

Nun also, das war nämlich so: Heute morgen hatte das Dampfradio wieder einmal alte Schlager und Schmachtfetzen gespielt mit den verbogenen Texten, die ihn immer zum halblauten Protest bewegten: »Es steht ein oida Nußbaum – do draußt in Heiligenstadt« hieß doch eine der schmalzigen Weisen. Aber in Heiligenstadt, wo er doch schon selber einmal war, stand dann nirgends ein alter Nußbaum. Sondern da standen nur Parkverbotstafeln. Genauso wenig gab es wahrscheinlich das »alte Haus von Rocky Docky«. Wenn es überhaupt einen solchen Ort jemals gegeben hatte. Und überhaupt nicht stimmte die dritte Textzeile von dem tränentreibenden Schnulzensong der alten Linde vor dem Rüdesheimer Schloß. In dem doch bekanntlich ein gewaltiges Herz geschnitzt sein sollte. Weil nämlich so eine Liebestanne nachgewiesenermaßen eine Rinde besitzt, die so hart ist, wie die Haut eines Gürteltieres. In das man doch selbst mit einem Schneidbrenner keinen Zentralmuskel hineinarbeiten könnte.

Und das ist nun der eigentliche Grund, warum der alte Mohikaner jetzt vor jener Buche steht, die schon seit einem guten halben Jahrhundert als grünköpfige Nachrichten- und Erinnerungssäule diente. Und mühelos wird der Wanderer in die Vergangenheit auch sofort fündig. Ganz unten entdeckt der Runen-Kriminaler sofort die Kerben, die der Hamberger Hanse jahrelang verbrochen hatte. Denn jedesmal wenn sie hier beim Frühlingsschulausflug vorbeikamen, hinterließ er mit seinem Taschenmesser, das an einem kleinen Ketterl am Hosenträger hing, einen Schnitt in der saftigen Baumrinde. Weil er doch kontrollieren wollte, ob er schon wieder größer geworden war. Jetzt ist der Hanse schon längst in Rente. Und auch bereits wieder kleiner geworden. Die zahlreichen bleiernen Mitesser weiter oben rühren dagegen von dem Scharfschützen Heini Häßlich her, dem sein Vater ein Luftgewehr geschenkt hatte. Das verwucherte Hakenkreuz wiederum hatte ein blauäugiger Bub einst mit viel Begeisterung und zwei abgebrochenen Messerspitzen verfertigt. Es ist fast nicht mehr zu erkennen. Viel später aber wäre dieser Jüngling wohl daraufgekommen, daß jenes unheilvolle Emblem sogar wirklich einen Haken gehabt hatte. Leider blieb ihm selber nur das Kreuz. An der Rollbahn von Minsk.

Auch von dem windschiefen Autogramm »G« »M« blieb nur ein blaßes Andenken an eine Nacht im Mai übrig. Denn der Eisverkäufer »Giovanni« ging mit dem kalten Nordwind wieder zurück nach Domodossola. Wogegen das bleibende Souvenier, der kleine Micherl, noch immer bei der ledigen Mutter Melanie lebt.

Der große glatte Raum in Augenhöhe aber war schon von jeher zur Nachrichtenübermittlung ausgespart worden. Freilich hatten den auch manche Spaßvögel zum kostenlosen Inserieren benutzt. Da fanden sich dann auf liniertem Schulheft-Papier etwa folgende Poeme: »Wer meiner Frau etwas leiht oder borgt / dem wirds von mir besorgt.« Unterschrift: »Muhamed Ali.« Oder: »Biete drei Kilometer Südwind rot angestrichen gegen die gleiche Menge getrockneter Petersilie.«

Und nachher sucht der alte Kindskopf auch noch ganz was Bestimmtes. Nämlich das eigene blutende Jünglingsherz aus jenen Tagen, wo er auch einen Zweizeiler dichtete, der nie vollendet wurde. Er lautete: »Wenn ich die blonde Inge / abends in Hausgang bringe«.

Doch nach diesem Organ hätte sich der graue Esel schon ganz gewaltig strecken müssen. Weil sein Kunstwerk mit dem Wachstum der Buche schon längst hoch oben angelangt war. Und außerdem war es längst so grau, groß und grindig geworden wie das hundertjährige Schmalzlerglasl vom Rübezahl.

Nur eine Stiefmutter

Als das Tonband mit dem Largo von Händel abgelaufen war, wurde es still im Krematorium. Dann sah der Mann mit fünfzig, der seinen Kopf gesenkt hatte, zwei lange, weiche Halbschuhe auf sich zukommen. Und eine Hand ergriff seine Finger, die auf den Knien lagen. Diese Hand war genauso lauwarm wie die Rede, die der halbamtliche Leichenbitter gehalten hatte. Nachher flüsterte die Frau neben ihm, die seine Schwester war, mit belegter Stimme: »Komm, wir müssen uns aufstellen.« Der Fünfziger folgte.

Man hatte die beiden, die letzten eigentlichen Angehörigen der Verblichenen, vorher in einen Nebenraum gebeten und ihnen dort erklärt, was sie zu tun hätten. Und die Schwester gab fünf Mark Trinkgeld dafür. Es waren nicht viele Leute auf dieser Bestattung. Vier, fünf grauhaarige Frauen vom Haus, die mit müden Rüscherllippen dastanden und etwas Wasser in den Augen hatten. Auf ihren Gesichtern krabbelten allen die gleichen Gedanken herum, wie schwarze Stubenfliegen auf einem Winterfenster: »Wann werden wir dran sein?« Und da war noch irgendeine entfernte Verwandte vom Lande mit einem Eierkorb sowie zwei schlürfende Rentner, die täglich bis zu acht Personen »ans andere Ufer« geleiteten. Aus Langeweile und so halt. Und ein Abgesandter der Wohnungsgenossenschaft, an welche die tote Frau 38 Jahre lang pünktlich ihren Beitrag entrichtet hatte, wozu sie sich bei Übernahme ihrer Behausung verpflichten mußte.

Langsam, wie es die Form und die Stimmung vorschrieb, gingen die beiden Leute in den Vorraum, um das völlig überflüssige Gemurmel entgegenzunehmen, das man kondolieren nennt. Und während der zwei Dutzend Schritte zog an dem Mann mit dem halben Jahrhundert das kleine wertlose Leben seiner Stiefmutter noch einmal vorüber.

Das erstemal erfuhr er in der Schule, daß die gute stille Frau, die er und seine Schwester auch gerne »Mamm« nannten, gar nicht ihre richtige Mutter war. »Eine Stiefmutter hat er«, sagten ein paar Mitschüler mit kleiner dummer Verachtung und deuteten mit ihren schmutzigen Murmelfingern nach ihm. Irgendwie war es bei der Personalaufnahme herausgekommen. Und der Bub hatte sich vorgenommen, er würde seinen Spöttern dafür ein paar aufs junge Verleumdermaul schlagen. Nachher hatte er das allerdings schnell wieder vergessen. Doch fiel ihm jetzt wieder deutlich ein, wie er sich oft gedacht hatte, »so stief ist sie doch gar nicht, deine Stiefmutter.« Denn er glaubte damals, »stief« wäre so was ähnliches wie schief. Und weil die gute, brave Frau schon seit vielen Jahren morgens um vier Uhr aufstand und in die Großmarkthalle ging, um Obst zu sortieren und Kisten zu heben, war sie halt ein bißchen krumm. Sicher, das stimmte natürlich schon. Aber direkt »stief«? Nein, das war sie auf keinen Fall.

Später, in den wütenden Hungerjahren, war einmal ein richtiger Skandal im Hause, in dessen Mittelpunkt leider seine »Mamm« stand. Sie hatte nämlich mit einen Stock, auf dem vorne ein Nagel war, versucht, ein paar Kartoffeln aus dem Keller des Hausverwalters zu stibitzen, was ihr auch gelang. Für die Stiefkinder. Man hatte nachher zwei von diesen Erdäpfeln, die ein deutliches Nagelloch aufwiesen, bei den Sommer-Geschwistern erwischt. Sie hatten diese Früchte des Zorns als Pausebrot in die Schule mitbekommen. Von ihrer Stiefmutter. Damals sahen sie ihre tapfere »Mamm« zum erstenmal weinen. Und sie weinten selber aufrichtig und lange mit. Der Mann erinnerte sich auch noch daran, wie diese Frau ihr Stückchen Fleisch, das sie mittags unter Aufsicht des Vaters für sich herunterschneiden mußte, immer heimlich in den Topf zurückzauberte, um diese mageren Bissen, ganz klein gesäbelt, abends unter den Wirsing zu mischen, den die Kinder bekamen. Auch im Krieg war sie die gute alte Haut geblieben. Nein, geschrieben hatte sie ihm nur sehr wenig an die Front, aber geschickt hatte sie manches. Zehn bis zwölf graue, harte, doch gut gemeinte Kartoffelknödel gleich auf einmal. Und auf einem Zettel stand dann: »Laß Dir's schmecken, Bub.«

Nun denn, die beiden Pflegekinder hatten sich für diese stille Liebe später, als der Vater tot war, natürlich auch wieder revanchiert und hundert Mark monatlich an ihre Stiefmutter überwiesen. Aber die Schwester, die vorgestern das braune Kuvert aufmachte, auf dem zu lesen stand: »Mein Letzter Wille«, fand darin auch ein Sparbuch. Und so ergab es sich, daß die »Mamm« jedesmal, einen Tag, nachdem das Geld bei ihr eingetroffen war, den Hunderter genauso unberührt, wie sie ihn bekam, zur Sparkasse getragen hatte.

Die zwei schwarzgekleideten Geschwister waren längst in dem Raum mit der Klagemauer angelangt, als dem Mann das einfiel. Und da mußte er ein ganz klein bißchen lächeln. Doch auf einmal stieß ihn seine Schwester an und fragte vorwurfsvoll aufschauend: »Du, träumst denn du?« Da bemerkte der Bruder, daß vor ihm jener Abgesandte des Wohnungsvereins stand und mit angewinkeltem Arm räuspernd sprach: »Mein aufrichtiges Beileid. Wenn es auch nur Ihre Stiefmutter war.« Aber der Versonnene war noch immer im Vorgestern und sah die dargebotene Hand überhaupt nicht. Bis sie der Kondolierende langsam sinken ließ. Und ihn die Schwester stärker in die Rippen stieß und sagte: »Also, du bist doch einfach ein Stoffel. Ein Klotz bist du. Ich möcht bloß wissen, an was du an einem solchen Tag denkst?« Und nach einem Weilchen fügte sie auch noch kopfschüttelnd hinzu: »Lachen tut er auch noch, der Stoffel.«

Auweh Zwick

Blasius hat neulich auch einmal überlegt, welches Wort wohl bei uns am häufigsten benutzt und strapaziert wird. Er glaubt nämlich nicht, daß es jener ungute Ausdruck ist, der den Abschluß eines gewissen Verdauungsvorganges bezeichnet. Aber »Ja« oder »Nein«, »Bitte« und »Danke«, »Tschüs« und »O.K.« kämen vielleicht da noch in Frage. Zu den ältesten und weit verbreitetsten grammatischen Aussagen aber kann die gesamte Menschheit wohl den kleinen Selbstlaut »Au« zählen. Und der Spaziergänger kann sich sogar vorstellen, daß womöglich schon der schuftige Abweichler Luzifer in dunkler Vorahnung auch diesen Ausruf fauchte, als ihn der »Hausmeister« Gabriel die himmlische Strickleiter hinunterfetzte. Ferner soll sogar die unglückliche Maria Stuart noch einmal schnell ein beleidigtes »Autsch« von sich gegeben haben, obwohl ihr abgehackter Kopf doch schon unterwegs war. Schließlich seufzten auch selbst die züchtigen Jungfrauen gewiß schon seit einem Jahrtausend ein verschämtes »Au« beim ersten Sündenfall, wobei sie allerdings meistens noch gar nicht wissen, daß sie nunmehr auch schon »angebrütet« sind.

Ein ungeheures Wehgeheul jedoch würde es gewiß ergeben, wenn man das diesbezügliche Ächzen und Stöhnen, das in einer Großstadt täglich in den Notaufnahmen der Krankenhäuser und Kliniken aneinanderreihen könnte. Der Spaziergänger hat sich deshalb einmal in einen dieser Heftpflaster-Stützpunkte begeben und ein bisserl Anteil genommen. Seltsamerweise erfuhr er dabei, daß zahlreiche »Kunden« ihren Wehdam dadurch erlitten, weil sie gestolpert, gestrauchelt oder gestürzt waren. Trotzdem kamen sie meistens ohne jede fremde Hilfe buchstäblich auf dem Zahnfleisch zu den braven Samaritern angerobbt. Wohl nach dem bewährten Lebensmotto: »Hinfallen ist noch keine Sünde. Aber liegenbleiben.« Und es sind beileibe nicht wenig, die da ein bisserl von dem Zeigefinger des großen Zampano angestupft werden. In München allein zählt man in einer einzigen »Leukoplast-Insel« an »guten« Tagen, etwa hundert solche »Jammerlappen«. Niemals hätte sich Blasius aber träumen lassen, was so alles zwischen gestern und morgen in einer großen Stadt an gemischtem Schmerz und Zähneklappern »anfällt«.

Da kommt beispielsweise einer vom ehelichen Glück und seinem Hausdrachen schwer Gezeichneter angetaumelt. Er hat das Gesicht so zerkratzt, daß man mit ein bißchen Fantasie leicht den Namen »Fanny« aus den roten Steilschriftrunen entziffern kann. Ein anderer »Liebeslädierter« wird von seiner treu sorgenden Braut angeliefert. Beide Augen so fest geschlossen wie das Wohnungsamt am Nachmittag. Er mußte ihr wohl in einen schrecklichen Schwinger hineingelaufen sein. Aber auch das »Herzchen« selbst trägt die blaue Brille der Barmherzigkeit auf dem keck verschwollenen Stupsnäschen. Der nächste Kunde erscheint mit einem talergroßen Autogramm auf der blanken Stirn. Sein Papagei hat es ihm »hineintätowiert«. Er hätte dem Vogel das Reden lernen wollen, gesteht er und fügt hinzu: »Mei Oide hod'n zwar glei mit'm Schürhakl g'haut, aba do war schon ois zschpät.«

Dicht umringt wird auch ein »eiskalter« Zimmermann. Vor drei Tagen schon hat er sich den halben Zeigefinger abgeschnitten. Vorsichtig wickelt er den »Abtrünnigen« nun aus einem Zeitungspapierl. Er sieht aus wie ein halb gerauchter Schweizer Stumpen. Und der wackere Dachstuhl-Aktivist erzählt grinsend: »Mei Wally hod net schiale plärrt, wiana i aus Gaudi in d'Lohntüt'n mit neido hob.«

Und weiter geht es. »No, wo fehlt's denn«, wird ein anderer Patient interviewt, der am Kopf eine zitronengroße

Beule der Handelsklasse »A« hat. »Ja, wissen S', mi hod wos g'schtocha«, erwidert jener. »Eine Biene vielleicht«, will der Aspirin-Onkel wissen. »Na a Haidhauser«, entgegnete der Gefragte ohne besondere Rührung. Nachher stellt sich ein Nachfahre von Dschingis-Khan den Weißkitteln vor. Er hat sein rechtes Ohr zusammengewickelt wie ein Lachsröllchen, mit einem Gummibandl verschnürt und in ein Briefkuvert getan. Es schaut aus wie ein entzündeter Lockenwickler. Als er das Interesse von Blasius bemerkt, erklärt er düster: »Nix gutt Lubutschka – liebt sich wie Katz – aber beißt sich wie Ratz.«

Ein seltsames Begehren tragen dann zwei junge Punker mit knallgelben Zahnbürstllocken vor. Der eine möchte bloß, daß ihm der Herr Doktor eine daumenlange Sicherheitsnadel durch die rechte Wange treibt, während sein ultramoderner Spezl das Ansinnen kundtut, er hätte gerne das linke Ohrläppchen mit einem zünftigen Stich am Hals befestigt. Die Herren von der »Soforthilfe« sind gar nicht einmal so erstaunt über diese hochmodernen Wünsche.

Schnell kommt der Spaziergänger zu der Überzeugung, daß es in diesen heiligen Hallen eben Sachen gibt, die es gar nicht geben kann. Den seltsamsten Fall jedoch erzählt ihm der im essigsauren Tonerde-Dunst ergraute Sanitäts-Rübezahl, der immer noch als Samariter sein Rentner-Dasein etwas belebt. Damals in seiner Jugend trat nämlich auf dem Münchner Oktoberfest ein uraltes Neger-Weiberl aus der finstersten Ecke Afrikas auf. »Mungo das Affenweib« hieß es mit ihrem Künstlertitel. Und bei jeder Vorstellung schluckte die schwarze Perle vom Kongo eine lebende weiße Maus. Doch einmal gebar dann das niedliche Brotzeittierchen, drunten im Magen angekommen, drei winzige nackte »Rotäuglein«. Mit einem Klistier-Mörser, so groß und wuchtig wie einst die »dicke Berta« entband der »Geburtshelfer« die »Mungo«-Mama von ihren drei »Blinden Passagieren«.

So behauptete wenigstens schmunzelnd der verwitterte »Dr. Eisenbart h.c.« Nun, Blasius kann dazu im Sinne seiner Geschichte natürlich auch bloß sagen: »Auweh Zwick.«

Antworten Sie, Frau Holle

Die schneeblonde Frau, der Blasius gegenübersitzt, ist eine rüstige Endmillionärin. Sie hat dem Spaziergänger auf einer etwas feuchten Wolkenbank Platz angeboten. Dann stellt sie sich vor (wie eiskalt ist dies Händchen): »Holle«, sagt sie schlicht. Es handelt sich aber nicht etwa um die Erfinderin der Holledau, sondern um die Leiterin der Flockenfabrik, einer Zweigstelle der himmlischen Niederschlags-AG.

Der Raum, in dem sich Blasius befindet, ist in einfachem Tratschgrau gehalten. In der Ecke lehnen ein paar verklemmte Barometer und einige Schneebesen. Rüttelsiebe verschiedener Maschenweiten hängen darüber. Und die zahlreichen Regale sind voll von Modellen und Warenproben, Lawinen, Schneewächten, Verwehungen aller Grade, auch Eismänner und weiße Kinderburgen sowie Schneeballen aller Kaliber lagern auf den Borden.

An der gegenüberliegenden Wolkenwand befinden sich große Stellagen mit Einmachgläsern, die mit allen bekannten Sorten des kalten Mannas gefüllt sind. Der Besucher unterscheidet Firn, Harsch, Graupel, sulzigen Matsch, graues Großstadt-Gelee, feine Polarware, Russisch-Extra-Weiß und kanadisches Doppelnuller.

Auf dem Schreibtisch der alten Dame türmen sich die gebündelten Beschwerdebriefe enttäuschter Kinder. Auch anonyme Drohungen von Skifabrikanten, Schlepplift-Inhabern und Schneepflug-Konstrukteuren. Einige zurückgegangene Probesendungen liegen im Papierkorb, und man kann ganz deutlich noch den Aufdruck erkennen: »Annahme verweigert.« Über dem Schreibtisch thront ein frostiges Brustbild vom St. Petrus und daneben baumelt der total verrostete Verteilerschlüssel.

Aus einem Nebengemach hört man den erregten Erfahrungsaustausch der wartenden Musterreisenden. Einer davon trägt den Kopf in der Schlinge und stöhnt dezent. Er wurde nämlich erkannt, verprügelt und mit der Nase einige Male auf eine völlig ungepolsterte Piste gestoßen.

Nachdem Blasius zunächst einmal die Situation um ihn herum registriert hat, bittet er die greise Flockenmatrone um einen kleinen Übersichtsbericht unter besonderer Berücksichtigung des bisherigen Ablieferungssolls sowie der Aussichten auf Schnee und Winterzauber.

Frau Holle redet ganz frei von der Leber weg: »Also, die Geschichte, daß ich im Winter die himmlischen Betten ausschüttle, ist natürlich ein altes Märchen. Denn auch bei uns heroben ist inzwischen alles auf Steppdecken vom Betten Rid umgestellt worden. Ach du meine Güte! Die wenn ich oft ausbeuteln tät, besonders die von unseren Nachwuchsengerln – was da alles runterfallen würde auf den Planeten: Lippenstifte und Räuberheftl und weiß Gott noch was. Aber Sankt Petrus muß ja froh sein, wenn er überhaupt noch Engel genug kriegt.«

Und was die Lieferungsverpflichtungen an weißen Wonnen betrifft: »Also da sind die Menschen schon selber viel schuld, wenn's nicht immer klappt. Erstens verärgern sie den Petrus schon sehr, wenn sie mit ihren Raketen und Düsenbombern am Himmel herumkritzeln wie ungezogene Abc-Schützen, die ihre neuen Griffel ausprobieren wollen. Man sollte ihnen einmal gehörig auf die Finger hauen. Aber Sie wissen ja, da gibt es halt die himmlische Langmut.«

»Dann«, so Frau Holle weiter, »ist vor einiger Zeit versehentlich so eine Kobaltbombe geplatzt, und da hat es meine ganzen Kundenkarteien durcheinander geworfen. Und außerdem kommt man sich auch langsam schon überflüssig vor. Die Menschen machen sich den Schnee doch schon selber. In jeder Auslage liegt er, die vom Film brauchen den unsern auch längst nicht mehr und sogar die Brettlrutscher fahren jetzt schon im Sommer auf deutschem Chemiefirn, oder sie machen sich Rollen unter ihre Schwartlinge. Wenn wir aber dann doch einmal liefern wollen, haben sie gewiß gerade die Stratosphäre angeheizt mit Isotopen, und da wird dann die herrlichste Pulverware zu radioaktivem Regen. Wissen Sie, Wunder kann ich natürlich auch keine wirken, denn ich bin ja keine Heilige, sondern nur eine Vertragsangestellte.«

Sodann klagt Frau Holle über die schon reichlich veralteten Fabrikationsmethoden: »Schaun S', ich krieg' von den Petrus-Werken seit langem nur mehr Wolken zweiter Wahl und solche mit Laufmaschen geliefert. Die guten kriegt der Herr selber, damit er sein Antlitz verhüllen kann vor dem menschlichen Treiben. Nun, früher habe ich sie eben durch ein feines Sieb passiert, das gab dann den herrlichen Pulverschnee. Aber was glauben Sie, wie das in die Arme geht. Drum nehme ich heute meistens den groben Spätzlseiher. Das gibt natürlich keine besonders schönen Flocken. Aber vielleicht wissen Sie mir irgendeine ehrenamtliche Aushilfskraft...«

»Was sagen Sie? Ehre nur gegen feste Tarife? Ja, da wird's natürlich was haben bei uns. Soviel ich nämlich orientiert bin, gibt's im altmodischen himmlischen Lohnbüro immer noch sechzig Minuten in der Stunde. Ganz gleich ob Ost oder West.«

In den Sternen steht's geschrieben

Manche Leute glauben, es stehe in den Sternen, ob sie sich ihre ungebrannten Mandeln herausnehmen lassen sollen oder lieber im Toto-Zettel bei der Begegnung »Wacker Wadelstrumpf« gegen den »FC Gichtbruch 04« ein Kreuz machen. Deshalb treten sie auch bald kräftig in einen astrologischen Zirkel ein oder sie besuchen irgendeine Hinterhaus-Tessier.

Der Spaziergänger jedoch ist gegenüber Leuten, die es mit den Sternen zu tun haben, auch heute noch sehr mißtrauisch. Das rührt wohl von jenen Tagen her, wo ihm ein ehemaliger Schulmeister, im grauen Einreiher mit ebensolchen Eisenknöpfen aber vier Messingsternen auf den Schultern befahl, sich am oberen Wolchow festzukrallen. Wie sich Blasius dann umschaute, hatte diesen Lehrkörper allerdings dann plötzlich das große Heimweh überfallen, und er war mit hinten ausgefüllter Reithose bereits auf dem Weg zur Rückzugstraße.

Doch die Sorte Menschen, von welcher der Spaziergänger hier berichten will, war schon immer wesentlich harmloser. Blasius wurde nämlich wieder einmal eingeladen, einem astrologischen Übungsabend beizuwohnen. Und so begibt er sich also in ein Schwabinger Hinterzimmer mit geräuschlosem Türschließer. Es sind bereits sechs Gäste da: Ein stark abgenützter alter Mann mit den trüben Augen einer kalt gewordenen Gefängnissuppe. Eine blonde Steppdecken-Düse, eine Dame, die sich mit einer Haarnadel emsig die Ohren reinigt, eine mittelprächtige Brillenträgerin ohne begehrenswerte Ausflugsziele, ein suppennudelhaariger Intellektueller und ein Jüngling mit käsiger Gesichtshaut, auf der jedoch ungezählte kleine rosige Pickel blühen, so daß sein Teint fast ausschaut wie eine Buttermilch mit Preiselbeeren.

An der Stirnseite der Tafel sitzt der Meister, das Gesicht

mehrfach zusammengefalzt wie eine gebrauchte Plastiktüte und einem persilfeindlichen feldgrauen Kragen, wie es sich für einen echten Philosophen gehört, der auch mit den bedeutendsten Sternen per du ist. Zuerst ziehen die versammelten Sternschnuppen-Kriminaler alle große Bogen Papier aus den Aktentaschen. Dieselben sind mit seltsamen Figuren bemalt, ähnlich wie jenen, welche manchmal die Beamten und sogar hohe Richter und Staatsanwälte zeichnen, wenn sie eine langweilige Anklagerede oder das Plädoyer eines Pflichtverteidigers anhören müssen.

Dann fragt die Dame, welche ihre Ohren gestöbert hatte, warum sich denn der Neptun über ihren Untermieter Ziegenfleisch noch nicht ausgewirkt hätte und wie lange sie diesen Schlüsselloch-Sexualisten noch behalten müßte. »Wenn da Neptun jetzt aa net boid hilft – dann schreib i ans Wohnungsamt«, droht sie energisch dem säumigen Planeten. Dabei bekommt sie vor Entrüstung auf den Unterarmen eine Gänsehaut, auf der man jederzeit hätte Semmelbrösel fabrizieren können. »Aber liebe Kollegin«, sagt der Fadennudel-Herr zu ihr, »bedenken Sie doch den Einfluß der Beteigeuze«, und er wischt mit einer königlichen Bewegung zwei volle Biergläser vom Tisch. Worauf sie alle schnell zu rechnen anfangen, woher das kommt. Die Kassiererin aber sagt zu dem unglücklichen Meister: »Herr Doktor, des kon i fei nimmer aufschreib'n.«

Dann stellt der »schnelle blonde Brüter« sein Horoskop zur Debatte. Dieses Fräulein aber hatte wenigstens so viel Selbsterkenntnis, daß sie wußte, der liebe Gott würde sich von ihr niemals persönlich in ein Notizbuch schauen lassen, eher schon noch von dem verknitterten Zirkelhäuptling. Der rechnet hin und rechnet her mit einer Art Belichtungsmesser, bis er schließlich verkündet: »Ihr prächtiger MC wird ihnen rasch vorwärts helfen.« Blasius hält das eigentlich für eine versteckte Anzüglichkeit, aber da niemand vom Zirkel rot wird, muß es doch eine wissenschaftliche Bemerkung gewesen sein.

Endlich kommt auch der Mann mit den Wassersuppen-Augen an die Reihe und die Sterne werden für ihn eigens frisch gemischt. Ein wahrer Platzregen von Trygonen, Aspekten, Quadraten und Konstellationen prasselt aus dem mittelweit geöffneten Mund des Vorsitzenden auf den Unglückseligen nieder, dem jedoch nimmermehr zu helfen ist, wie der Spaziergänger erfährt. Denn er weiß seine Geburtsstunde nicht ganz genau. Und ist damit eine astrologische Leiche.

Zum Schluß kommt noch die vom Mars miserabel bestrahlte Zwicker-Trägerin dran. Doch auch der stolze Sirius nimmt keine freundliche Stellung zu dieser Lady ein, was ihm Blasius nicht verdenken kann, denn ihre Reize sind gering. Dabei wäre der guten Haut sicher schon mit einem rüstigen Witwer geholfen gewesen. Aber die Sterne gaben halt keinen her.

Als Blasius schließlich zum Heimweg rüstet, dreht ihm der Sternen-General noch eine Zeitschrift an mit dem Titel: »Die Rolle der Plejaden.« Für Sechsmarksechzig. Von diesem Geld legt der Nebenzimmer-Kopernikus die Hälfte sofort in einem Ansbacher Preßsack an. Den Rest aber versenkt er in seine halbfette Westentasche. Vielleicht, so meint der Spaziergänger, steht eben in seinem Horoskop, er soll sich demnächst wenigstens den Kragen seines grindigen Hemdes dafür waschen lassen.

Bei den Knie-Bieslern

Blasius sitzt wieder einmal in Stadelheim. Nein, natürlich nicht in jenem Sanatorium, wo die Fenster mit einem engmaschigen Gitter versehen sind, damit den Insassen ja niemand was tun kann. Und von dem es in der bekannten Spitzbuben-Marseillaise so schön heißt: »Es ist die Burg uns wohl bekannt – Sankt Adelheim wird sie genannt.«

Nein, Blasius sitzt im südöstlichen Zipfel der weltberühmten Brotzeit-Basilika »Da drunt am Platzl«. Niemand aber weiß genau, wieso dieser ehrwürdige Leberkäs-Zwinger im Hofbräuhaus schon bald seit einem Jahrhundert ausgerechnet »Stadelheim« heißt. Aber der Spaziergänger könnte sich schon vorstellen, daß dieser Ehrentitel von dem optischen Eindruck des Dreiquartel-Verlieses herrührt.

Da ist zuerst einmal das alte große Frontalfenster mit einem massiven »eisernen Vorhang« eingebaut, von dem die Stammgäste sagen: »Den hod da Wirt absichtlich himacha lass'n, damit ihm ja kein Gast auskommt, bevor er net das letzte Zehnerl versoffen hat.« Dann sind da in dem steinalten Bauwerk auch noch zwei Oberlichter ausgespart worden. Mit schrägem Mauerwinkel nach innen, damit das ehrsame Tageslicht wenigstens leichter hereinrutschen kann. Unten herum ist diese Durstvernichtungs-Zelle mit bierbraunem Holz getäfelt: »Rheumatismus-Zaun«, sagen die alten Virginia-Lutscher zu dieser Verschalung. Oben herum aber ist der Noagal-Käfig so weiß und uninteressant wie ein käsiger Schenkkellner, der die Hemdsärmel aufgekrempelt hat.

Gleich neben dem Eingang hängt ein Ölgemälde, das wohl mit hundertjährigem Schnupftabak gemalt wurde. Es stellt den »Pfui-Deifi«-Professor dar, der ein stadtbekannter Märchenerzähler war. Zwar kam er wohl nie über Mittersendling hinaus, doch schwärmte er leidenschaftlich vom Dschingis-Khan und vom Marco Polo. Als wäre er mit diesen beiden auf der »Walz« gewesen.

Fleißig berichtete er dabei auch von seinem Lieblingsgericht, einer Seespinne in Mandarinensoße. Und schilderte, wie er mit dem greisen Sultan »I-Glang-Hi« ein dicker Freund wurde und zweimal in der Woche fleischige Bajaderen vorgesetzt bekam. Da ließen ihm zum Geburtstag seine grinsenden Spezl einmal aus einem mürben bayerischen Bierführerhandschuh, der mit Semmelbrösel garniert wurde, so ein Seespinnen-Schmankerl servieren. Und der Herr »Professor« fraß es unter Erstickungsanfällen und asiatischen Flüchen mit Todesverachtung auf.

Auch das »Säufer-Vaterunser«, das Glaubensbekenntnis der »Hopfensüpplein-Schmatzer« und der »Dimpfel«, hängt heute noch über einem Stammtisch. Es beginnt mit dem Reim: »Herr Wirt, der du bist an der Schänke...«

Und was hat sich nun seit dem letzten Jahrhundertfünftel, als Blasius diesen Wallfahrtsort zuletzt besichtigte, eigentlich alles verändert, fragt er sich. Genau genommen wohl nichts. Mit Ausnahme der legendären aber aussterbenden »Knie-Biesler«. So nannte man nämlich in der »Stadelheimer« Privatsprache jene Berufs-Trenzer und Lagerbier-Zuzzler, die meistens leise vor sich hinwieherten: »As Bier is hoid no des oanzige Gmüas, des wo i anstandslos beißen kon.« Und dazu machten sie dann ganz verstohlen – so erzählt die Saga – ein bisserl jene drei Knöpfe auf, hinter denen früher einmal ihr »Kammerfensterl-Dietrich« lauerte.

Dann ließen sie an dem Hacklstecken, den sie als eine Art Blitzableiter benützten, ein paar Tröpferl vom gebrauchten dunklen Nektar über die »Knie«-Gegend hinunter auf den mürben Boden rieseln. Denn den Weg ins »stille Kabinettl« würde die müde »Prostata« halt wahrscheinlich nicht mehr überstanden haben. Doch der eingebeizte herbe Malzgeruch in »Stadelheim« hat bisher immer noch diese geruchliche Verwässerung tadellos »überdonnert«.

Das seltsamste in diesem Panoptikum aber ist wohl die Tatsache, daß die echten alten Münchner Originale direkt neben der großen Schwemme, in welcher das entsetzliche Geschrei und Gejohle des gesamten Abendlandes von Söller zu Söller prallt, einfach nicht aussterben wollen. Da gibt es zum Beispiel immer noch den Schmalgiebel Max. Der kennt bestimmt mehr Aphorismen als der blitzgescheite Nietzsche. »Ja, ja«, sagt er regelmäßig beim Brotzeitmachen, »das beste Fleisch is oiwei no des ohne Boana«.

Gibt's auch einen scharfen Meerrettich dazu, so kommentiert er das mit dem Ausspruch: »Der Meerrettich bringt an Mo aufs Roß – und as Weib ins Grob.« Kommt zufällig ein Tiroler vorbei, der stolz das berühmte naturgewachsene »Sportabzeichen« unter dem Kinn trägt, so frozzelt der Maxe: »Jedenfois / is da Kopf dicka wia da Hois / und is da Hois dicka wia da Kopf / so hoaßt ma des an Kropf.«

Fällt dem Schmalgiebel aber bei seinen Betrachtungen einer in die Parade, so hänselt er weiter: »Je, wo bist denn du her? Do sogn's ja zur Goaß no oiwei Sie, und den oanzig'n Vogel, den wo's ihr kennt's, is höchstens eia Katz. Und wenn's bei eich wirklich amoi a Freibier gibt, nacha bellt de ganze Gemeinde.«

Der Gaglmann Wiggerl wiederum ist der berühmteste Sammler von Kalauern und Witzen. Einer seiner Schwänke lautet: Da geht also ein ganz *Notwendiger* in so einen Sexladen und kauft sich ein lebensgroßes Fräulein aus Plastik. Der Verkäufer meint dazu: »Do wern's lang was dro haben, lieber Sportsfreund.« Nach einem halben Jahr aber kommt der hitzige Freier daher und will eine neue synthethische Braut kaufen: »Ja«, interessiert sich da der Ladeninhaber, »ist denn das alte G'schpusi schon kaputt?« »Na, des net«, erklärt der Kunde ganz sachlich. »Aber i hob Schluß g'macht mit ihr.«

Eiskalte Viecherei

Der kleine lausige Tümpel am Eingang des Tierparks Hellabrunn hat den Laden »dicht« gemacht. Und auf dem eisglatten Parkett sind vierundzwanzig nachtschwarze Wildgänse angetreten. Die schwingen mit den dunklen Flügeln in der Luft. Ganz lautlos, ganz sinnlos und ganz exakt. Eins und ... Sie schauen aus wie die frommen Mallersdorfer Schwestern bei der Morgengymnastik.

Weiter vorne im offenen Wasser entdeckt das zaghaft nässelnde Auge des Spaziergängers auf dem dämmrigen Grund der totenstillen Süßwasser-Lagune drei lange graue Schatten. Lauernd, spitz und gefährlich. Kein Zweifel, das sind feindliche U-Boote, würde Blasius sagen. Auf Schleichfahrt. Und natürlich russische. Den uralten Baumstumpf umschwimmen sie vorsichtig im großen, sanften Sichelbogen. Auch dem Dümmsten ist klar, warum. Denn die drei Flossentiere sind ja so unterkühlt und gefroren, daß sie sofort in der Mitte abbrechen würden, wenn sie einfach rechtsum »rucki zucki« machen täten.

Lange und mit dem gekröpften Hals eines verstopften Ausgußgullis schaut ein Kamel auf den Gast von oben herab. Dann spuckt es ihn plötzlich an. Blasius hätte diese komische Dusche eigentlich für einen »Hadschi« gehalten. Aber ein »Hadschi«, das weiß er noch vom Kara Ben Nemsi her, ist ja kein »Nießerer«. Sondern ein Mekka-Pilger. Auf einmal aber muß er dann doch laut lachen. Weil er den »Nasenregen« des buckligen Vierbeiners zu verstehen glaubt. Denn Blasius trägt ja einen Kamelhaarschal um seinen langen Hals. Dabei ist der aber doch nicht echt. Sondern aus ganz einfacher Schafwolle. Nur »auf Dromedar« gequält. So ein dummes Wüstenschiff.

Dann trottet der Besucher längere Zeit hinter einem »Opale« her und seinem »Enkerl«. Ja, muß er da schon gleich nachher denken, wer ist denn von den zweien der größere Kindskopf. Bei den Elefanten bleibt das Kind stehen und dann zitiert der Greis eine abgewandelte Strophe von Karl Valentins »Vogelhochzeitlied«. Er sagt: »Die Ele-fa-fanten, haben fast gar keine Ta-tan-ten.« Sein grinsender Nachfahre wiederum wünschte von der Rüsselkuh G'stasi, die in eine winzige Mundharmonika bläst, auch einmal recht was »hoaßes«. Vielleicht könnte das sandgraue Denkmal sogar das passende Lied spielen: »Aber heid is koid – aber heid is koid.«

Längere Zeit schaut das ungleiche Paar auch den Eisbären zu, die gerade ein Vollbad genommen haben. Dazu meint der Naseweis, dem selber schon längst ein kleines Gehänge von seinem winzigen Einmaleins-Zinken baumelt: »De müassn sich ja nachad direkt mit an Eispickel kampen, goi Opa.« Und endlich nervt er den nahen Verwandten mit tiefschürfenden Fragen: »Sog hoid, warum san denn de Eisbären eigentlich weiß?« – »Des weiß ich doch auch net, Michal«, erwidert der angesägte Erwachsene. »Aba wenn s' braun waren, dann wär'n s' doch Braunbären, oder?«

Jetzt überlegt der lächerliche Zwergen-Grzimek eine Zeitlang und kommt dann zu der absolut logischen Feststellung: »Gell, Großvadda, den Eisbären läßt der Winter kalt.« Auf so was ist das verblüffte Ahndl natürlich nicht gefaßt und deshalb entgegnet es in strengem Erzieher-Dialekt: »Bub, du bist einfach zu gescheit.« Daraufhin stoßen sie sich lange an und lachen halblaut.

Ein anderer Rentner, den Blasius im Raubtier-Haus trifft, und der an den Schultern nur etwa so breit ist wie ein Bügelbrett für Mantelärmel, steht blinzelnd vor dem Löwenkäfig und droht dem mächtigen Leu mit verwelktem Bratwurstfinger: »Du goi, Bürscherl, trau dir fei ned!« Doch der Herr mit dem großen Kopf gähnt nur gelangweilt und zeigt dem wagemutigen Tierfreund einen gelben langen Löwenzahn. Mit den Augen jedoch schaut er so verächtlich durch dieses Menschlein hindurch, daß sein Blick beinahe hinten wieder herauskommt.

Etwas später begegnen dem Spaziergänger auch noch »Mann und Frau im Essigkrug«. Sie schauen beide tückisch und verweilen lange vor dem Büffel-Freigehege. Vielleicht wegen der »heiligen Kuh«, die »den schönsten Mund« hat weit und breit, wie der Mann sagt. Sie kaut höchst zufrieden und schaut dabei immer wieder zu dem schwarzen Bullen neben ihr mit grenzenloser Hochachtung empor. Da stoßen sich die beiden Zaungäste plötzlich heftig in die Wintermantelhüften. Und das Weiberleut sagt mit großer Häme: »An wos erinnert dich jetz des Paarl, Max?« Und dann fügt sie auch noch hinzu: »Also du bist und bleibst doch dein ganzes Leben lang ein unverbesserlicher böser Sozi.«

Wo aber gibt es wohl einen Tierparkbesucher, der nicht an den unendlich unterhaltsamen Affen einen Affen gefressen hätte. Auch der Spaziergänger sieht seinen »Vettern« lange in die Augen und halt sonst überall hin. Doch was ist denn bloß diesmal mit den braven Pavianen los? Sittsam sitzen sie fest und beharrlich auf ihren roten sowjetischen Ärschen.

Lange sinniert Blasius, warum wohl. Und da fällt es ihm endlich wie Schuppen von den Pupillen. Denn sicher haben die Paviane auch schon gelesen, daß sich viele reiche Menschen neuerdings einen lebenden Affen als »Ersatzteillager« halten. Und zwar nicht nur wegen eines Reserve-Herzens, sondern wohl auch für die »Schnaksel-Werkstatt«. Unten herum.

Schleuderpreise

Jetzt geht es den Preisen an den Kragen, behaupten wieder einmal drohende Lettern hinter den Schaufenstern der Geschäftsleute. Gemeint aber sind damit nicht die »Hilfsvölker« aus dem hohen Norden, sondern jene Gewinnspannen, die dem Handelsmann ein dürftiges Dasein sichern, eine ausgedehnte Fangopackung in Abano und eine ebenso heiße Zweitfrau.

Und überall sieht Blasius deshalb ganze Rudel von »Känguruhs« und »Beuteltieren« mit gierig geöffneten Tragetaschen, gigantischen Reklame-Futteralen und sogar mit mürben Waschkörben durch die Gassen ziehen, um die finanziell rachitisch gewordenen Besitzer der »Gemischtwaren-Silos« gehörig zu schädigen. Und deshalb stöhnen und winseln sie

wohl auch so hysterisch. Natürlich nicht die Unternehmer selber, sondern nur ihre völlig überlasteten Rolltreppen.

Ach, und da steht dann sogar noch ein goldbetreßter Portier, der ausschaut wie ein entlaufener Kreml-Hüter aus der Zarenzeit und teilt dem riesigen Lindwurm, der sich vor den »Ramscherias« ringelt, in gleichmäßige Portionen ab. Und da gibt es tatsächlich fast kein Murren unter dem Volke. Denn anscheinend sind einige Zeitgenossen hocherfreut, daß sie wieder einmal ordentlich anstehen dürfen.

Und was schleppen sie nachher doch alles mit feuchten Augenzähnen nach Hause! Betagte Mütterlein strahlen mit ihren kleinen Gesichtern wie die Schlußlichter einer Raumkapsel über die gerade noch erbeuteten Umstandskleider. Einsame Rentner haben in letzter Sekunde herrliche Fußball-Knieschützer erwischt, und junge Ehefrauen bringen sogar einen Wurf spottbilliger Goldhamster als Ausverkaufs-Trophäen mit heim.

Und nirgends macht der Interessent vor dem »Selbstmord der Preise« einen Rückzieher. Ganz gleich, ob es sich dabei um Viehschuß-Apparate, Grassamen, Brautschleier, Marderfallen, Traumbücher, Ordensspangen, Eieruhren, Schneeschaufeln, lila Hüte, Gelenkstützen, rücksichtslos herabgesetzte Goldfische, Wadlstrümpfe für Tausendfüßler oder Blutegel der niedrigsten Preisklasse handelt. Und die fantastischen psychologischen Doppel-Nelsons, die der Kundschaft überall angesetzt werden, führen unweigerlich zu einer glatten Schulterniederlage.

Wieso soll in der Uhrenabteilung nicht ein winziges Tick-Tack-Maschinchen seine Abnehmer unter dem Hinweis finden: »Diese Uhr geht stündlich um glatte zehn Minuten vor. Also hat der Besitzer, wenn er abends nachschaut, tatsächlich doch eineinhalb Stunden Zeit an einem einzigen Arbeitstag eingespart. Ist das vielleicht kein Profit?«

Am Stand nebenan entdeckt dann der Spaziergänger den

allerneuesten »Hit« der Damenbekleidungs-Industrie. Nämlich Pullover, die aus reinem Leder gefertigt sind. Und zwar handelt es sich dabei vermutlich um die abgerissenen ledernen Schnürsenkel einer Gebirgsjäger-Kompanie, die so geschickt geflochten wurden, daß jede Versuchsperson sich nach dem Anziehen etwa so fühlt, als hätte sie sich versehentlich in die Zwangsjacke einer Nervenheilanstalt verirrt.

Nach diesem Musterbeispiel erlaubt sich deshalb Blasius auch seinerseits, eine kleine Kostprobe stark reduzierter Phantasie zu offerieren. Warum könnte beispielsweise in den wie frische Wassertrieblinge überall herausschießenden »Meck«-Donalds-Läden als neueste Sensation nicht auch ein »Meck-Leck« zu Schleuder-Preisen auf der Speisekarte stehen? Blasius denkt dabei etwa an ein straff gespanntes Kalbsfilet, über das der Hungrige blitzschnell mit der Zunge darüberfahren darf. So etwa, als würde er einen Rasierriemen ablecken. Oder wie wär's mit dem sicher schon längst im Planungs-Hintergrund lauernden »Meck-Meck-Meck«? Aus frisch gegrillten appetitlichen Ziegenbockhörnern?

Vor allem könnten auch zahlreiche halbamtliche Unternehmen auf dieser neuen Welle mitschwimmen. Möglicherweise sollte die Stadtverwaltung die gebrauchten Fahrscheine nicht einfach wegwerfen lassen, sondern sie mit achtzig Prozent Mengenrabatt losschlagen. Denn die Rechnung ist doch ganz einfach. Wenn nämlich nur jeder zweitausendvierhundertsiebenundachtzigste Fahrgast einmal in seinem Leben vierzig Mark als Schwarzfahrer bezahlen muß, so würde er doch bei diesem System ein wirklich gutes Geschäft machen. Und das wär endlich ein ehrlicher Dienst am Kunden. Ist doch logisch!

Auch für jenen, der gar kein Erwerbssinnen im Schilde führt, wie der Spaziergänger, bringt eine Schleuderpreis-Orgie jedenfalls einen gewaltigen Lustgewinn. Gerade ist nämlich in der Bettvorleger-Abteilung eine Abordnung der

Bergwacht eingetroffen, die mit langen Lawinen-Sonden nach einer Kundin suchen, die in einem Bettvorleger-Arsenal versank. Ein braver stiller Schäferhund liebkost schon im Vorgeschmack auf seinen Ausgrabungs-Triumph die zitternden Lefzen.

In der Abteilung für Leisetreter und Stöckelschuhe stößt indes eine wuchtige Fünfzigerin grelle spitze Schreie aus. Denn mit dem linken Fuß ist diese Amazone versehentlich in einen Haferlschuh geraten, den schon eine Rivalin anhatte. Und mit dem rechten landete sie im Einkaufs-Netz der Nachbarin.

Dem teuflischen Treiben schließlich entronnen, trifft Blasius auf dem Heimweg auch noch ein paar Spaßvögel, die ihm ihre Einstellung zu so einem *Tabula rasa* zum besten geben. Mit tränenglitzernden Siegeräugelein drückt der erste einen wunderschönen, alisigrünen Pullover an seine Hühnerbrust und beteuert, so etwas könnte man halt nur bei der Firma »Cipriani & Agnelli« erwerben. Worauf ihm sein Nachbar bestätigt, das sähe ja ein Blinder mit dem Hacklstecken, daß so ein Stück nur von einem Weltklassegeschäft geführt würde. Beim Vorzeigen allerdings hält der neue Inhaber ein bisserl schamhaft seine Hand über das eingewebte Warenautogramm »C & A«.

Auch der zweite Mann legt einen Beweis seiner Pfiffigkeit ab. Er hat irgendwo ein paar leere Weinflaschen erwischt und erklärt nun mit kühler Stirne, die würde er zu Hause in den Eisschrank tun. Denn unter seinen vielen Besuchern wären immer wieder ein paar dabei, die »nichts trinken« wollten. Und denen stellt er dann ganz einfach diese Flaschen vor die Nase.

Alles nicht so wichtig

Es ist wieder einmal Zeit zurückzuschauen. Vielleicht im Zorn, vielleicht im Zimmer oder auch im Zug, in Zusmarshausen, in Zehlendorf, Zeismering oder gar im Zuchthaus. Und wenn Blasius auch nicht zu dem Kinder-Verslein neigt »Schau nicht um, der Fuchs geht rum«, so hat er trotzdem eine kleine Inventur in der letzten Vergangenheit gemacht. Nämlich in der Schublade seines Schreibtisches, um sie halt auszumisten für all die spaßigen, lausigen, wichtigen und nichtigen Dinge, die da sicher wieder kommen werden. In jenen Tagen, die noch kein Gesicht haben.

Und da hat der Spaziergänger unter all dem Ramsch und Kruscht auch ein kleines Büchlein gefunden, das ihm prächtig in unsere überkandidelte Zeit zu passen scheint. Denn wie er es studiert, kommt er schnell zu der nüchternen und irgendwie auch recht tröstlichen Erkenntnis, daß doch alles nicht so wichtig ist und das ganze bißchen Mensch eigentlich unter dem Motto betrachtet werden müßte: »Viel Lärm um nichts.«

Denn ist es etwa nicht irgendwie gut zu wissen, daß nach Abzug der Seele der komplette »Homo sapiens« noch ganze einhundertsieben Mark und fünfzig wert ist. Oder die nüchterne Tatsache festzustellen, wenn man selber wieder zwölf Monate mehr auf dem Buckel hat, daß dann auch der Heilige Vater um ein Jahr älter wurde, dagegen die Marika Rökk nur um zweiundfünfzig Wochen. Die Sache, die man Leben nennt, hängt also wohl wesentlich vom Auge des Beschauers ab und von der jeweiligen Perspektive, aus der man sie betrachtet.

Ferner liest Blasius in dieser Statistik auch noch, daß die ganze jetzt lebende Menschheit bequem auf einem Platz, so groß wie der Bodensee stehen könnte. Und ein Düsenjäger bräuchte deshalb nur eineinhalb Minuten, um dieses aufgestellte Karree zu überfliegen. Sodann wird berichtet: Bei jedem unserer Herzschläge werden auf der Welt drei Menschen geboren und zwei müssen sterben. Das Gewicht aller lebenden Menschen wiederum beträgt etwa einhundertdreißig Milliarden Kilogramm.

Alle Tiere zusammen sind jedoch fünfunddreißig Billionen Kilos schwer. Daß das »Ebenbild Gottes« zu achtzig Prozent aus Wasser besteht, ist meistens bekannt. Unter den drei Kilogramm Mineralstoffen aber, die der Mensch außerdem noch beinhaltet, sind nur vier Gramm Eisen dabei, eventuell noch vorhandene Granatsplitter natürlich ausgeklammert.

Verliert man ein Drittel seiner Haut, so holt der »Knochenmann« umgehend auch den anderen Rest noch ab. Der menschliche Zentralmuskel wiederum schlägt in der Minute hundertmal. Der winzige »Wecker« eines Sperlings dagegen sechsmal so oft. Nur Verliebte im Augenblick der Wahrheit können manchmal die doppelte Schlagfolge vom Herzen eines städtischen Oberinspektors erreichen.

Wenn unser Gehirn, so erfährt der Spaziergänger, auch zu Dreiviertel aus Aqua destillata besteht und etwa 1500 Gramm wiegt, bleiben also lediglich 350 Gramm reine Denksubstanz. Ohne das etwa noch abzugsfähige Stroh. Und wenn Bertolt Brecht sagt: »Der Mensch lebt durch den Kopf«, so sagen die Gelehrten: »Er stirbt auch durch den Kopf.« Denn wenn durch irgendeine Störung die Zentrale fünf Minuten nicht durchblutet wird, kommt unweigerlich der große Feierabend.

Was aber die Reaktion der Nerven anbelangt, so ist der Herr der Schöpfung darin zwar hundertmal schneller als beispielsweise die bekannte Mimose, wird aber von einem modernen Computer um das Dreimillionenfache geschlagen. Auch mit den menschlichen »Lusern« ist es nicht allzuweit her. Denn sie können überhaupt nur ein Zehntel aller anfallenden Geräusche wahrnehmen. Hundeohren sind da schon sechzigmal hellhöriger, von Heuschrecken oder Nachtschmetterlingen ganz zu schweigen.

Und für die Nase des Menschen gilt fast das gleiche. Tausendmal ist die Schnauze eines Dackels dem Riechkolben seines Herrn überlegen. Ein Aal aber würde gleich gar einen einzigen Tropfen Parfüm im Kleinhesseloher See erschnuppern.

Was schließlich die sportlichen Leistungen des aufrechten Zweibeiners angeht, so sind sie einfach lächerlich, gemessen an den der niedrigen Lebewesen. Denn verglichen mit der Körpergröße eines Olympioniken springt ein Floh fast bis zur obersten Plattform des Eifelturms hinauf. Und ein Frosch etwa dreißig Meter weit. Selbst auf seine Raumschiffe braucht der »Herr der sieben Meere« nicht gar so stolz zu sein mit ihren vierzigtausend Kilometern Stunden-Durchschnitt. Denn die riesigen fernsten Körper in unserem Kosmos legen da einen Zahn vor, der um das Hunderttausendfache größer ist.

Der Mensch kann also den fernen Weltraum nie erobern, erklären die Wissenschaftler. Denn so sagt schon ein altes russisches Sprichwort: Noch nie ist ein Pferd so schnell gelaufen, daß es den eigenen Schweif erwischt hätte.

Ausflug ins Vorgestern

Der alte Mann sitzt noch einmal in dem vergessenen Café »Vorgestern« im still gewordenen Schwabylon. Er trinkt eine Tasse Schokolade aus einem jener alten dicken Steinguthaferln, wo man sich die Lippen noch nicht verbrennen kann. Und dann denkt er verwischt daran, daß er als Bub mit seiner Schwester Minna immer stritt, ob man nun zu diesem Getränk »Kauko« sagte oder »Ka-ka-o«. Genauso wie bei den Kindern immer die Streitfrage war, heißt das jetzt »Nimolad« oder »Limonad«.

Auf irgendeinem elektrischen Tonband singt gerade ein unbekannter Caruso ein Lied, das wahrscheinlich außer dem alten Mann kein Mensch mehr kennt: »Man müßte noch mal zwanzig sein und so verliebt wie damals.« »Nein, lieber bitte nicht«, sagt dazu der Träumer halblaut und meint natürlich den Liedertext, während der Kellner mit der zurückgeschlagenen Schürze glaubt, das beziehe sich auf eine frische Tasse Schokolade. Und er lacht, als der einsame Gast die Hand über sein Haferl hält. Der blinzelt nunmehr durch das Muster der verblichenen Gardinen in den Vorgarten hinaus.

Zwei dickliche bleiche Engel schäkern auf dem Gewebe, und der graumelierte Herr beginnt zaghaft ans Gewesene zu denken. Weil doch diese gestickten Cherubinen auch so eine mollige Figur hatten wie jenes seltsame Mädchen mit der vollschlanken Anatomie, das ihn einmal ansprach. Indem er halt gar so interessant wäre, möchte sie ein bisserl gehen mit ihm, meinte die willkommene junge Überraschung. Und er genoß diesen Ausflug in die längst verwehte Maienzeit damals sehr. Doch als er die Kleine dann einmal auf ungemeines Bitten mit seinem eigenen Auto heimfuhr in die Riedler Straße vor das himmelblaue Haus hin, das sie ihm zeigte, da lief ein längst geloschener Film noch einmal ab. Und er fragte die Rosi: »Sag einmal, Kleine, hast du vielleicht eine ältere Schwester, die Ramona heißt?« »Nein«, erwiderte darauf das liebliche Püppchen, »aber meine Mama heißt so. Warum?« Und er mußte die Rosi leider rasch abschaffen.

Ach ja! Bei diesem sentimentalen Thema fällt ihm auch die Geschichte von dem Hund Jericho wieder ein. Einem Kriegskameraden hatte dieses »Bastardl« gehört, einem Offizier, den dieser Schnauzl durch die ganzen Jahre an der Front begleitet hatte. »Er lief an meiner Seite«, hätte man da sagen können. Aber als der Herr Hauptmann dann hochdekoriert in die amerikanische Gefangenschaft gehen mußte, da wollte ihm ein Sergeant den Jericho einfach wegnehmen. Doch der Hauptmann knöpfte zum Tausch sein Ritterkreuz ab, und der Ami war zufrieden. Nachher, so erfuhr der alte Mann, kamen das Alter und auch ein bißchen Räude über den vierbeinigen Gefährten. Da sagte die Frau des Hundehalters, es wäre vielleicht möglich, daß man von irgendwoher einen genau so aussehenden jungen Zamperl wieder kriegen könnte. Und siehe da, sie fanden einen solchen. Doch als sie das kleine Viecherl ins Auto verluden, machte der rauhhaarige Senior einen kleinen Hopser und legte sich ganz von selber auf den Rücksitz. In München angekommen, öffnete das Herrle die Tür, und da zwängte sich der schäbig gewordene Wegbegleiter durch die vielen Jahre an ihm vorbei und lief die Straße hinunter. Und er schaute sich kein einziges Mal um. Und wurde nie mehr gesehen.

Bei diesem Bild angelangt, zieht auch noch eine dritte Episode an den rückwärts gerichteten Pupillen des sanften Spinners vorbei. Da spielten doch zwei kleine Kinder vor einem halbverfallenen Großstadthaus im Rinnstein. Und als er vorbeiging, stand die kleinere der Gören auf, ging zu ihm hin und sagte völlig deutlich und gar nicht verschüchtert: »Sie, bittschön, täten Sie mich ein bisserl streicheln?« Der fremde Mann tat's. Und nachher meinte die Kleine auch noch: »Sie, bittschön, meine Freundin auch.«

Hier gleitet dem alten Spinner der Seidenfaden der Sentimentalität zwar aus den Fingern, aber er schiebt trotzdem das nicht ganz saubere Deckerl auf dem Marmortisch zurück und schreibt mit dem Rest eines einfachen Bleistiftes ein Gedicht auf den kalten Stein, das von dem Schwabinger Vagabunden Hans Reiser stammt, der in irgendeinem Lazarett sein tristes Leben ausgehustet hatte:

Ich seh mich noch spielen als kleines Kind,
de Madln unterm Rock aufeg'langa,
auf da Bauwies'n dort bei der Gasanstalt hint,
wie schnell is das alles verganga.
Ich selber bin auch schon lang nicht mehr da,
verglichen mit dem, was ich war.
Und als ich mein Jugendbild neulich besah
und den schäbigen Rest, der noch davon da,
wie rasend vergehen die Jahr.

Dann schaute der alte Mann an dem Tischchen wie ertappt noch rasch über die Schulter zurück und malte hinter der letzten Zeile des melancholischen Poems ein winzig kleines »s« hin. Denn er hätte doch für sein Leben gern selber auch nur ein einziges Mal ein so wunderschönes Gedicht schreiben mögen.

Gaslicht

»... lang ist vorbei der Gaszylinder und eine schöne Zeit / Laternenanzünder gibt's keinen mehr heut....«

Mehr weiß er im Augenblick nimmer, der alte Tritschler, der jetzt gerade durch den Nymphenburger Park latscht. Aber trotzdem rollt dann doch der längst verblichene Stummfilmstreifen der wunderschönen Dämmerstunden vor ihm ab. Weil er doch heute morgen auf der Lokalseite gelesen hat, daß genau vor zwanzig Jahren, nämlich im Sommer 66 der letzte Müncher »Stangerlmo«, der im königlichen Schloßpark Dienst tat, in den Ruhestand geschickt wurde.

Und dann war er wieder in jener grauen Vorzeit, wo die Gassenbuben noch keine wasserdichten Chronometer an den Handgelenken trugen. Damals mußten sie als Zeitmesser die täglich regelmäßig anfallenden Geräusche des Werktaglebens benutzen. Das Pfeifen der Fabriksirenen, die schwer schnaufende Zeitungsfrau, welche die Gazetten täglich über tausend Treppenstufen hochtrug, das Herablassen der Ladenrollos, das Gebetläuten und schließlich den Laternenanzünder, den alten Fackelträger ihrer Kinderzeit. Meistens war es ein Rentner, der nebenberuflich dieselben Vorstadtmonde in Betrieb setzte. Und mit ihnen kam auch die graue Nebelfrau über die Wiesen geschlichen, welche einsame und unfolgsame »Bälger« unfehlbar in ihren unheimlichen Sack steckte, so daß sie dann nie wieder gesehen wurden.

Wenn der »Gasmann« durch die still gewordenen Gassen ging, sah man ihn schon von weitem kommen. Denn das kleine Glühwürmchen am Ende seiner geschulterten Stange flackerte im Rhythmus des Gehens über seinem Haupt wie das winzige Licht der Erleuchtung über den Aposteln auf den frommen Pfingstbildern.

Manchmal hatte so ein Lichterbringer auch einen alten

verregneten Schäferhund dabei oder ein kleines Mädchen mit einer blauen Haarschleife an der Hand. Das jedesmal gespannt zum glimmenden Glühstrump hinaufschaute, bis dieser mit einem kleinen »Plp« aufleuchtete. Dann sagte die zarte Schleifenprinzessin am Daumen des lächelnden Opas wohl auch im kindlichen Milchzahndeutsch: »Blav, blav, blav« zur grauen Randstein-Tante.

Wenn der Lampenmann seine Dämmerstundenrunden drehte, traf er auch fast an jedem Abend die gleichen Gestalten und Bilder an. Zu seinen liebgewordenen Freunden zählte vor allem der grauhaarige »Wach- und Schließerer«. Die zwei begrüßten sich stumm, indem sie ihre Zeigefinger korrekt und fast gleichzeitig an die Mützen legten. So wie zwei ranggleiche Soldaten aus der Kopfsteinpflaster-Kompanie eben die Ehrenbezeugung erweisen konnten. Im Sommer traf der »Stangerlmo« auch lange Jahre an der dunklen Hauseinfahrt einen kleinen blassen Buben mit durchsichtigen Ohren, der mit einer blinden grauen Katze spielte. Die Hausmeisterin Stubenvoll, die er ja eigentlich immer nur knieend von hinten sah, weil sie doch die große Freitreppe am Versicherungsgebäude wischen mußte, die teilte ihm dann auch einmal ungefragt mit, daß der Bub von der Hauseinfahrt gestorben sei. Und die graue Katze sei eingefangen worden und in einem Sack davongetragen.

Die alten gußeisernen Pflegekinder kannten ihn natürlich längst persönlich. Und wenn sie auch alle möglichen Suchten und Untugenden besaßen, liebte er sie dennoch. Eine davon hieß bei ihm die »fade Sophie«, denn die hatte jeden Tag andere Mucken. Einmal war der Glasstrumpf hin, dann war eine der kleinen Scheiben eingeworfen und ein anderes Mal wollte sie überhaupt nichts von ihm wissen und brannte einfach hartnäckig nicht. Bis der Lampenmann zu ihr hinaufrief. »Paß auf, du altes Mädchen, dua di fei net gor so schpreiz'n, sonst kommst überhaupts bei koan Mo mehr dro.« Zu diesem Ausspruch lachte er nachher lange und lautlos vor sich hin und schämte sich sogar ein wenig, weil er glaubte, er wäre unzüchtig gewesen.

Mehr der Vorstadt zu, wo die kleinen Häuschen standen, suchte ferner fast jedesmal eine böse Frau nach ihrem Kostkind »Meisi«. Das Licht färbte ihr Gesicht gelb, als wäre es aus Fensterleder. »Mei-ei-ei-ei-si«, rief sie mit hoher Stimme, aber wie immer vergebens. Und auf dem Rücken hielt das Weib einen langen Waschhauskochlöffel versteckt. In einem Dachfenster erschien jahrelang ein Bub und begann im flackernden Schein zu lesen. Seine Nase streifte dabei direkt das Papier. Denn das öffentliche Licht schien natürlich nur für den Dienstbereich. »Uff, uff«, murmelte der Knabe auch öfters.

Und »uff, uff«, sagte da auch der alte Tritschler immer noch. Wenn auch längst kein Bub mehr auf dem Fensterbrett saß. Und er lächelte dazu sogar ein bißchen wehleidig.

Woher er das doch noch weiß, der alte Mann. Nun ja, der kleine Bub war er doch selber gewesen.

Und bei dieser Erinnerung fällt ihm auch die letzte Zeile des Lampenliedes wieder ganz ein. Er summt es fast unhörbar vor sich hin: »... es war einmal, als wir noch Kinder, ein lieber alter Mann / Laternenzünder / war er, Gott weiß wann.«